なでし子物語

伊吹有喜

ポプラ社

装丁　大久保伸子
装画　関美穂子

なでし子物語

人物相関図

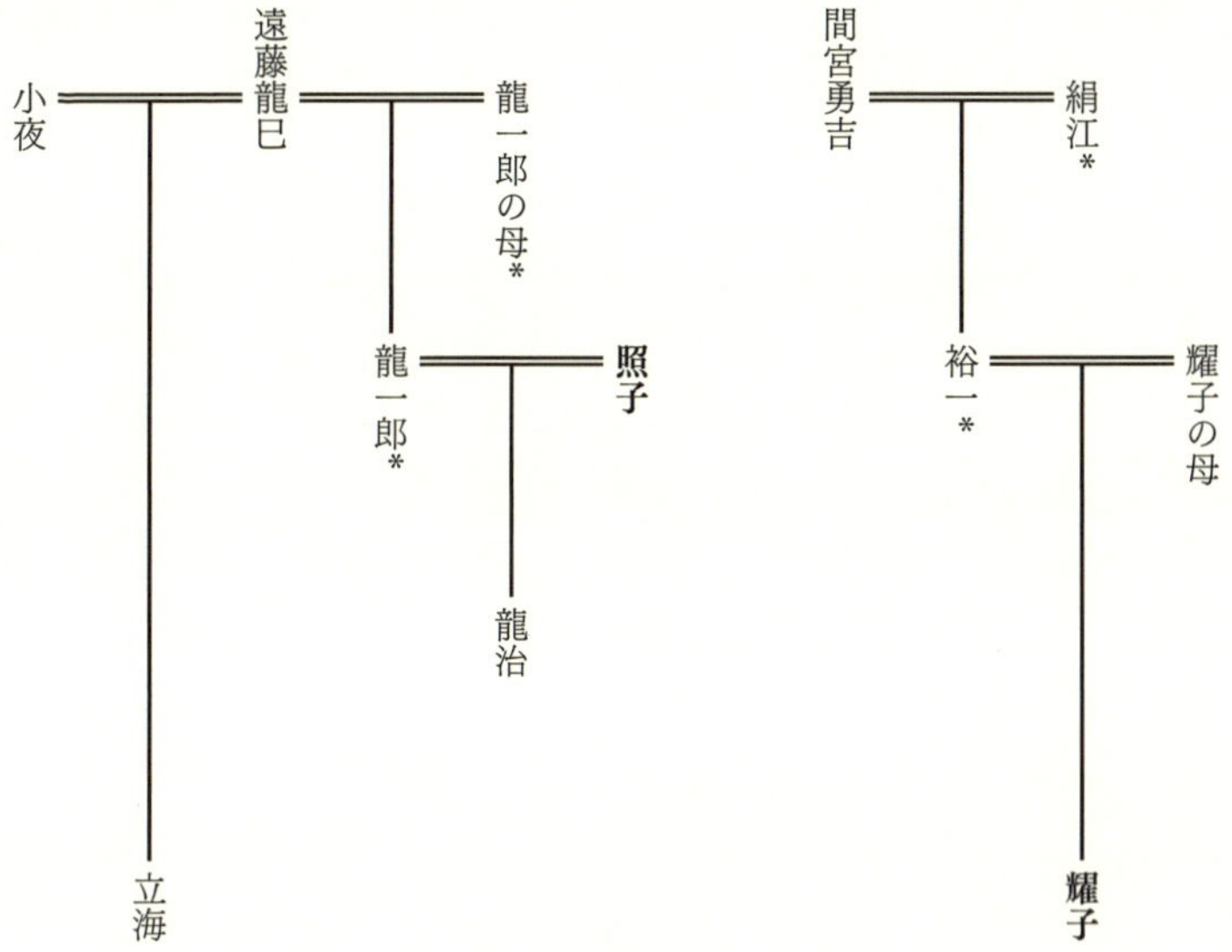

*亡くなっている人物

プロローグ

一九八〇年　八月七日　立秋

泣いていたらいつも抱き上げられ、背中を撫《な》でてもらえた。

とてもあたたかい、大きな手だ。手を広げてその人の首に抱きつくといい匂いがした。

あれはおとうさんかな、と思うけど、神様かもしれないと間《ま》宮《みや》耀子《ようこ》は思う。でもどちらでもいい。二人とも同じ空の上の人だ。そして目を閉じれば、いつだって背中を撫でてくれた手を思い出す。

だからつらくなると目を閉じる。

学校でグズとからかわれたら、そうする。いやなことをされたり言われたりしたら、目を閉じてうつむくことにしている。仕事から帰ってきたおかあさんが泣いても、そうしていればやがて終わる。いつだってあの手を思い出せば、あたたかいものが身体《からだ》に広がっていく。

自分で洗った服がしわくちゃでも、目を閉じてしまえばわからない。先生に当てられて答えられなくても、目を閉じてしまえばいい。最近、学校の授業がまるでわからない。頭のなかで時折カラカラと音がして、それが気になると相手の言葉が頭に入ってこない。そして何をしても他の子より遅れてしまう。

頭のねじが取れてるんだ、と母は言う。その言葉を思い出して、車の後部座席で耀子は膝《ひざ》を抱える。

だから……置いていかれたのかな。

先月の初めから母が家に帰ってこなくなった。これまでにも何度かあったので、一人で母を待った。

枕元《まくら》にお金が置いてあったから、それで食べ物を買った。お風呂《ふろ》や洗濯のやり方はこの間、小学四年生になった日に教わったから、なんとかやれる。だけど一週間が過ぎたあたりで風呂をわかしているときに眠ってしまい、気が付いたら部屋中に煙が立ちこめていた。立ち上がろうとしたが動けず、声も出ない。その瞬間、誰《だれ》かが入ってきて、目の前が真っ暗になった。それから先の記憶がない。

目覚めたら病院にいて、大人にいろいろ聞かれた。担任の男の先生が会いに来てくれ、おかあさんは来られないよ、と気の毒そうに言った。

どこかに行ってしまったらしい。

いつものこと、と黙って目を閉じた。目さえ閉じれば、あの大きな手を思い出せる。ところがどれだけ固く目を閉じても、いつものあのあたたかな感覚がよみがえらない。

担任の先生はすぐに帰っていった。

それからしばらく施設というところにいた。そのあと、おじさんの家に連れていかれた。おかあさんのお兄さんと聞いているけれど、よく知らない人だ。そして今朝、その人ともう一人の男に連れられ、新横浜という駅から新幹線に乗り、降りたあと車でずいぶん走った。

膝を抱える手がしびれてきて、耀子は車の窓から外を見る。

あたりは山だらけで、はるか下に川が流れている。

どこかに捨てられるみたいだ。

怖くて目を閉じたら、車が停《と》まった。降りろと言われて外に出る。その瞬間、息を呑《の》んだ。

大きな門が目の前にそびえていた。

なんだ、これ、とおじさんが門を見上げた。

「寺か？　神社か？　住所はあってんのか。人んちの門じゃねえだろ、これは」

もう一人の男があわてて紙を見た。

「あってますよ、番地通りならここです」

城みたいだ、と言いながら、二人は中に入っていった。そのあとに続いて、おそるおそる耀子も門をくぐる。そして今度は大きく息を吸った。

目の前に色とりどりの短冊を吊《つ》るした笹《ささ》が飾られていた。石畳の道が奥まで続き、その両脇《わき》に大きな笹飾りがずらりと並んでいる。

トンネルみたい……。

石畳の道を歩きながら、耀子は色とりどりの短冊を見上げる。

七夕？

先月の七夕にこんな笹飾りを学校で作った。だけどもう八月だ。

そこで待っているようにと言って、二人はどこかに消えた。

黙って耀子は笹を見上げ続ける。

やさしく、風が吹いた。

ほおにかすかに色紙の飾りが触れ、そっと耀子は手を伸ばす。金紙の鎖が手にからみつき、こぼれおちた。そのきらめきに見とれて、おそるおそる首飾りのように巻いてみる。

クヒッ、と奇妙な音がした。

笑ったような声に驚いて、その方向を見る。

笹飾りのトンネルの向こうに小さな子どもが立っていた。

背丈は耀子の肩ぐらい、幼稚園児ぐらいに見える。つやのある黒髪に紫の着物、その上に水色のエプロンのようなものをかけていた。

なんとなく怖くて後ずさると、子どもが近寄ってきて、耀子が首にかけた金色の鎖を手にした。

そしてそれを引いて走り出した。

怖いのに足が勝手に動く。紙の鎖に引かれて、耀子は笹のトンネルを駆けていく。

前を行く子どもの着物の背に白い星の印がついていた。そこから美しい金色の紐《ひも》が二本下がって揺れている。まるで流れ星を追いかけているみたいだ。

トンネルを抜けたら視界が開けた。

緑の木立のなかに小さな建物がある。お堂のようだ。

急に着物姿のこの子が人ではないように思えて、耀子は立ち止まる。金の鎖が首筋をかすめて地に落ちた。それをひきずったまま子どもはお堂の中に入っていった。

おそるおそる、あとを追う。

八月の七夕。お堂に消えた子ども。背中に流れ星を付けたその姿は小さな神様のようだ。なかに入ると、そこにも七夕の飾りがあった。笹の下には机が置かれ、水色やピンク、黄色の花々が美しく飾られている。

小さな神様は扉に背を向け、花々を手に取っていた。

背中の星の印にそっと触れてみる。

ゆっくりと神様が振り返った。間近で見ると怖いぐらいに肌が白くて黒目が輝いている。

やっぱり……人じゃない。

そう思った途端、身体が硬くなった。すると神様が手にしたピンク色の花を唇に押し当ててきた。軽く口を開けたら、ほろりと溶けて甘い味が広がった。

「お菓子？　お菓子の花だ……」

食べてしまうのが惜しくて、その花を手にして耀子は座り込む。

顔を上げると、小さな神様がお菓子の花を食べながら笑っていた。

その笑顔に身体がほぐれてきて、耀子はそっと横になる。やわらかな風がほおを撫で、さやさやと笹の葉の音がした。

身体じゅうがあたたかいものに包まれた気がした――。

気がついたら、目の前にたくさんの足があった。

あわてて耀子は顔を上げる。

大勢の大人の顔が見下ろしている。口々に何かを言い、怒っているのはわかるが、耳の奥でカラカラと音がして、何が起きたのかわからない。

頭を抱えてうずくまったら、震えてきた。その瞬間、ふわりと身体が宙に浮いた。

「無粋な声を出しなさるな、ご一同」

そっと目を開けると、白髪の老人に抱き上げられていた。

「震えてござるよ、このお姫様が。のう？」

老人が軽く背中を叩《たた》きながら、顔をのぞきこんできた。黒々とした大きな目だ。

「どこかの織姫様のお供だろ、お嬢ちゃんは。お母様はどこに行った？」

背の高い女が老人の耳元で何かを言った。そうか、と言って老人が一瞬、怖い顔をした。

抱きかかえられたままお堂の外に出ると、あとを大人たちがついてきた。

背中にまわされた手に、神様かと耀子は聞いてみる。

人だ、と老人は答え、そのあと穏やかな声で聞いた。

「どうしてそう思った？」

「星だらけ……空の……上みたい」

屋根瓦《がわら》の星の印を指さすと、老人が笑った。

「これは花だよ。この家の紋、撫子《なでしこ》だ」

「花？」

そうだ、と言って老人が笑った。

「ここは峰生《みねお》の常夏荘《とこなつ》。静岡県は天竜川の奥深き場所。よう帰ってきたな、お嬢ちゃん」

「帰る……」

「そうだ、おかえり。間宮のお嬢ちゃん」

そう言うと、老人が耀子を地上に降ろした。

「ここがお父さんのふるさと、天竜の源、峰生だよ」

ふかふかとした苔《こけ》の上に立ち、耀子はあたりを見回す。

峰生、お父さんのふるさと。常夏荘、星のような花……。

第一章

常夏荘を見下ろす丘の中腹から、遠藤照子《えんどうてるこ》は峰生の山々を眺める。

連なる山の木々は天竜杉と呼ばれる木材を産出する人工林で、おそらくそのほとんどがこの遠藤家のものだ。だけどそうした表向きのことは女には教えてもらえない。

ましてや長男の未亡人には。

十年前、三十七歳のときにこの家のあとつぎだった夫、龍一郎《りゅういちろう》を亡くした。龍一郎はもともと体が弱く、そこまで生き長らえたこと自体が自分にとっては奇跡だと言っていた。

『風』のおかげだと。

乾いた風が吹いてきて、思わず照子は絹のショールをかきあわせる。目を落とすと、少し先の草むらに一輪の撫子が揺れていた。

夏の名残のその花を照子は見つめる。

この撫子を紋にする遠藤の一族は、江戸の昔から山林業と養蚕業で栄えてきた。彼らは代々、得た富を峰生の里の発展に惜しみなくそそいだことから、いつ頃《ごろ》からかこの集落の人々は遠藤の本家の当主のことを『親父様《おやじさま》』、その内向きを取り仕切る女主人を『おあんさん』と呼んでいる。

明治時代に先代の親父様が林業に加え、絹の取引と米相場で巨万の富を得て、この家はいよいよ栄えた。さらに現在の『親父様』、遠藤龍巳《たつみ》が東京や京都などの大都市の地所を買い付けて手広く事業を興し、戦後の数々の改革もうまく切り抜けたことで、高度成長の波に乗り、昭和五十五年の今もこの家は栄え続けている。

一族は大正の終わりに住居を東京に移したが、明治期に先代が峰生に建てた邸宅は今も遠藤本家のよりどころになっている。その昔は山城があったという地に天竜の木材を惜しみなく投入し、八年の歳月をかけて造られた豪壮な建物群は遠藤家の紋、撫子の別名にちなんでこう呼ばれる。

『常夏荘』と。

ごたいそうなことで。

心のなかでそうつぶやきながら、照子は足下に広がる光景を見る。

常夏荘には遠藤家の人間が住む邸宅の他にも客用のゲストハウス、使用人が住む長屋、多くの蔵などが建ち並び、明治の昔は四十人近い人間が暮らしていたという。

しかし今はほとんどが閉めきられ、使っているのはほんの一部だけだ。

そしてこの広大な敷地を管理することで、長男の未亡人である照子は日々の暮らしを親父様に保障されている。

そやから……しょうがないのやわ。

風が髪をなびかせる。その髪を押さえながら、照子は邸宅を眺める。

遠藤家は栄えているが、跡継ぎに恵まれない。七代目、八代目は親戚《しんせき》からの養子で、十代目にあたる夫、龍一郎は早世、息子の龍治《りゅうじ》は大学生になるが、それほど丈夫なたちではない。

照子を嫁に望んだのは、家柄に加えて体格が良く、健康そうだからだと親父様は言っていた。昔ふうに言えば五尺六寸。家の鴨居《かもい》につかえる身長は、背を丸めても目立ってしまう。縁談が来ても、たいてい相手のほうが小柄で釣り合いがとれない。そのうえ関西の名流と呼ばれる血をひいてはいても、父亡き後に親戚の家の離れに母と妹と三人で暮らしていた身ではすべてにおいて肩身が狭い。そんな矢先に持ち込まれた縁談は、資産家だが病弱で縁談がまとまらないという二十三歳の龍一郎とのものだった。とても優秀だと聞くが年下だし、まったく気乗りしないまま、見合いの席に向かった。

するど会うなり龍一郎が微笑《ほほえ》んだ。

「風が来た」

かさだかい、と言われたようで、相手を見下ろすと、まるで風だね、と再び龍一郎が笑った。釣書の写真で見た以上に小柄だ。しかしその男はとても凛《りん》とした表情で見上げてくる。

「あなた、もっと堂々と歩けばいいのに」

朗らかな声で龍一郎が言った。

「どうしてそんなに背を丸めるの?」

堂々と背を伸ばして歩いたら、もっと風を起こすだろう。

この話に乗り気ではないからそんな軽口を言うのだと思った。

ところが遠藤家はこの縁談に大乗り気で、ぜひとも話を進めたいという。

木こりの家に嫁ぐのかと当初、母は嘆いたが、この結婚のおかげで実家の暮らしは安定し、妹も望むところへ嫁していった。すべてが順調に進んだように思えた。

龍一郎以外は。

結婚してすぐに長男の龍治を授かったとき、龍一郎はありがとうと言って泣いた。それ以来、龍治は成長していくが、龍一郎はおとろえていく。三十歳を超えたあたりから心臓が弱い上に糖尿病を併発し、病をなだめるようにしながら働き続けたが、とうとう三十四歳のとき、ひとまず仕事を離れて、この常夏荘に療養に来た。

小学校の高学年だった龍治は一緒に行きたがらず、学校の都合もあるので親父様の元へ預け、照子が東京と峰生の間を行き来する日々が続いた。

空に薄く、茜色《あかね》の雲が浮かんできた。

常夏荘の庭にさす夕暮れの光を照子は見下ろす。

亡くなる一ヶ月前に、あの庭で龍一郎と過ごした。そしてこの丘を教えてもらった。

龍一郎の車椅子《いす》を押していたらこの丘を見上げて、登らないかと誘われた。邸宅の裏口から山道を少し上がる丘には、彼の足ではとても行けそうにない。

今ですか、とあのとき聞いた。

即座に、できれば今、と龍一郎が答えた。

誰か男手を呼んで、背負ってもらおうと思った。だけど二人きりでいたかった。

「では私が……背負っていきましょうか」

冗談まじりに言ったら、龍一郎は目を見開き、それから笑った。

「お照に背負われていくのかい？　不甲斐《ふがい》ないね。支えてくれれば歩くよ、ゆっくりになるけれど」

「では、間宮を呼んで参りましょうか」

その日は龍一郎の秘書、間宮裕一《ゆういち》が東京から常夏荘に来ていた。

二人きりでいたいんだよ、と龍一郎が笑った。

そして歩き出したが、龍一郎はすぐに足を止めた。ためらう夫をなかば強引に背負ったら、驚くほど軽かった。そのまま山道を上がっていったら、風のようだね、と夫が笑った。

「一気に吹き上がりましょう」

「ゆっくりでいいよ、本当にすまないね」

「平気です。私、大きいですもの」

それでも男の体はみっしりとした質量があり、丘の中腹まで上がると軽く手がしびれてきた。休もうと言おうとしたとき、あともう少しだと、龍一郎が言った。

「上まで登るのではないのですか？」

「あともう少しなんだ」

やがて道が開けて、小さな原に出た。思わず照子は歓声を上げる。

八畳ほどの広さのところに撫子の花が群生していた。

「ここが目的地」

下ろしてくれと言われて、花のなかにそっと龍一郎を下ろした。

「照子に見せたかったんだ。ここはぼくが世界で一番好きな場所。振り返ってごらん」

振り返ると、花の向こうに常夏荘と峰生の里が視界に広がった。

「花が咲いているときに一緒に来たかったんだ。日暮れどきのこの時間が一番きれいに見える。龍治が来たときにと思ったけれど、急に照子と見たくなった。なんで泣くんだ？」

気がついたら泣いていた。

「なんでや、わからしません」

「京都弁が出たね。ぼくは好きやで、照子の言葉。東京にいるときはすました言葉を使うけど、ここにいるときは気取らんと照子の言葉でしゃべったらええ。これでおうてるか？」

「ちょっとアクセントが違います」

「京都弁は難しい」

そう言って龍一郎が峰生の里を見た。

「ぼくは峰生の子だから、遠州《えんしゅう》弁と東京弁のちゃんぽんで、注意しないと妙な言葉になってしまう」

戦時中の一時期はここで過ごしたというものの、それ以外は生まれも育ちも東京のこの人が、自分を峰生の子と言うのはとても不思議だ。

だけどこの広い空の下から景色を眺めると、その気持ちがよくわかる。

揺れる花々、緑の森。常夏荘の瓦は波のように広がり、その下には青く流れる天竜川。

まるで天国から見下ろしているようだった。

花にそっと触れ、龍一郎が微笑んだ。

「うちの家紋は撫子だろう。だけど庭にはないんだよ」

「どうしてでしょう？　植えてはならぬと言う、いわれでも？」

「ないよ、そんなもの。単に土の性が合わないだけだろう。それとも作り込んだ庭には咲かせにくい花なのかな。だけどここには咲く。ここにだけは」

風が吹き上がってきて、龍一郎の髪がなびいた。

「照子は本当に風のようだ。ぼくの人生にさあっと吹き込んで、いろいろなものをくれた」

花のなかに寝転び、龍一郎がつぶやいた。

「家庭、息子、寿命。ぼくは内心、三十歳を超えるまでは生きられないと思っていたけれど、君のおかげでここまで生きてきた。ぼくがおらんようになったら、遠慮せんと照子は好きに生きたらいい。龍治を連れて、京都へおかえり。そうできるようにするから」

「そんなこと、おっしゃらないで」

「好きなところで好きに生きればいい。照子に東京はうるさすぎ、この峰生は退屈すぎるだろう。だけどぼくはここがいっとう好きなんだ。山が見えるやろう。あれはうちのお山、大勢の山の人たちが守っている。あの人たちのおかげで峰生の森と水はどこよりも綺麗《きれい》で、地滑りもない」

風に吹かれて撫子が揺れた。優しく花に手を伸ばして、龍一郎がつぶやいた。

「なでし子、めぐし子、いとしき子。触れて撫でたくなるような、愛しき君よ」

「どなたの詩ですか」

「ぼくの友人がそう詠んだ。詩人だったらなあ、今、この瞬間を詩に残すのに」

たとえば、と問うと、たとえば、と龍一郎が答えた。

「そうだね……清き瀬の里、揺れる撫子」

龍一郎が花越しに照子を見て微笑んだ。それから起き上がると、軽く咳《せ》き込んだ。

「うまくまとまらないな。続きは、またそのうち」

「では、またここに詩を作りに参りましょう。風がお運びします」

龍一郎が再び微笑んだ。その顔に微笑み返すと、また笑った。

「風が笑うと力がわいてくるよ。何もかも怖くなってくる」

「そんなら笑《わろ》て、笑て、うちが何もかも、悪いもんを追い払うてしまいますよって」

頼もしいね、と龍一郎が言った。

「照子の笑顔は天下一品。鬼も逃げだし、闇《やみ》をも祓《はら》う」

それから再び撫子の丘に行くことなく、龍一郎は逝ってしまった。享年三十六、息子の龍治が十二歳のときだった。

龍一郎亡き後に東京に戻り、『親父様』こと、龍巳のもとで息子の龍治と暮らしたが、その三年後に龍巳は若い愛人との間に次男・立海《たつみ》をもうけた。その頃から龍巳とも龍治ともそりがあわなくなり、龍治の大学進学を機に峰生で暮らしはじめた。

以来、この地では『常夏荘のおあんさん』と呼ばれている。

ため息をそっとこぼして、照子は再び思う。

しょうがないのやわ……。

夫の思い出とともに静かに暮らしてきた。それなのに突然、その暮らしに波風が立ってきた。

発端は先日の宴《うたげ》だ。

親父様は一昨日《おととい》、東京から七歳の次男・立海を連れて峰生にやってきて、界隈《かいわい》の名士を招いて盛大な会を催した。七五三の祝いだと言う。東京でやればいいものを、どうしてわざわざ立海の宴を常夏荘でやるのかわからない。第一、七歳の祝いは女子のものだ。

言われたとおりに準備をすすめてはみたが、不審に思ったので理由を聞いてみた。すると龍巳は昔の慣習にのっとり、家にいるときは十歳まで立海を女の子のような姿で育てていきたいという。大正生まれの龍巳はそうやって育ったらしいのだが、長男の龍一郎のときは迷信だと切り捨ててやめたはずのならわしだった。

しかし次男の立海が龍一郎同様、病弱なのを見てその迷信にすがる気になったらしい。さらにはその宴のあと、立海をしばらくこの常夏荘で預かって欲しいという。東京の小学校に通う立海は体調を崩して学校にあまり行けず、医者から転地療養を勧められたらしい。

いつまでと期限を聞いたが、具体的な日数を龍巳は言わない。宴会を開くのは、そのために峰生や界隈の人々に挨拶《あいさつ》をしておきたかったかららしい。

断りたい。だけど断れない。

息子ともうまくいっていないのに、どうして四十代の今、幼児を預からねばならないのだろう。しかも立海は戸籍上は義理の弟だ。そのうえ東京からは家庭教師を一人同行させる以外は誰もよこさず、常夏荘の人間で次男の世話をしてくれと龍巳は言う。

ここにいる使用人は少なく、病弱な子どもの世話をする余裕はない。せめて東京から慣れたお手伝いをよこしてほしいと言ったが、誰もこんな田舎に来たがらないらしい。

それとも、と照子はショールをかき合わせる。

ひょっとしたら遠藤家は最近、傾いているのだろうか。

最近、親父様が何かの事業に失敗したらしい。そんな噂《うわさ》を七夕の折に誰かが小声で言っていた。

しかし、そうであっても、そうでなくても――女には何も知らされない。

ショールを持つ手に力をこめ、ゆっくりと照子は山道を下り出す。

立海と家庭教師が親父様の家『母屋』で暮らしたがったので、常夏荘で働く人々はその準備にかかりっきりだ。当分は照子が暮らす『対の屋』と庭を隔てた『母屋』との間を、ここで働く人々は行ったり来たりしなければいけない。

そんなに忙しいのに、常夏荘も峰生の人々もどこか浮きたっているところがある。親父様の次男にかける期待は大きく、峰生神社の七夕祭りに立海を連れてきた折は、祭りの前に神社と集落に多額の寄附をして、その返礼に常夏荘は村人たちによって昔のように美しく笹で飾り付けられた。

小さなプリンスの経済効果に人々の気持ちは盛り上がる。そしてどこよりもここを愛した龍一郎のことは忘れられていく。その寂しさに、この丘に来た。

ため息をつきながら坂を下ると、常夏荘の庭を泥だらけの少女が走っていくのが見えた。

再びため息が出た。

逃げるように走っていくその子は間宮耀子と言い、八月の七夕祭の日に、この常夏荘にやってきた。発育が悪くて小学一、二年ぐらいにみえるが、実はもう四年生らしい。龍一郎の秘書をしていた間宮裕一の娘で、常夏荘の一画、使用人が住む『長屋』で祖父の勇吉《ゆうきち》と一緒に暮らして二ヶ月になる。

遠藤家の山の管理をしていた祖父の間宮勇吉は六十歳を機に一線をしりぞいて長屋で暮らし、ここ数年、常夏荘の力仕事や警備をしながら暮らしていたが、最近また請われて山の仕事に復帰している。

そんな間宮のもとに、ずっと音信不通だった孫娘が突然、横浜から連れてこられた。父親の間宮裕一は亡くなっており、女手ひとつで育てていた母親が男と一緒に逃げたらしい。留守番をしていた孫娘が風呂をわかそうとしてボヤを出したことで、置き去りが発覚して、一時期、施設に保護されていたという。

母方の祖父母はすでに亡く、施設からの連絡を受けて、母親の兄が一度は引きとったらしいが、すぐに困って七夕祭りの真っ最中に祖父が働く、この常夏荘に置いていった。そして孫娘はなぜか常夏荘の仏間『庵《あん》』に上がり込み、供物を食べちらかして眠っていた。

人々に責められ、泣いた娘を親父様が抱き上げて事情を知ったことで、その子は今も常夏荘の長屋に居着いている。しかし祖父の間宮は老齢を理由に再び福祉施設に預けることを考えているようだ。

別の足音がどこからか響いてきた。

どうして今日はみんな走り回っているのだろう。

蔵の陰から、息を切らせながら女が走ってきた。

きめ細かい肌が上気して、ほんのりと赤みがさしている。年の頃は三十代後半、よく見れば整った容姿をしているが、銀縁の眼鏡のせいかあまりそれは感じられない。

立海の家庭教師、青井宇明子《あおいうめこ》だった。

捜してたんです、と青井が声を上げた。

「捜してたんですよ、おあんさん。一体どちらに？」

「なに、そんなに血相を変えて。なんでそんなにみんな、今日は走り回ってるの」

「立海さんがいません」

捜したんですけど、と息を切らせて青井が言った。立海は先ほど七歳の祝いの着物を着て、親父様と庭で記念撮影をしたのだが、そのあと突然、姿を消したという。

「義父《ちち》は？」

「急な用事で東京にさきほど帰られました。捜したんですけど、おあんさんがいなくて……。よろしく頼むとおっしゃっていました」

「一緒に行ったということは？」

それはありません、と青井が言った。

「そのときは私と一緒にお見送りしましたから」

「どこかで遊んでいるのでしょう。ここは広いから。かくれんぼうをしても、広すぎて見つけてもらえないほどに」

その昔、息子の龍治が幼い頃、ここで親戚の子どもとかくれんぼうをしたら、見つけてもらえずにそのままガレージで寝ていたことがあった。

「ガレージは捜しましたか？　子どもはあそこが好きよ」

「捜しました。思いつくところは、すべて捜しました。どこからどこまでも。残っているのはあのお堂……」

「『庵』ね」

「そこしか思い当たりません。おあんさん、あそこを開けていただけませんか」

「あそこは鍵《かぎ》がかかっている。誰も入れません」

「だけど……」

仏間と茶室を兼ねたあの庵の鍵を持っているのは『おあんさん』と呼ばれる女主人だけ、つまり照子しか持っていないはずで、立海が入れるはずがない。

青井が何かを言いかけ、それから眼鏡の縁を指で軽く上げた。

賢《さか》しげなその仕草に、なぜか怒りがこみあげた。

「それともなにか？　立海さんも庵の鍵を持っていらっしゃるとか？　そうね、立海さんは親父様の大事なあととりですものね」

「大切なあととりであるのは、龍治様も同じです」

青井が困った顔をした。

嫌なことを言ったと照子も思う。肝心のその龍治は学業にも家業にもまるで興味はなく、日々を遊び暮らしているというのに。

青井が軽く髪をかきあげた。その仕草がまた鼻につく。

「あの……おあんさん」

「なんですやろ」

「その『庵』ですが、セキュリティは万全ですか？」

「どういう意味、セキュリティって。それは……」

いえ、と青井がいらいらした様子で詰め寄ってきた。

「青井……。先生でしたか。最後まで私の話を聴いていただけしませんやろか」

「失礼しました。でも、安全か、という意味ではないのです。あの建物には他からも入れる場所がありませんか？」

「入り口は一箇所だけ。雨戸も閉めてるから、まず子どもは入れしません」

気がついたら少しずつ西の言葉がにじみでてきた。昔、龍一郎が笑っていたように、自分もまた東京風の物言《ものい》いに京都の言葉がまじって、今ではどこの言葉でもなくなっている。留学経験もあり、語学も堪能《たんのう》だというこの女から見れば、ずいぶん大時代的な話し方に見えることだろう。

でも……と青井がつぶやいた。

「なんですの、そんなにおっしゃるなら開けましょか。それより庭の池でもさろうたほうがええのやないの？　うちはそちらのほうが心配やわ」

池、と青井が悲鳴を上げた。

「あの池、そんなに深いんですか」

「深うはない……けど、どれぐらい捜したの？」

一時間ほど、と青井がつぶやいた。

「もう、一時間ほど。あっちこっち、本当に、本当に捜したんです。すみずみまで」

「一時間も？」

そんなに長く丘の上にいたのか。それにも驚きながら照子は声を上げた。

「それをはよ、言いなさいな」

青井に嫌みを言ったものの、庭にある池は広いが大人の膝ぐらいしかなく、とても溺《おぼ》れるとは思えない。

そう考えたとき、さきほど逃げるように走っていった泥だらけの少女の姿が心に浮かんだ。膝ぐらいの高さでも水に顔を押しつけられたら、子どもはひとたまりもない。

急にいやな予感がして、照子は池へと歩き出す。すると使用人の鶴子《つるこ》が先日の宴で使った漆器を運んできた。

「鶴子、池を見てきて。佐々木も呼んで、中まで入ってよう見てみて」

「お呼びですかぁ」

おあんさーん、と今度は女の声がした。

「まずは池をさらって。鶴子が先に行ってるさかい」

「警察に電話しますか」

おあんさん、と声がして、運転手の上着のボタンをはめながら、佐々木が走ってきた。

「そういう意味で言ったわけでは……」

そういうわけでは、と青井がおびえたような目をした。

「あなたもあのいやらしい噂を真に受けてるの？」

思わず足が止まった。

立海さんが落ちてたりしたら」

「おあんさん、このお屋敷には井戸がいくつかあると聞きました。古井戸に……、もし古井戸に
「何？　鶴子が池に行ったさかい、私は庵を開けますけど」

うなずいて鶴子は池へと走っていった。後ろにいる青井が、おあんさん、と声をかけた。

「池をまずよう見て。他にも手の空《す》いてる人に声をかけて」

「行方不明？」

「立海さんが行方不明や」

落ち着いた物腰で佐々木鶴子が聞いた。年は六十過ぎ、息子の信吾《しんご》と一緒に長屋で暮らしている。その信吾は名字で佐々木と呼ばれて常夏荘の運転手をしている。

「何事ですか？」

「千恵《ちえ》、ここえ」

バラの植え込みの向こうから、白いコックコートを着た千恵がふくよかな体を揺らしながら現れた。

「立海さんが消えてしもたんやわ。捜してもどこにもいいひんのやって。鶴子と佐々木は池をさろてるし、お前はあのはしごを登って半鐘を……」

池？　と声を裏返したのち、転がるようにして、千恵が駆けだした。その背を見ながら照子は迷う。昔なら、半鐘を鳴らせば家中の使用人はおろか、集落の人々がこの家に駆けつけてきたという。しかし今、半鐘を鳴らしたところで、この家に残っているのは間宮と孫の耀子だけだし、集落の人々が来るとも思えない。

物見櫓《やぐら》に向かって、今年二十六歳になる千恵が走っていく。しかしすぐに振り返った。

「おあんさーん、このはしご、私の重さに耐えられるやろか」

私が行きます、と青井が走っていって、物見櫓に飛びつくとはしごを上っていった。それを見て、照子は庵へと足を向けた。その瞬間、背後から悲鳴が上がった。

「立海さん！」

振り返ると、物見櫓の中腹で青井が叫んでいる。

「立海さんが……立海さんが！」

「叫んでないで、どんな状況か話して」

「おあんさんの家の屋根に、立海さんが」

「屋根？　千恵、佐々木を対の屋に向かわせて」

再び青井が悲鳴を上げた。

「先生、屋根で何をしているの？」

「お小水を……いえ、踊っています……今は」

踊っている、と聞き返すと、状況を説明しながら、青井が素早くはしごを下り始めた。

どうやら立海は対の屋の二階の屋根にある、観月楼と呼ばれる場所に勝手に上ったらしい。そこから手すりを越えて屋根に下り、ゆうゆうと放尿した後、青井に気が付くと物見櫓に向かって尻《しり》を振って踊っているらしい。

対の屋は瓦葺《ぶ》きの日本家屋だが、内部は洋風に造られ、天井が高い。豪壮な母屋に比べて、小ぶりで優しげだが、屋根の高さはおそらく通常の建物の三階分はある。

青井を待たず、照子は庭を突っ切る。対の屋につくと、立海は屋根の上に座っていた。

紫の着物に水色の被布、漆黒の髪にほのかに紅を挿された唇がよく映え、迷信がなくとも女児の服を着せたくなるような艶《あで》やかさだ。

立海さん、と呼んだら、テルコ、とほがらかな声がした。

「おれねえ、こういうときなんていうか、知ってるよ？　テルコ、聞きたい？」

「立海さん、こっち見たらあかんえ、下を見ないで、お空を見てて」

「なんで？」

「おあんさん、叫んだらいけません」

背後から足音がして、青井が走ってきた。

「大人がうろたえると、よけい調子にのります」

「こまったよ、テルコ」

ああっ、と叫んで、立海が尻餅《しりもち》をついた。爪《つめ》が食い込みそうなほど、照子は手を握りしめる。

「こういう条件闘争を覚えさせては、癖になって……」

「なんでもいいから、これ以上興奮させんといて。とりあえず見せると言うておとなしいさせて」

「教育上、悪い番組は見せていないんです」

「なに言うてはるの？」

「全員集合、見たーい。ヒゲダンスを見・た・い。テレビを見せろ～」

そう言うと立海が奇妙な踊りを踊った。

「やだあ、見せてよ、青井～」

「降りなくていいですから、そこで待っててください、立海さん」

「青井、おれねえ『8時だョ！　全員集合』見たいの。峰生にいるあいだ見せて。そしたらおれ、今すぐ降りる」

ねえ、と立海が立ち上がった。

「なに言うてはんの、じっとしてて」

「ええっとね……。ぜっけいかな、ぜっけいかな」

ふふ、と笑い声がして、みしりと音がした。悲鳴を押し殺し、照子は屋根を見上げる。

「こういうときは、なんて言うんですか、立海さん」

青井が屋根の上に冷静に声をかけた。

「だったらどうしろとおっしゃるの」

「どうしやはったん、立海さん」

「なんか……動けなくなった」

心は浮かれても、見たこともない高さに体が怖がっているのかもしれない。うろたえるなと言ったくせに、隣で青井が叫んだ。

「立海さん、いいのいいのよ。そのまま動かないで」

「なんか、ひっかかった。ひっかかってるんだよね」

立海が立ち上がろうとした。

「立ち上がらんといて！　座ってて！　じっとしとかなあかん」

「ヤダ」

腰を浮かせた立海の体が激しく揺れた。思わず照子は悲鳴を上げる。すると観月楼に小さな子どもがあがってきて、手すりを乗り越えると歩き出した。間宮の孫娘だった。

屋根に子どもがさらに増えた。

膝の力が抜けて、ゆっくりと照子はその場にしゃがみこむ。それを見て、立海が笑った。しかし笑った拍子につんのめり、転げ落ちそうになった。その瞬間、後ろから来た娘が立海の着物の両袖をつかんで引き寄せ、抱え込んだ。

「そや、そのままいててや。二人とも動いたらいけませんよ」

娘が立海を両腕でつかみ、下に向かってうなずいた。少女に抱えられた立海が空を指さし、二人は天を見上げた。

今度は屋根に小柄な老人が現れた。間宮勇吉だった。子どもたちに近寄って軽々と立海を抱き上げると、間宮は孫娘にそこで待つように言い、迷いのない足取りで戻っていった。

青井が対の屋に駆け込んでいく。おおきに、と照子は屋根の上の娘に声をかけた。

「あなた、なんというお名前でしたっけ」

「ようこ、です」

「おおきに、ありがとう」

娘が片耳に手を当てた。聞こえなかったのかともう一度言おうとしたら、青井に引きずられるようにして、立海が対の屋から出てきた。

相変わらず、テレビを見せろと叫んでいる。立海の腕をしっかりと押さえつつ、青井があらためてお詫《わ》びにうかがうと丁寧に頭を下げた。

「やだあ、ドリフ、ドリフを見たーい」

「立海さん、その話はまたあとで」

青井にそう言われ、立海は母屋に引っ張られていった。

女児の着物を着せられても、その歩き方はどうみても男だった。屋根の上から放尿していたのは、こんな装いをさせる大人たちへの抗議だったのかもしれない。

見上げると、耀子はまだ屋根の上にいた。膝を抱えて、遠ざかる立海を眺めている。

数分前に見た姿がやけに目に残って、照子は耀子を見つめる。

まるで昔から見知っていたかのように身を寄せ合い、幼い二人は空を見上げていた。

第二章

常夏荘に続くゆるやかな坂を上がり、『長屋』に続く門を開けると、間宮耀子は鼻をすすった。

靴が冷たい。

体に当たった泥水が足をつたって靴に流れこむ。

八月の初めにこの集落に来て、常夏荘で暮らすことになり、九月から峰生の小学校に通いはじめた。でも丸一ヶ月たった十月になっても、クラスの誰も名前を呼んでくれない。

すん、と鼻をすすったら、頭のなかでまた何かが鳴った。

立ち止まって目を閉じる。だけど背中のあの温かい手の感触は、やはりよみがえらない。

何もかも、消えてしまった。

目を開け、鼻をすすりながらも耀子は歩き出す。

常夏荘の庭は秋を迎えて、木の葉が赤や黄色に色づいていた。きれいだと思うのだが、そのきれいな場所に住んでいるということが、仲間はずれの発端だった。

転校初日、どこに住んでいるのかと聞かれて、常夏荘と答えたら、嘘《うそ》をつくなと言われた。それから言葉が変と笑われ、祖父が買ってくれた習字や図工の道具が、他の子と違っていて、またからかわれた。授業はここでもよくわからず、そして最後は給食の食べ方が汚いと言われた。

最近では二十名の級友、誰もが口をきいてくれない。間宮さんと呼ぶのは先生だけで、他の子は『長屋』、あるいは『長屋の子』と呼ぶ。この広い屋敷のなかで祖父が住んでいるのは長屋と呼ばれる場所で、それを常夏荘に住んでいると言うのは『大嘘つき』で『見栄《みえ》っぱり』なことらしい。

何を言われても何をされても黙っていたらドンガメとはやされ、先月の終わりには祖父が学校に呼びだされた。そして今日の午後の学級会議は「なぜ転校生の間宮さんがいじめられるのか」というのが議題だった。

なぜいじめられるのかという理由をクラスメイトが順に発言していく。机に顔を伏せて目を閉じていたら、その態度が良くないと先生に言われた。最後は一人ひとりと握手をさせられたが、そのあと女子は全員手を洗いにいき、帰り道では六田《むった》公一《こういち》という体格のいい男子が手下と一緒に田んぼの泥を投げてきた。

つかれた。

乾いた風が木立を吹き抜け、ほおに軽く触れた。

風の匂《にお》いをかぎながら、耀子は歩き続ける。庭の小道を行くと垣根と木戸があり、その向こうに花壇と井戸、そして『長屋』があった。

花壇をつっきって縁側にランドセルを置き、ポンプを押して耀子は井戸水を出す。ここに来て初めて井戸というものを見たけれど、ポンプの水は水道より豊かにあふれ、まろやかで甘い味がする。

泥のついた足を洗い、汚れたスカートを軽く井戸水でゆすぐ。

パンツ一枚で寒くなってきたので、井戸にかけられたタオルで手足を拭《ふ》いて、掃き出し窓から部屋に入った。窓から入ると直接自分の部屋に行けるので、最近耀子は玄関を使っていない。

乾いた服に着替えて、横になった。

井戸水で洗った手足が温かい。

この峰生に来て、初めて自分に祖父がいることを知った。祖父は山で働いていて、普段はここから離れた奥峰生というところにいるらしい。でも週に二回必ず長屋に帰ってくる。

あまりしゃべらないけれど、いやなことも言わない。

長屋の祖父の住まいには二つの部屋があり、庭に面した小さな部屋が耀子の部屋だった。トイレと台所はついているが、風呂は共同で、二つ隣には『対の屋』で働いている鶴子が親子で住んでいる。

古いけれど横浜のアパートより日当たりがよく、いつも部屋が明るい。学校から帰ってきて、こうして日向ぼっこをしているとほっとする。そして耀子にとってなによりもうれしいのは、もう風呂をわかさなくていいことだった。

長屋の端にはシャワーと共同の風呂があって、夜になると大人たちがわかしてくれる。そのかわり使ったら、軽くあたりを掃除するのがきまりだ。

食事は夕方の四時に『対の屋』と呼ばれる家に行って、台所の手伝いをしたあと、そこで食べる。朝は門のまわりを掃除したあと、牛乳と新聞を対の屋に運び、やはり台所で食べる。祖父がいるときは祖父も一緒に行くが、一人で行くときが多い。食事時の台所にはコックの千恵、対の屋で働く鶴子や息子の佐々木もいて、小さな食堂のようだ。

対の屋は『おあんさん』と呼ばれる人の家だ。おあんさんは真っ白な肌にすうっと切れたような目をして、何をするにも音を立てない。あまりに静かに歩くので、時折、生きている人ではない気がする。

ここにはたくさんの建物があるけれど、実際に人が使っているのは、そのおあんさんの『対の屋』と『長屋』だけだった。つい一週間前までは。

不思議なところ……。

天井を見上げて耀子は目を閉じる。

でもいちばん不思議なのは――。

窓が開く音がして、小さな声がした。

「ヨウヨ～」

目を閉じたまま耀子は黙っている。すると静かに窓が閉まった。

寝返りを打って、耀子は窓に背を向ける。

一週間前も六田公一に率いられた男子に泥をぶつけられた。横浜にいたときのように、その場にうずくまって、相手が飽きるのを待った。やがて男子は去っていったけれど、濡れた服が冷たくてたまらず常夏荘へ走って帰った。一心不乱に駆けて長屋に戻って木戸を開けたら、垣根の内側にあの小さな神様がいた。

紫の着物に水色の上着。夏は透ける布だったけれど、今度はふっくらとした布で、色が鮮やかに見える。

耀子を見上げて、神様が「ねえ」と微笑んだ。

しゃべるんだ、と思ってこわごわ見ていると、今度は困った顔で言った。

「とって。もたれたら、ひっかかったの」

見ると背中から下がっている金色の細い紐が垣根に絡まっていた。

そっとはずそうとした。しかし神様が大きなくしゃみをしたら、はずみで紐が切れた。

あっと言ったら、神様が困ったような声で、ちぎれたかと聞いた。

ちぎれたと答えると、その場にしゃがみこんだ。よほど大事なものらしい。

しげしげと耀子は切れた紐を見る。ふと、自分の名札の安全ピンに気が付いた。

ピンをとり、ちぎれた紐をつなぎあわせた。

「あの……つながったよ」

ほんと？　と言って、神様が立ち上がった。

「あとで直さないといけないけど」

ありがとうと言って、神様が笑う。その笑顔の可愛らしさに顔をのぞきこんだ。女の子みたいだが、眉《まゆ》が太くて男の子のようにも見える。

神様が見つめ返した。そのまなざしの素直さに戸惑い、あわてて言った。

「なんでここに？」

答えずに、神様が着物の袖《そで》を持ち上げて振った。するとなかから薄紙に包まれたものがごろごろと落ちてきた。ひとつを手に取り、紙をひろげると、夏に食べた花のお菓子が入っていた。

黙ってお菓子をすべて袖に入れ戻す。すると神様が困った顔で、食べないかと聞いた。

「いらない」

しょんぼりと神様が縁側に座り、袖からお菓子を出して食べ始めた。それを背にして泥だらけの服を脱ぎ、耀子は井戸端でゆすぐ。ねえ、と声がした。

「なんでドロがついてるの？」

無視して服をしぼり、物干し竿《ざお》にかけて部屋に入る。そして祖父がおやつに食べろと置いていった金柑《きんかん》の蜂蜜《はちみつ》漬けの大瓶をあけた。

視線を感じた。振り返ると窓から神様が目を丸くしてのぞきこんでいる。

黄金色のシロップをおちょこですくって、プラスチックのコップに入れる。そして井戸端にいって水で割って飲んだ。するとと神様はお菓子を手にしたまま近寄ってきた。

「なあに、それ」

「金柑ジュース……」

再び大きな目に見つめられ、なんとなくコップを見せてやる。

おそるおそるコップを両手で取り、神様が金柑ジュースの匂いをかいだ。

いい匂い、とつぶやいている。飲んでいいかと聞かれたので、うなずくと一口飲み、そのあと一気に飲み干して笑った。

「ワアオ、すっごくおいしい。ラクガンより百倍おいしい。あっ」

決まり悪げに、大きな瞳《ひとみ》が見上げた。

「全部のんじゃったよ……ええっと」

「耀子」

「ヨウヨのぶん」

「ヨウコです」

そう言ったとき、遠くから女の声がした。切羽詰まった声で誰かを呼んでいる。

ごちそうさまでした、と行儀良く一礼すると、そのまま神様は走っていった。

それからしばらくして『対の屋』に夕食の手伝いに行くと、神様が屋根の上で騒いでいた。何気なく建物の横に行ったら、大きな木の下に草履が脱いである。木には登りやすいように大きなくぎのようなものが打ち込まれていて、どうやらそれを伝って屋根に登っていたようだ。頭上からとても楽しげな声がして、しかも簡単に登れそうだったから屋根に上がってみたら、神様は瓦に着物がひっかかって身動きがとれずにいた。

近寄って、落ちないように袖ごと身体をつかんでみた。すると陽気な声を上げていたわりに、身体が震えていた。

すぐに祖父が屋根に登ってきて、その子を連れて行った。そのあと戻ってきた祖父と屋根を下りながら、さっきの子は何かとおそるおそる聞くと、本家の立坊《たつ》ちゃんだと返事が戻ってきた。

「坊ちゃん？　女の子みたいだったよ」

「そういう格好をしているだけだ」

どうして、と聞いたが、祖父は答えてくれなかった。

あれが――一週間前のこと。

ゆっくりと寝返りを打って、耀子は窓のほうを見る。

神様のようなあの子は人間で、大人たちは『本家の立海さん』とか『立坊ちゃん』と呼んでいる。身体が弱くて東京の学校を休み、しばらく空気のきれいな常夏荘で暮らすのだという。だけど家庭教師がずっとついているから、峰生の小学校に行かなくてもいいらしい。

お坊ちゃまだ。

再び静かに窓が開き、おずおずと立海が顔を出した。無視するつもりが、うっかり目が合った。

立海が微笑んでいる。

「ヨウヨ……おきた？」

答えずに耀子は起き上がった。

この立海は五日前から耀子が学校から帰ってくると長屋に現れる。どうやら金柑ジュースに興味があるようなので、そのたびに黙って耀子は立海の分も作ってやる。おやつが減るのはいやだけど、ジュースを渡すとおとなしくなるので、相手をしなくていい。

飲み物を渡してやると、いつも立海はうれしそうに縁側に座って味わい、終わると長屋の花壇で土をほじったり、あたりの景色を眺めたりしていた。そして四時になって耀子が対の屋に手伝いに出かけると帰っていく。しかしたまに対の屋で視線を感じて顔を上げると、興味津々な顔でドアからのぞいている。男の子のくせにいつも紺色のスカートのようなものを着ていて、その格好のせいか、着物姿のときの不思議な雰囲気はまるでない。

神様ではなく人間だとわかった途端、少しうっとうしい。だけどお坊ちゃまだから邪険にもできない。仕方なく立ち上がり、金柑の蜂蜜漬けの瓶を手にすると、「ヨウヨは」と声がした。

窓の方を見ると、立海が物干し竿を見上げていた。

「なんで帰ってくると、いつもドロだらけなんだ？」

答えずに瓶のふたを開ける。午後の光を受け、金色の実が蜂蜜のなかで輝いていた。

「よく転ぶの？　ぼく……おれといっしょだね」

それでね、と立海が小さく笑った。

「学校から帰ると、いつもねてる」

プラスチックのコップを二つ持ち、すくった蜂蜜を入れて縁側に向かった。縁側に腰掛けた立海がうれしそうに自分を指さして、見上げてきた。

「それもね、ぼく……おれといっしょ。学校から帰ったら……ねてる」

それがなに？

そう思いながら井戸に向かうと、立海がついてきた。ポンプの下にやかんを置き、レバーを押す。たっぷりと清水があふれ、またたく間にやかんに水が充《み》ちた。

やかんからコップに水を入れて、指でかきまぜる。ひとつを渡すと、立海が笑った。

「だけど、この甘いお水をのむと、元気になるんだね」

「関係ない」

「だってのんだら、対の屋に行くじゃない」

「そういう約束だから」

時計を見るとあと少しで四時だった。あわてて部屋にあがって白いエプロンをつける。窓を閉めて対の屋に向かって歩き出すと、立海がついてきた。

長屋の木戸を開けると、そこは広い芝生の庭だった。その庭の右手側に立海の住む『母屋』があり、左手側には『対の屋』がある。二つともお寺のように立派な建物だが、対の屋のほうが小さくて、優しそうな雰囲気がした。

「ねえ、ヨウヨは、いつも対の屋で何をしてるの」

「洗濯物を畳んだり、ジャガイモの芽をとったり、お皿を並べたり」

ふうん、と声がした。

「ぼく……おれもやってみたいな」

むり。そう思いながら、対の屋のお勝手口の戸を開ける。

コンロの前にいたコックの千恵が振り返った。

「ああ、待ってたよ、耀子ちゃん。洗濯物の前に今日はちょっとお使いに行ってきて」

ふくよかな体をゆすって千恵が買い物カゴとメモを持ってくると、「あらら」と顔を横に傾け、明るく笑った。

「立坊ちゃん、こんなところに来てはダメだよ。調理場は危ないからね」

どうして、と立海がどこか偉そうな口調で聞いた。

「お湯とか油とか、いろいろ危ない物がありますからね」

「おとなしくしてるよ」

「だめです」

「ヨウヨはあぶなくないの？」

千恵が一瞬困った顔をした。

「耀子ちゃんは大きいから」

「ちっさいよ。それに女の子だよ」

たしかに自分は小さいが、それを人に言われるとみじめだ。しかも立海だってかなり小柄だ。

「ねえ、千恵」

こともなげに立海は大人を呼び捨てにした。

「おれも行きたいよ、お買いもの」

「えっ？」

思わず千恵と声が重なった。立海がほがらかに言った。

「おれね、峰生の町ってあまり知らないの。常夏荘しか知らない。行ってみたいな」

「立坊ちゃん、遊びに行くんじゃないんですよ」

わかってるよ、と大人びた口調で立海が言った。

「お買いものだろ。お買いもの……って、なにを買うんだ？」

野菜とか、と耀子がつぶやくと、千恵が笑った。

「今日は生姜《しょうが》とお豆腐ですけどね、また今度にしましょうよ。青井先生にも聞かないと」

聞いてよ、と立海が壁を指さした。そこには電話の受話器がさがっていた。

「内線で聞いて。おれ、まってるから」

そう言って立海があがりかまちに腰掛けた。

長屋ではどこか遠慮がちだったのに、急に強気になったその態度に耀子は戸惑う。それでも目が合ったら立海が優しく微笑んできた。

軽く笑って、千恵が電話をとりあげた。

「じゃあ一応、聞きますけどね。きっと青井先生はダメって言いますよ」

話し出した千恵が何度もうなずいている。青井という人はやはり許可しないようだ。

ダメなのかな、と立海がつぶやき、靴を脱いだ。そしてキッチンにあがるなり、ねえ、かわって、と飛び上がって、千恵から受話器を奪った。

「青井！　あのね、だめなの？　だめなら、おれ、また屋根にのぼる」

えっ、と千恵が受話器を取り返そうとした。

「立坊ちゃん、それはやめてよ」

「今度はとびおりる。ぼく、本気。だからよそいき持ってきて」

それから立海はうなずき、サンキュー　ソ、マッチ、と言って電話を切った。

「待ってて。青井がよそいきを持ってくるから」

「よそいきって……」

「このかっこうじゃ外に出られないよ」

「それ、ひょっとして、やっぱり……」

祖父の沈黙に、聞いてはならない気がして黙っていたが、おそるおそる耀子は言った。

「スカート……なの？」

スカート以外のなにに見えるの？　と立海が困った顔で笑った。

※

よそいきに着替えた立海と一緒に、耀子は対の屋の台所を出た。

買い物カゴをもたせてほしいと立海が言ったので渡したら、カゴを振り回して駆けていった。

うれしくてたまらないという様子だが、耀子の心は沈み込む。

集落に下りたら男子たちに会うかもしれない。女子にだって……。

男子のいたずらもつらいが、女子の冷ややかな目も怖い。

毎朝起きるたびに思う。学校に行きたくない。だけど行けば給食がある。横浜にいたとき、それはなによりも大事なことで、それだけのために学校に行っていた。

だけど常夏荘では朝も夜もきちんと食べられ、しかもコックの千恵が作る食事はとてもおいしい。死にそうにお腹がすくということがなくなり、お昼を抜いても大丈夫だと思ったら、学校をさぼりたくなった。

だけど、朝になると学校に行ってしまう。

ひょっとしたら——だれかが話しかけてくれるような気がして。

ねえ、と前を行く立海が振り返った。

「今日のお夕飯はなに？」

「ワフー・ハンバーグって……千恵さんが言ってた」

「やったあ、ハンバーグだいすき」

「あっ、でも……」

おあんさんをはじめ、遠藤家の人々の食事は長屋の住人たちとはメニューが違う。そう言おうとしたが、立海はうれしそうにまた駆けていった。

ハンバーグ。その言葉を味わいながら、耀子は芝生の庭を歩く。

ハンバーグと言ったら、スーパーで買う、白い袋に入ったハンバーグのことだと思っていた。好きだったし、油を引かずに焼けるので、母がいないときはそれを始終買って食べていた。だけど常夏荘のハンバーグは千恵が手でこねて丸めたもので、かむと肉のスープがじゅっとあふれて、ふわりとタマネギの甘い味がする。初めて食べたら、ほおがキュッとしまって、それから思わず笑いそうになって下を向き、あっと思った。ほっぺたが落ちるほどおいしいって、教室で誰かが言っていたけれど、こういうことなんだ、と。

今夜は和風ハンバーグにすると千恵が言っていた。ワフーとは何かと思いながら、耀子は足を速める。

ハンバーグっていろいろあるんだね……。

頭のなかでカラカラと音が鳴り出した。足を速めるたびに強く響く。だけど楽しいことを考えていると、音がしても気にならない。

立海が通用門の前で振り返って足踏みをした。正門ほどではないが、ここにも大きな二枚の木の扉がある。ただ通常はその隣にある小さな木戸を使っていた。新聞受けや牛乳箱もそこにあり、この通用門周辺の掃除をするのが耀子の朝の仕事だった。

木戸を開けて二人で外に出ると、立海が門を振り返って言った。

「ねえ、ヨウヨ、ここにはいくつ門があるの？」

知らない、と答えたら、立海が見上げた。

「なんか、おこってる？」

意地悪を言った気がした。

「全部は知らない。けど、あのお城みたいな門……」

「うん、ぼく、東京から来るときは、いつもあっちを使うよ」

「あれは……親父……様？」

うん、と立海がうなずき、うつむいた。

あの白髪のおじいさんがこの子のお父さん。そう思ったら、奇妙な心地がした。

「あの門は親父様とお客様用なんだって。それ以外にあそこが開くのは結婚……とお葬式のときって……千恵さんが言ってた。それで普段はこっちの……通用門ってのを使って……新聞とか牛乳とか手紙とかは全部ここに来るの」

「ヨウヨもここを使ってるの？」

「ううん。長屋用の入り口がもういっこ」

使用人の入り口は通用門から少し坂を下ったところにあった。ちょうどその前を通ったので、耀子はその木戸を指さした。

「あの扉。勝手口って呼ばれてる」

「あそこを開けると、ヨウヨんちが近いの？」

そうだと答えると、自分も使っていいかと立海がたずねた。

「ここは……」

あんたの家とあなたの家、というのもためらわれ、耀子は口ごもる。

「遠藤さんちのものでしょ。どこ使っても勝手じゃない？」

「子どもは使っちゃ駄目ってとこ、いっぱいあるの」

ふうん、と耀子は石を蹴《け》る。

「ねえ、ヨウヨウ」

「ヨウコだよ」

「ヨウヨウ、とかヨウヨって呼んじゃだめ？」

「なにそれ？」

「ニックネームだよ。ヨウコちゃんは学校でなんてよばれてるの。ヨウちゃん？」

別に、とつぶやいたら、ドンガメと呼ばれているのを思い出した。

ニックネームってなんて格好いい言葉だろうと耀子は思う。この子が通っていた学校は、きっと格好いい子ばかりなんだろう。

ニックネーム……ドンガメ。

ドンガメじゃなかったら、長屋の子。

ぼくはね、と快活に立海が言った。

「リュウカイ。リュウカイって呼んで」

呼びたくない。

「ぼくらはヨウヨ&リュウカイ。どう？」

いやだ、と即座に断ると、そう、と立海がうつむいた。

常夏荘の坂を下りきるとゆるやかなカーブを描いて道は橋へと続いていく。橋の下には清流があり、石だらけの川原に小さな建物が二つあった。

常夏荘の人々が湯小屋と呼んでいるそこには温泉がわいており、二つの建物のなかには風呂場があるらしい。

立海が走っていき、橋から下をのぞいた。きれいな水だとはしゃいでいる。その後ろ姿をあらためて眺め、不意に耀子は不安になった。

立海のズボンは遠目に見るとスカートに見えた。キュロットというズボンらしいのだが、長めの髪ときれいな顔立ちのせいで、とても男の子の服装には見えない。子どもたちが見たら、からかいのタネになりそうだった。

無邪気な笑顔で立海が振り返った。しかし視線を感じたのか、自分のズボンを見た。

「なあに？　ぼく、変？」

「学校にもそのカッコで行ってたの？」

「学校はせいふく」

「制服があるんだ。そのときはズボン？」

「あったりまえだろ」

怒らせたらしく、立海が足早に歩き出した。

「じゃあ、今は……なんで？　そういう……」

「おまじない。女のかっこうするとカラダが強くなるとか……知らないよ」

苛立《いらだ》たしげに立海がどんどん先を行く。小走りで追いかけて隣に並んだら、立海の服に手が触れた。白い薄手のセーターは驚くほどなめらかで、手がすべるような感じがした。

「あっ、すべすべ……」

「さわんないでよ」

ごめん……とあわてて手を引っこめる。それでも手の甲になめらかな感覚が残っていた。

「そのセーター、チクチクしないいんだね。スルスルしてる」

困った顔をして立ち止まり、立海がセーターの袖をひっぱった。

「じゃあ、いいよ。さわっても」

うん、と言って耀子は純白の袖をそっとなでる。ヘン？　と立海が聞いた。

「ぼくのカッコ……やっぱヘンだよね」

「ううん。すべすべで、むちゃくちゃ気持ちいい」

うれしそうに立海が笑った。

橋を渡って集落に入っていくと小学校の門が見えた。高学年の男子たちが鉄棒のまわりで遊んでいる。

立海が常夏荘の方角を見た。

「常夏荘って高いトコにあるんだね……あっ、由香里《ゆかり》だ」

校門から一学年上の女子が出てきた。陽に焼けた、手足の長い女の子だ。

「おおい、由香里」

立海が少女に手を振って、耀子を見上げた。

「あれ、ぼくのしんせき。下屋敷《しもやしき》の由香里だよ」

「下屋敷？」

「上屋敷《かみやしき》、下屋敷っていうしんせきがいるの。上屋敷の人たちは東京にいるけど、下屋敷のしんせきはこっちにいるの」

立海は手を振ったが、それを見るなり由香里は逃げるように走っていった。

そうだろね、と少し意地悪な気分で耀子は考える。

二日ほど前に校庭で五年生の男子たちが聞いてきた。東京から来た坊ちゃんはスカートを穿《は》いてるって本当か、と。

嘘とも本当とも言いかね、わからない、と答えたら、鉄棒に足かけ上がりをして何度も回っていた遠藤由香里が、そうよ、と鉄棒の上から笑った。

「本家の立海さんでしょ。七夕のときは振袖を着て、口紅をぬってた」

気持ちわるう、と男子が笑った。

「それからこの子。本家のお仏壇のお供えを盗み食いして、グーグー寝てた。常夏荘に置きざりにされたんだってさ。ね？」

捨てられたんじゃねえ？　と男子が笑い、長屋に帰ってから、その言葉の意味をかみしめた。

あの子、親戚だったんだ……。

そう思っていたら「おおい、チビ」と声がした。

校庭の隅のブランコに六田公一と男子たちが集まっていた。

あわてて耀子は早歩きをする。

六田公一という男子は背が高く、一つ下の弟の公介《こうすけ》は太っており、コンビで暴れると上級生でも勝てる者はいない。二人はハムイチ、ハムスケというあだ名で、ハム兄弟と呼ばれて学年の男子を束ね、いつも耀子の帰り道にちょっかいを出してくる。

「おおい、チビ、ドンガメ」

ぼく、呼ばれてる？　と立海が耀子を見た。

「チビってぼく……おれのこと？」

おおい、とハムイチが言ったあと、男子が声をそろえた。

「チビチービ、ドンガーメ」

むかつく、と立海がつぶやいた。

「ドンガメ？　ドンガメってなんだ？」

早く行こうよ、と立海の背を押した。

「ね、早く」

「なんだよ、もう……由香里はにげるし、いきなりチビ、チビいわれるし」

それは立海ではなく自分のことを言われたのだ。だけどドンガメと呼ばれているのを知られたくなくて、立海をせきたてて集落の商店街に行く。

ところが商店街に入ると、今度は大人の好奇の目が集まってきた。皆、一様に立海の色白の顔を見て、それからキュロットを見る。

視線を感じて立海は黙りこみ、その沈黙が怖くなってきて、手早く耀子は買い物をすませた。

そして商店街から戻り、小学校の前を足早に通ると、男子たちはもういなかった。

ほっとして橋の近くまで来たところで、耀子は足を止めた。

ハム兄弟と手下たちが橋の手前のあぜ道で遊んでいた。

全員が理科の教材で使った水鉄砲を、何かの作物を栽培中の泥田につっこみ、水をかけあって遊んでいる。最近、いつも泥水をかぶるのは、その水鉄砲のせいだった。特にハム兄弟は自分たちで様々な水鉄砲を工夫し、他の子どもの鉄砲よりひときわ多く水が飛ぶ。

買ったものをカゴから出し、ブラウスの下に入れた。食べ物に泥がかぶったら大変だ。

どうしたの、と立海が見上げた。

「あのね、走ろうか、橋を越えたところまで」

「ぼく……おれ……ちょっと気分……わるくなってきた」

「少しやすむ？」

人目につかないところで休んでいたら、彼らはそのうちどこかに行くかもしれない。

「ううん……早くかえりたい」

そう、とうなずきながら、おなかに入れた買い物を左手で支え、右手で持ったカゴの柄を耀子は握りしめる。立海の服を汚してはいけない気がした。でもそのカゴで泥水をはねかえせるのか、自信が無い。

「あの……リュウカイ、さん」

目を輝かせて立海が顔を上げた。その瞬間、泥水が飛んできて耀子の腰に当たった。反射的に立海を引き寄せ、耀子は身を丸める。

自分はいい。だけどこの子は汚しちゃいけない。

続けて二つ目の泥水がすねに当たり、そのあと無数の泥水が降ってきた。

「なになになに？」

立海が叫んだ。

「待ってて。いいから、すぐやむから」

そう言って強く引き寄せると、立海の髪からいい香りがした。

ひょーひょー、と声がした。

「男と女で抱き合っちょる〜」

容赦なく泥水が降るなか、なんだよ、と立海が叫び、耀子を突き飛ばした。

そのまま立海は走っていく。あわてて追いかけようとした瞬間転んだ。

腹のあたりで、何かがぐちゃりと潰《つぶ》れ、冷たい水がしみてきた。

「と、豆腐……おとうふ……」

立海が田んぼに突っ込んでいった。ああ、と耀子は思わず声を上げる。

一瞬でズボンが汚れ、白いセーターに泥が飛び散った。

「おい」

振り返るとハムイチが立っていた。思わず身がすくむ。

「おい……長屋」

立ち上がって逃げたいが、服の下の豆腐が気にかかる。腹に手をあてたまま、じりじりと前に這《は》うと、ハムイチが近づいてきた。

「なんか……お前、腹、どうした？　だいじょうぶか……」

腹が冷たい。豆腐が入った青い器が割れた気がする。大丈夫なはずがなく、激しく首を横に振ると、再びハムイチが、長屋、と言った。

ナガヤってなんだよ、と立海が叫ぶ声がした。

「マミヤだよ。ヨウコちゃんだよ」

セーターの裾《すそ》をひっぱりあげて、泥をすくうと立海が走ってきた。

「おまえか、いつもドロでよごすの」

そう叫ぶなり立海があぜ道に飛び上がり、ハムイチに続けざまに泥を投げた。

「おれのヨウヨにになにすんだ」

オレノヨウヨ、と男子が笑った。

「ひー、腹いてえ。スカート君が、スカート君がオレだって、ひぃー」

「スカート君？　それ、おれのこと？」

すたすたと橋のたもとに行くと、立海がそこにおいてあったランドセルをつかんだ。

「これ、だれのだ？」

男子が一人、笑いをおさめた。それを見るなり立海はランドセルを橋から放《ほう》り投げた。

ぼちゃん、と橋の下で音がした。

「ああ、なにすんだよ」

男子が身を乗り出し、あわてて橋のたもとの階段を下りていった。続けて立海が足下のランドセルを手にした。

「ちょ、ちょ、ちょっと俺《おれ》のはやめてよ」

立海がふっと手を止め、声を上げた男子を見た。そして今度は両手でランドセルを頭上に掲げると、田んぼのなかに叩きつけた。

「あーっ、おれの、おれのカバン……」

さらにもう一個、体操服袋を手にしたとき、立海がふらつき、しゃがみこんだ。

「リュウカイ君」

あわてて耀子は立ち上がる。田んぼから男子たちが走ってきて先に立海を取り囲んだ。

その瞬間、欄干にもたれて立海が吐いた。

うわーっと声が上がって、男子が後ずさる。

ふーっと大きく息を吐いて、子どもたちを見回すと立海が腕で口をぬぐった。

「ああ、すっきりした」

そしてうっすらと笑った。

「こんどはカバンのなかに出すぞ」

カバンをひっつかみ、子どもたちが一斉に逃げた。ハムイチが立海に近寄った。

「あのな、お前……その体操服袋……かえしてくれん？」

立海が無造作に袋を開けて口元にあてた。子どもたちが悲鳴を上げる。

「リュウカイ君、やめてやめて」

思わず耀子も叫ぶ。

「そこに吐かないで」

ふっと立海が耀子を見た。そして袋を川に放り投げ、欄干にもたれてまた吐いた。

下から声が上がった。

「なんか、降ってきた。なんか降ってきたで。ひゃー」

ハムイチが川へ走っていった。欄干に耀子が駆け寄ると、口をぬぐって立海が振り返った。

「なんで止めたの？」

「なんでって……」

「袋に吐いてやればよかった」

「だって……」

そう言ったきり、耀子は立ち尽くす。立海が横を向いた。

「あんなの、ゲロまみれにしてやればよかったんだよ」

「でも……」

川から男子たちが上がってきた。その顔に見たことのない表情が浮かんでいる。

再び軽く腕まくりをすると服についた泥を落とし、立海が歩き出した。あわててあとを追う。

小さいのにその姿は堂々としていて、自分のほうが年下みたいだ。

仕返し……という言葉が口から出た。

前を向いたまま、仕返し？　と立海が聞き返した。

「反抗すると……よけいにひどくなる。先生に言いつけたり……歯向かったりすると、もっとひどいことをされる」

立海が振り返った。めくりあげた袖から腕時計が見え、そこだけが大人びて見える。

親父様とよく似た大きな目で見つめられ、少し声がふるえた。

「じっとしてれば……よかった……のに」

「ドロでうまっちゃうよ」

「うまらない。あんなことしたら、次はもっと……もっと……」

ゆっくりと顔を前に戻し、立海が歩き出した。

「反抗したら、もっとイヤなことされる。黙ってればいいの、あんなの……。目を閉じて、我慢すればいい。そしたらなんだって……すぐ……終わる。リュウカイ君」

振り返らずに立海は歩いて行く。

男子たちが集まって、じっとこちらを見ている。

服の下から出すと豆腐は完全に崩れていた。壊れた豆腐を抱えて耀子は坂を上り出す。

立海の服からしたたりおちた水が、坂の上にてんてんと跡を残していた。

※

ずぶぬれの立海と対の屋に帰ったら、千恵は驚き、そして憤慨した。どこの子ですか、と聞かれたが、ハム兄弟以外のことはよくわからない。

青井という名の家庭教師とおあんさんが台所に現れて、すぐに立海は母屋に連れて行かれた。

立海はあのあと母屋でまた吐いて、ぬれたのがまずかったのか熱も出ているという。

自分のせいだと思うけれど、どうしたらよかったのかわからず、大人たちにもうまく説明できず、もやもやした気持ちを抱えたまま一人で耀子は長屋に戻った。

そしてその夜遅く、祖父が長屋に戻ってきた。山から帰ってくるのは明日の予定だったのに、対の屋の人々に、何かを言われたのかもしれない。

翌日は学校に行きたくなかった。

しかし祖父がオートバイの後ろに乗せて、小学校まで送ってくれた。他の子どもたちは集団登校をするけれど、常夏荘は集落から離れているので、いつも一人で登校しているのを気遣ってくれたのかもしれない。

楽だったけれど、並んで歩いている子どもたちを追い越して送ってもらうのはひどく目立ち、またからかわれる気がした。

帰りも迎えにきてくれると祖父が言った。

一瞬、喜び、そのあと猛烈に不安になった。

そうやって特別なことがあると、そのあとにきまって悪いことがおきる。

母が家を出て行った前日も男の人と一緒に学校まで車で迎えにきてくれた。それから大きなレストランでスパゲティとフルーツパフェを食べ、眠って起きたら一人になっていた。

また、何かおこるのだろうか。

そう思いながら下駄箱を開けたら、上履きのなかに泥が入ってた。

すん、と鼻をすする。あざ笑うように頭のなかでまたカラカラと音がした。

靴下のまま廊下を歩くと、足の裏が冷たい。それでもなんとか午前中を過ごし、給食の時間になった。

給食当番だったので、子どもたちのあとに続いて耀子は給食室に行く。こんなときにかぎって当番で、しかもハムイチも同じ給食班だった。ところがそのハムイチの姿がどこにも見当たらない。まるで仕返しをしようと手下とどこかに隠れているようだ。

前にいた学校では、給食はワゴン車にすべて載せられ、大人がエレベーターを操作して二階や三階まで運んでくれたものを教室まで押していけば良かった。

だけど峰生の小学校では子どもたちが手分けして、おかずの入った大鍋《なべ》やパン箱を教室へ運んでいく。たいてい二人で息を合わせて運んでいくのだが、一緒に運んでくれる子がいないから、一人で持てるお茶のヤカンを手にした。すると後ろからハムイチの声がした。

「おい」

思わず身体がこわばった。

聞こえないふりをしてヤカンを持ち上げると、先にいった子どもは階段を上がっていった。

あわててあとに続く。

「おい、お前さあ」

後ろからハムイチの声が近づいてきた。

「それ、よこせよ」

首を横に振り、両手でヤカンをつかんで足を速めた。ヤカンにはお茶がたっぷりと入っており、そんなものを渡してイタズラをされたら怖い。

上のほうから声がした。早く、と言っている。

グズと言われた気がして、階段を駆け上がろうとしたら、冷えた足がもつれた。思わず上の段に手をついた瞬間、ヤカンが倒れて中身がこぼれでた。

痛い。

のどの奥から悲鳴が出た。大量の湯が服に流れこみ、腹から足へと瞬時に伝っていく。

熱い。服が身体にまとわりついて痛い。

声は言葉にならず、もがきながら階段を転がり落ちる。

変な声、とどっと笑う声がして、足音が頭上から聞こえた。そして誰かの悲鳴が上がった。気が遠くなりながら、もがいていたら襟首をつかまれた。

「おめえ、何してんだよ」

ハムイチの声がして、身体が持ち上げられた。そのまま引きずられていくと、水音がした。顔を上げると手洗い場で、ハムイチが蛇口をひねっていた。

「おい、手ぇだせ、いいや、立て、ここに手をつけ」

立ち上がって流しに手をつくと、ハムイチに足を持ち上げられてステンレスの流し場に押し込まれた。十人近い子どもが同時に手を洗える流し場は広く、すべり台に寝転んだように身体がすっぽりとおさまった。横に並んだすべての蛇口から勢いよく水が流れて、足や腹にあたっている。蛇口のひとつからバケツに水をためながら、ハムイチが怒鳴った。

「水の下。痛いところに水をあてろ。お前、顔……顔はかかってないのか。まあいいや、息止めろ」

そう言ってバケツをとると、ハムイチが顔に水をぶっかけた。そしてあわててまたバケツに水をためながら叫んだ。

「先生、先生、早く来て」

水が冷たくて歯が鳴った。女子の悲鳴が聞こえる。背中にも水をあてろとハムイチが叫んで、大声で怒鳴った。

「先生、間宮がふるえてる、早く」

目を閉じればいい。

なんだってそうしたらすべてが終わるんだ。

だけど寒くて痛くて、もう目が閉じられない。

流しのふちに手をかけ、洗い場から出ようとした。その瞬間、大きな音がした。

それが自分のおでこが流しにぶつかった音だとわかった瞬間、何もかも真っ黒になってすべてが消えた。

※

目覚めたら長屋にいた。

薄目を開けて耀子は天井を眺める。真っ暗だった。

首を動かしたら、腕と胸と腹がチリチリと痛んだ。額にはガーゼが当てられていて、顔を動かしにくい。

隣の部屋のふすまから光がもれている。

祖父の声にまじって女の人の声がした。青井という、立海の家庭教師の声だった。

そしてあかりが消えて、人が出て行く気配がした。

同じようなことがここに来る前にもあった。

目覚めたら一人。そして動けるようになったら、どこかに連れて行かれて。

またどこかへ——。

ぼんやりと耀子は天井を見る。

めいわく、やっかいもの、あしでまとい。いなくなれば、じゆうになれるのに。

そんなことを酔った母は言っていた。

グズ、あたまがたりない。ゴミ、いきてるだけでめいわく。

それは横浜にいたとき、学校で言われた。でも峰生にいたら——。こんなきれいで不思議な場所にいたら、いつか友だちができるような気もした。

いきてるのが、めいわく、なんだ。

目を閉じたら、涙がこぼれて耳に流れ込んだ。

気持ち悪くて身をよじったら、また涙があふれでた。

窓のほうから小さな音がして、かすかな風がほおに触れた。

横目で見たら、窓が開けられ、月明かりの下に小さな男の子がいた。

ヨウちゃん、とささやく声がした。

「ぼく……立海だよ……おきてる？」

答えずに鼻をすすったら、ないてるの、と声がした。

「泣いてない」

「入っていい？」

答えを聞かずに立海が膝をついて部屋にあがってきて、そのまま枕元に這ってきた。

「ヨウコちゃん……」

ごめんね、とつぶやく声がした。

「ごめんなさい、ごめんね……」

なにをこの子はあやまっているのだろう？　横を見たら、立海がうずくまって泣いていた。

そっと布団から手を伸ばすと、腕に包帯が巻かれていた。

顔を上げた立海がそれを見て、額を畳にすりつけるようにして、さらに泣いた。

「なんで泣いてんの？」

「だって、ヨウちゃんが……」

仕返し、とくぐもった声がした。

「しかえしを……」

「仕返しじゃない」

「けど……ぼくの、せい」

小さな背中が激しく揺れた。

「ぼくの、せい、だ」

「関係ない」

「じゃあ、なんで？」

さあ、と目を閉じる。

なんでだろう。

「たぶん……」

迷惑なんだ、と言おうとしてやめた。口に出すのがつらい。

月の光が立海の背を照らしている。小さなその姿に、そっと声をかけた。

「帰りなよ、みんなが心配するよ」

だいじょうぶ、と小さな声がした。

「おとなは、みんな、対の屋にあつまってる」

どうして、と聞いたら立海は黙った。

「わたしのことで?」

「ぼくの、ことも」

立海が顔を上げた。淡い光のなかで、ほおに涙が伝っているのが見えた。

「リュウカイさんのせいじゃないのに」

「リュウカイ、ってよんでくれるの?」

ぼくは……とつぶやいて、立海が顔をぬぐった。そしてきちんと座り直すと、膝に手を置いた。

「ニックネームがないの。お友だちがいないから。……ああ、ひとつあった。ゲロムシ……ぼくはすぐ吐くから」

「そう」

「ゲロムシ、そんなのヤダ。でもふつうのニックネーム……。よばれたことも、つけたことも、ない」

だから、ぼく……と小さな声がした。

「ヨウコちゃん、ヨウヨってよびたかったの」

「呼べば」

いいの? とおずおずと立海が顔をのぞきこんできた。

「ヨウヨ、ヨウヨウ、ヨーヨー……ヨーヨウ」

言い方を変え、立海が幾度も名前を呼ぶ。まるで子守歌のようで耀子は目を閉じる。

涙がふくれあがってきて、ほおを流れ落ちていった。

ヨウヨ、と言葉尻を短く切って、「この言い方にするよ」と立海がささやいた。

「ねえ、ヨウヨ」

うん、と答えたら、布団から出した手に、小さな手がそっと触れた。

「もう、泣かないで」

常夏荘の主《あるじ》はもっと年配者だと思っていたと峰生小学校の女性教師が言っている。

対の屋の応接間で紅茶を飲みながら、遠藤照子は教師の笑顔を見る。

年の頃は息子の龍治より二つか三つ上、二十代なかばといったところか。間宮の孫娘の担任だという。

耀子という名のその孫は痩《や》せて顔色が悪い子だった。たまに見かけると、いつも耳のあたりをいじりながらうつむいていて、女の子というより小動物のようだ。

驚きました、と紅茶を一口飲んで、再び教師が笑った。

「前に父兄から、常夏荘のおあんさんと呼ばれる方はお綺麗だと聞いたことがあったんですけど……こんなにお若い方だったとは」

何歳に見えるのか知らないが、驚かれるほど若くもない。一体、何の用で来たのだろう。

そう思ってかすかに微笑むと、お世辞じゃないです、と決まり悪げに言って教師が座り直した。

そして落ちつかない様子で今度はあたりを見回した。

なんだか……、と教師が天井を見上げた。

「すっごい洋間……。日本建築のなかにこんな洋間があるなんて……すごい」

「すごいとは？」

第三章

「椅子とか壁とか……こんな電灯……シャンデリア？　ヨーロッパみたい。初めて見ました……こんな山奥にこんなお屋敷があるなんて」

教師の視線につられて、照子は室内の調度を眺める。明治や大正の時代、海外に行くたびに、この家の男たちは欧米の調度品を峰生に送ったり持ち帰ったりした。戦時中も空襲を受けずにいたから、それらはすべてそっくり残っている。

しかし最近、すべてが古びはじめていた。

自分が今座っている布張りの椅子にしてもそろそろ生地を張り替える時期が来ているのだが、その費用が思った以上に高価で修理に出せないでいる。龍巳に相談したが、色よい返事が戻ってこない。

最近、そうしたことがとみに増えてきて不安になる。本当に今、この家の経済状態はどうなっているのだろうか――。

そう思ったとき、教師が訪問の理由を話し出した。

間宮の孫娘、耀子が二週間前に学校で怪我《けが》をして以来、ずっと休んでいるのだという。

病院の診断結果だとそろそろ回復して学校に来てもいいはずが、まったく姿を現さない。祖父の間宮に連絡をしてもつながらず、ようやく電話に出たと思ったら、しばらく孫は学校には行かせないと強い口調で言われたらしい。

そこで直接間宮に会おうとして、常夏荘に来たようだ。正門の前でうろうろしているのを見かけた千恵が、間宮は外出中だと伝えたら、ここの責任者と会いたいと居丈高に言われたという。

何事かと千恵は驚いたようで、取り次いできた様子にもその動揺が伝わってきた。そこで急ぎ、会うことにしたのだが、こうしてあちこちを見回されると、この邸内がどうなっているのかを見物に来たようでいささか気分が悪い。

　耀子の様子はどうなのかと教師が聞いてきた。

　当たり障りのない返事をしながら、二週間前のことを照子は思い出す。

　常夏荘の庭でバラの手入れをしていたら、小学校の職員が耀子を毛布にくるんでかつぎこんできた。病院から運んできたのだという。

　熱いお茶の入ったヤカンを運んでいて階段で転び、大量の湯を浴びたらしい。

　幸いにも児童が運ぶ前にある程度お茶が冷ましてあったのと、即座に水で冷やしたおかげで、ひどい怪我には至らなかった。しかし冷ましてあったとしても湯には変わりなく、幼い子どもにとって衝撃は大きかったようだ。しかも冷やすために大量の水を浴びたことで気を失ったらしい。その折に顔を打ったようで、額にはガーゼが当ててあった。

　長屋の近くでドングリを拾っていた立海は、毛布に包まれた少女を見て、声もなくその場に座り込んでいた。それから尋常ではない様子で取り乱した。前日にあの娘と峰生の集落に買い物に出かけて、そこでトラブルがあったらしい。

　子ども二人で行かせたのかと千恵と青井に聞いたら、運転手の佐々木に頼んで様子を見てもらい、何かあったら車に乗せるつもりでいたという。ところが帰り道で地元の子どもといさかいがあり、予想外に立海が暴れて止めるタイミングを逃してしまったらしい。

　青井はそのトラブルが原因で耀子に何かがあったのではないかと考えており、立海もそう思っているようだ。

奥峰生に連絡したが、祖父の間宮は遠方の山に入っていて、夜になってようやく帰ってきた。それから青井は長屋にわびにいき、耀子から事情を聞こうとしたが、間宮は眠っているからと言って会わせなかったらしい。

それから二人は連れだって対の屋にわびにきた。

騒がせてしまって申し訳ないと、青井と間宮が深々と頭を下げるのを見ていたら、腹の底からため息が出た。

静かに暮らしていたのに——。

そのうち運転手の佐々木がわびにきて二人に加わった。そしてたしかにトラブルはあったが、子どもの世界ではごく日常的なことで、男の子はあれぐらい元気がないと、と言い出して話が複雑になってきた。さらにその最中、佐々木の母親でもある鶴子が何度もお茶を替えに来る。そのたびに菓子や果物が添えられているところを見ると、どうやら千恵もまだ家に帰らず、ことの推移を気にしていたようだ。

この屋敷のなかで、これまで大人たちは互いにある程度の距離を保って暮らしていたのに、その感覚がいっきに狭まって、どこか息苦しい。

教師はまだ話し続けている。よく動く口だと眺めていたら、子どもには教育を受ける権利と義務があるから、雇用者責任として、学校によこすよう間宮を指導するようにと言って、口をつぐんだ。

その顔を見ながら照子は思う。

間宮は孫娘を施設に預けようと決めたのかもしれない。二週間前に謝罪にきたとき、留守がちな自分に幼い子、それも女の子などとうてい育てられないとつぶやいていた。もしそうなら無理に小学校に行かせるより、今は祖父との思い出を少しでも作った方が良い。

「伝えておきましょう」

それだけを言って、照子は窓の外を見る。そして眉をひそめた。

立海が芝生の上で踊っていた。紙製のヒゲを鼻の下に付け、気持ちよさそうに身体を上下にゆすって、奇妙な手振りをしている。その隣で困惑しきった顔で耀子が立っていた。

立ち上がってカーテンを引くと、教師が顔を上げ、あのう、と言った。

「間宮さんにお見舞いがてら、会いたいんですけど。クラスのみんなが耀子ちゃんを待ってるって伝えたくって」

「かわりに伝えておきましょう」

「じかに会いたいんですよ」

黙って照子は教師を見る。一瞬、ひるんだ目をしたが、教師がバッグから色紙を出した。

「これ、みんなで作ったから。渡していきたくて」

それを受け取って眺めた。

『ガンバ！　耀ちゃん！』と真ん中にピンクの文字で書いてあり、まわりにも子どもの字でメッセージが書いてある。そのなかに長屋ダマシイでがんばれ！　という文字があった。他のメッセージを合わせて見るに、どうやら耀子は『長屋』と呼ばれているらしい。

その言葉に住み込みの使用人を小馬鹿にしている匂いを感じた。この家が昔のように多くの利益を集落にもたらせていたら、あの子はこんなふうに呼ばれなかったかもしれない。

耀子に向けられた言葉のなかには、この家への揶揄《やゆ》も含まれている気がした。

「渡しておきましょう」

「本人に直接渡したいんです……落ち込んでいるんじゃないかと思って」

立海が笑う声が響いてきた。とてもほがらかでうれしそうだ。

「そのお言葉も預かっておきましょう。よしなに伝えておきます」

なおも何かを言いたげな教師に向かって、これから用があるのだと照子はやわらかく微笑む。

あわてた様子で教師が立ち上がり、何度も頭を下げた。

卓上にある小さな亀の置物の背を押す。リン、と澄んだ音がして、鶴子が入ってきた。

「先生はおかえりよ。門までご案内して」

荷物をあわてて持ち、再び軽く何度も頭を下げながら教師は出て行った。

お辞儀というものは心をこめてゆっくりと、一度頭を下げればそれで気持ちは伝わるものだ。

そう思っていたけれど、これが当世風の礼儀なのだろうか。

苦笑しながら照子は若い教師の背中を見た。

この屋敷は昔のまま、何もかもが止まっているのかもしれない。

「鶴子、勝手口のほうへご案内して。そちらのほうが帰りやすいから」

二人が去った後、カーテンを開けて照子は庭を見る。通用門を使うと、教師が庭にいる立海と耀子に気づいてしまう。なぜかこのまま二人を遊ばせておきたい気がした。

※

教師が帰ったあと、照子は二階の自室に上がった。ところが部屋に入った途端、鶴子から内線が来た。今度は間宮が対の屋に来たという。

家庭訪問があったことを鶴子に聞いて、あわてて来たようだった。

居間に下りていくと、隅に間宮が立っていた。ソファをすすめて、照子は向かいに座る。

奥峰生で森林を管理している間宮勇吉は、遠藤家の山について神様の次に何でも知っていると言われる、親父様こと龍巳も一目置いている男だった。

三年前に引退したが、今年から山の仕事に復帰している。国産木材の需要は落ち込んでおり、若者はどんどんこの仕事をやめていく。山では働き手が常に足りないようだ。

しかし照子にとって『間宮』というと、目の前の勇吉より、息子の裕一、耀子の父親のほうが馴《な》染《じ》み深い。

勇吉の息子、裕一は浜松の進学校に学び、この家の援助を受けて東京の一橋大学に進学した。卒業後は遠藤家の地所を管理する会社に入り、夫の龍一郎の秘書の一人だった。とても優秀で将来を期待されていたが、龍一郎亡き後に会社を辞め、その数年後に亡くなったと聞く。自殺という噂を聞いたが詳細はわからない。

ただ父親の勇吉が常夏荘に棲家《すみか》を与えられ、死ぬまでの生活を保障されているのを見ると、裕一の死には何か事情があったのだと照子は思う。しかし表向きのことは女には知らされない。目の前の勇吉に聞いてみたところで、息子の死の真相は決して語らないだろう。

耀子の買い物に行っていたのだと間宮が言って、軽く頭を下げた。

「先生がたずねてくるとわかっていたら、ちゃんと家におりましたんやけど……」

何を買いにいったのかと聞くと、服や靴だという。

あの子にはちゃんとした服がなかったのだと老人は言った。

「気がつかんかったのですが……どれも、ツンツルテンで、しみがついとりまして……。靴下やらもゴムがのびきっているのがあったり。わしも……私もそういうところ、行き届かなかったもんで」

陽に焼けた褐色の手を組み合わせ、それから膝に置き直すと間宮は大きく息を吐いた。

「けんど……わからん」

「わからん、とは？」

「わからんのです……小さな娘っ子に何を買ってやったらいいのか。洋品店に行って困った。シュミーズ……」

そう言って、間宮がうつむいた。

「そういう、なんやろう……下に着るもんとか……、皆目見当つかず。十歳の子だと言っていろいろ出してもらったんやが、どれも大きい気がして。色……色も何色がいいのか……。結局、何ひとつ買えんと帰ってきました。あれは、耀子は、世間並みの十歳にしてはずいぶん小さいんですな……」

「子どもの体格や成長には個人差がありましょう」

鶴子が入ってきた。青井がたずねてきたという。

間宮が腰を浮かせて、またあとで、と言いかけたら、廊下のほうから青井の声がした。

「間宮さんがいらしていると聞いたのですが」

「どうぞお入り」

青井が入ってきて、軽く会釈をした。

「おあんさんと間宮さんにちょうど相談したいことがあって……。のちほどお二方とも、私の話を聞いていただけませんか」

「間宮……さんのお孫さんのこと？」

間宮と言いかけて、そのあとに照子は敬称を付ける。この老人は山の人々を束ねている存在でもあるし、陽に焼けた顔には、どこか風格があって呼び捨てはしにくい。

そうです、と青井がうなずいて、間宮に軽く会釈した。

「家庭訪問があったそうですね、間宮さん」

重々しく間宮がうなずいた。

「その話を今、しようとしてたところ……そちらはなんのお話やろう？」

それについてなんです、と青井が答えた。

「では一緒にお話ししましょか、どうやろ、間宮さん」

間宮がうなずくと、その隣に青井が座った。間宮が少し居心地悪そうな顔をした。

化粧気はないが、青井の服装や振る舞いにはたいそう洗練されたところがある。三十代後半と聞いているが、若々しくも老けているようにも見えて年齢がよくわからない。田舎の人間にとってはもっとも近寄りにくいタイプだ。

「立海さんのお話によると、耀子さんは学校に行っていないと聞きましたが」

ええ、と間宮が青井に短く答えた。

「具合がまだ良うないの？」

「おかげさまで肌が赤うなっているところも、ひいてきまして。おでこのコブも時間の問題のようやと。ただ……」

少しためらったが、意を決したように、孫が学校に行きたがらないのだと間宮が言った。

「どうしてもいやだと言うんです」

「勉強するんがいやになったんやろか？　子どもの権利やから、学校に来させるようにあの先生は言うてはったけど」

「女の先生は信用できん……」

青井が間宮を見た。その視線を無視して、淡々と間宮は言った。

「無学なじじいが失礼なことを言わしてもらいますが、あの女先生は、わしは信用できんのです」

どうしてですか、と青井が聞いた。

「耀子は仲間はずれにされとったようです。あの先生はそれをなくすために学級会議にかけたと電話で言ってらした。転校生の間宮さんがいじめられるのはなぜでしょう……。クラスのみんなで懸命に考えたと。でもそんなことを子どもらに話し合わせるのは酷じゃないですかね？　一人ひとりが立って、あの子を嫌う理由を言ったそうで。言葉が変だ、服装が変だ、動作がのろい、給食の食べ方が汚い……そんなことを次々言われて、まともにおられるもんやろか？」

間宮が褐色の手を膝の上で堅く握った。

「あの先生はいじめられる耀子にも責任があると言うてました。責任ってなんですかな。しつけができてないのは、あの子のせいじゃない。親やら、わしのせいです。食べ方が汚いのは、あれは……飢えてきたもんの食べ方や。飢えを経験したことないお嬢ちゃん先生にはわからんでしょう。ああいう飯の食い方をするもんを、わしは戦争中にいっぱい見てきました。昭和も五十五年になって、なんでそんな食い方をするのかわからんが」

少しずつ、できる範囲で箸《はし》の使い方を教えたのだと間宮は言った。

「けんど、直りません。でもそれよりも、わし……、私が気になったのは、ヤカンを運んで転んだとき、みんなが笑ってたと耀子が言っとったことです。あのお茶は低学年のうちは運ばせないけれど、四年生からは子どもたちが運ぶんだとか。学校の人たちはそう言っとりました。だけどあの子は人一倍小さい。あんな小さな子に、重いお茶を一人で運ばせて、転んだら笑うとは……」

「事態が飲み込めなくて笑った子もいたかもしれません」

青井が冷静に言った。

「一瞬何が起きたのかわからなくて笑ったのかも。悪気はなかったかもしれません」

「女先生はみんな同じことを言いなさる」

間宮が青井を見た。

「あの女先生もそう言いなさった。二度目に電話で話したときや。子どもらに確認したら、耀子が上げた声が変で思わず笑ったらしいと。それからみんな驚いて、ちゃんと心配してたとか。悪気はないって言っとりました。けんど笑われたほうは、そうは思いませんや。悪気がないから許せってのは、強い人らの理屈です」

強い人？　と青井が問い返した。

そうです、と間宮がうなずいた。

「立場の強い人らのいう屁理屈《へりくつ》だ。笑われるってのは、そりゃあ心にこたえるもんだ。悪口を言われた方がまだ耐えられる。それに誰もあの子のところに見舞い……一人も来やせん」

「さきほど色紙を預かりましたけど」

色紙、と間宮が笑った。

「色紙とは……。まるで別れを言われてるみたいや。でもわし自身、あの子がそんな立場にいるとは、なんも気付かんかった。服が汚れていても元気よく遊んでおったのかと」

申し訳ありません、と小さな声がした。青井が頭を下げていた。

「軽率なことを言いました。たしかにクラスメイトが階段で転んだら、笑うより、まず心配をするべきです」

「老いの繰り言。無学なじじいの愚痴ですわ」

そうつぶやいて、間宮がうつむいた。

「なあんも気付かんかった、というより見ないでいたのかもしれん、もてあまして。けんど、あの子が階段で倒れこんだ姿を思うと胸がつまる。なあんも言えず、ちっちゃくなって……ぼろぎれみたいに倒れとったようで」

正直、と言って間宮が言いよどんだ。

「正直、施設で育ててもらったほうが、ここで育つよりよっぽどいいと思っとりました。そっちのほうが目も行き届く……」

間宮が深く頭を下げた。

「けんど……手元に置いてみようかと思います。そしてあれが自分から行くと言うまで、無理に学校に行けとは言いません。何を言われようと……本当にご迷惑をかけて、おあんさんには申し訳ないんやけれど」

返事に困って照子は窓のほうを見る。

エプロンをかけた耀子が長屋のほうから走ってきた。立海が追いかけてきて耀子に何かを言っている。そして耀子が立ち止まると、真剣な顔でエプロンのリボンを結び直してやった。まるで二匹の蝶《ちょう》がたわむれているようだ。

青井も窓に目をやり、つられるようにして間宮もそちらを見た。

立海も学校に行けないのだと青井が言った。

「立坊ちゃんは、ご病気なんですか」

「原因はわからないのですが、プレッシャーに弱くてすぐ吐いてしまう。徹底的に精密検査をしたけれど……身体ではなく心の問題のようです。ご祈禱《きとう》などもしてもらいましたが、何の効果も無い。それに悩んでお父様は女の子の姿をさせたがる。江戸や明治、大正の頃の迷信です。でも誰も止められない。その格好がよけいに彼の心を追い詰めていくというのに」

あら、意外、と思わず照子は声を上げた。

「あなたは親父様の言いなりやと思てました」

「不調の理由はうっすらとわかっているんです。だけどお父様の気持ちもわかる。どうしても失いたくない。長男に続いて次男までも失いたくない。迷信でもいいからすがりたい。あの服装は……お父様もそうやって育ってきたと聞きますから、お父様ご自身にはあまり違和感がないのでしょう」

「大正生まれと一緒にされたら、立海さんもお気の毒」

「でも耀子さんといると、立海さんは素直でリラックスしています。過激ないたずらもしないし、駄々もこねません」

間宮さん、と青井が間宮に向き直った。

「ここにいる間、耀子さんを私に預からせていただけませんか」

預けるとはどういう意味かと間宮が聞いた。

「立海さんの勉強相手として」

銀縁の眼鏡をとって目頭を軽く押さえ、青井がかけなおした。

「立海さんがいつでも学校に戻れるように、いいえ、戻ったときはすでに他の級友より先んじているように、私は教えています。立海さんはまだ小学一年生ですけど、利発ですから興味に応じて上の学年のことも学んでいる。学校とは違った方法で、子どもの個性を伸ばす教育を行っているのです。年齢は違いますが、耀子さんにとって立海さんと学ぶのはきっと悪くはないと思います」

頭が弱いと言われている、と間宮が言った。

「頭のねじがとれていて、グズだと自分でも言っとります。成績もひどいし、たしかに動作も幾分のろまだ。あの子にそういう相手はつとまらんですよ」

「頭が弱いとは思えぬけれど。グズでもない。屋根の上で立海さんをつかまえたときのお手並みは見事やったえ、ねえ」

青井がうなずいた。

だいいち……と間宮が考えながら言った。

「あの子と立坊ちゃんとは住む世界が違う。ありがたいことですが、とても無理です」

「でもたしかにお孫さんといると、立海さんは機嫌がようて、聞き分けがいい。学校に行かなくとも、それなりの勉強をしていかないと、戻りたくても戻れなくなる。間宮さん、教育は大事え」

おあんさん、と間宮がおごそかに言った。

「それで失敗したのが息子や。耀子の父親はそれで身を誤った。東京の大学まで親父様に行かせてもろうて、なんであんなことに……。あれが自分の分をわきまえて、高望みさえしなければ」

「分をわきまえる？　分をわきまえるとは、どういうことやろう」

間宮は黙った。

息子さんは、と自然と声が出た。

「とても優秀で優しいお人やった。龍一郎様の秘書をしてはったとき、うちもいろいろなことを助けてもろうた。分に過ぎたとは思えへん、むしろ分にあった当然の教育を受けはったと思うけど」

沈黙に耐えられずに外を見ると、立海が手を振っていた。その先には耀子がいるようだ。その姿を見ながら、青井が言った。

「間宮さん。勉強でもスポーツでも一緒にやる相手がいれば、飛躍的に力が伸びます。勝手なお願いかもしれませんが……」

「むごいことを言いますなあ」

間宮が褐色の手を組み合わせた。

「いずれ、あなた方は東京に帰りなさる。立坊ちゃんが受けるような上等な教育をいっとき受けても、あの子には先がない。気まぐれにうまい肉を放り投げられてその味を覚えたら、もとのエサは食えませんや」

青井が間宮を見据えた。

「では、おいしい肉の味を知らぬまま死んでいくのが幸せだと？」

間宮が青井を見た。

「そうです。それが分をわきまえるということや」

「もし分というものがあるとしても、それを決めるのは耀子ちゃん自身だと私は思います」

間宮が青井の視線から目をそらした。ゆっくりと青井が頭を下げた。

「お願いします」

「かませ犬みたいなものですかな。でもおそらくそれすら果たせんかもしれん。女の子では何の役にも立たん」

青井が頭を上げ、そうは思わないときっぱりと言った。

「立坊ちゃんのチャンバラの相手もできはしませんや」

「チャンバラばかりが遊びではないし、教育は闘犬ではありません。かませ犬というものはいないはずです」

再び青井が間宮に頭を下げた。

どうしてあの娘にこだわるのかわからず、照子は青井を見る。

親父様が選《よ》りすぐって立海につけたこの教師は、海外の事情にも明るく、並々ならぬ教養を持つという。龍巳のことも親父様ではなく、お父様と呼び、プライドも相当高いはずだ。ため息をつき、間宮が深く頭を下げた。

「頭を上げてくだされ。東京からおいでなさった先生に、そうも頭を下げられては……」

青井が顔を上げた。承知したと間宮が言った。

「ゆきとどかん者で、ご迷惑をおかけすると思いますが……あの子には、身の程だけはわきまえろとよく伝えておきます」

「教育的見地から申し上げれば、それは言わなくてもよいと思います」

青井が窓の外を見た。子どもたちの姿はもう見えない。

「いずれ、いやおうなしにそれぞれの境遇が違うことがわかってきてしまう。子どもが大人になるというのはそういうことです。今はただ純粋に、仲の良い友達でいられるときを、存分に楽しんだ方がよいと思うのです。おあんさんと間宮さんさえよろしければ……」

「うちに何が言えましょう。教育的見地とやらから物を言わはる人たちに」

「お気に障りましたか？」

「いいえ、くたびれただけ。今日は先生がたが立て続けに対の屋にいらしたのでね」

「いろいろ騒がせちまって本当に申し訳ない、おあんさん。山育ちの礼儀知らずと、どうか許してくだされ」

間宮が再び頭を下げた。すぐに青井が事務的な話を始めた。耀子はこれから毎朝、母屋に通って勉強をすることになるようだ。

間宮が去った後、勝手なことをして申し訳ないと青井が言った。

「教えるのはあなたやから。そちらがよければよろしいわ。でも二人も生徒を教えるなんて大変でしょうね」

一人も二人も変わりません、と言って微笑むと、青井も一礼して出て行った。

暗くなっていく庭を照子は眺めた。

夕日を受け、まばゆい光を放っていた銀杏《いちょう》や楓《かえで》の木が闇のなかに沈んでいく。

昼の世界は終わり、夜が始まる。

世界、とつぶやいて、照子は窓ガラスに額を押し当てる。

住む世界が違うと間宮は子どもたちのことを言っていた。では同じ世界に住んでいる人というものがいるのだろうか。

夫は亡く、息子とは心が通わない。実家とも疎遠で、友もいない。

少なくとも自分が住む世界には、もう誰もいない気がする。

お茶を浴びた箇所の痛みも薄れ、風邪気味だった体調も元に戻った。

だけど頭がぼんやりとして、耀子は朝食後に部屋に閉じこもる。

どこにも行きたくない。ずっとこのまま、部屋のなかでじっとしていたい。

空気になりたい。

誰にも気付かれず透明になって――このままぼんやりしていたい。

祖父は朝早く奥峰生へ仕事に出かけていった。出かける間際、行ってくると言ったきり、学校に行けとも、母屋に行けとも言わなかったから、ひょっとしたらもう、自分はすでに透明人間になりかけているのかもしれない。

昨日の朝、具合が良くなったのなら、立坊ちゃんの勉強の手伝いをするようにと祖父が言い、母屋に連れていかれた。立海の遊びや勉強の相手をするのなら、学校に行かなくてもいいという。だけど気分が悪いと言ってすぐに帰ってきた。

立海はすでに小学一年生の範囲を終え、上の学年の勉強を始めているようだ。訪れたときはちょうど九九を勉強していた。四年生なのに、その九九を耀子は言えない。二の段までは言えるのだが、その先が曖昧《あいまい》だ。だけど立海はあっさりと七の段まで言っていた。

そのうえ何気なく立海のノートをのぞいてみて驚いた。とてもきれいな字を書いており、自分

第四章

の字が幼稚に思えてくる。さらに決定的だったのは、ムチャクチャ面白いといって立海が貸してくれようとした本だった。漢字がいっぱいあって、まるで読む気になれない。

すっかり弱気になって、そのあと青井に何を聞かれてもうまく答えられなかった。そして休憩時間に九九を覚えるのを手伝ってと立海に言われ、気分が悪いと言って逃げ帰った。

一年生に負けてる……。

寝転んだまま窓越しに空を見上げたら、吸い込まれるような青さだった。

消えたいなあ、と空を眺めながら思った。

そうしたら勉強しなくていい。

玄関の呼び鈴が鳴った。知らぬふりをして耀子は目を閉じる。

再び呼び鈴が押されて、「耀子ちゃん」と女の声がした。

「寝ているの？　具合が悪いの？　大丈夫？」

心配そうな声に続いて、ドアがノックされた。

「お留守かな？　鍵を預かったから、開けちゃうわよ」

仕方なく立ち上がり、耀子は玄関のドアを開ける。

グレーのセーターを着た青井が立っていた。

「おはよう、耀子ちゃん。いいお天気ね」

「おはよう、ございます」

寝ていた？　と青井が微笑んだ。

「ごめんなさいね、具合が悪くて倒れているんじゃないかと思って」

「そういう、わけじゃ……」

じゃあ、大丈夫なのね、と言って、青井が安心したような顔をした。

その顔を見て、耀子は身を固くする。どうして母屋に来ないのか、なぜ早くドアを開けなかったのかと叱《しか》られる気がした。

しかし青井は何も言わずに微笑んでいた。そして今日の授業はないと告げた。立海が熱を出したのだという。

「熱って？」

「立海さん、よく熱を出すのよ。昨日、遅くまで外で遊んでいたせいかも」

それを聞いたら、昨日立海が長屋に来たとき、窓に鍵を閉めて無視したのを思い出した。

「でも耀子ちゃんのこともとても心配していた。具合が悪いんじゃないかって。昨日、遊びに行ったけどずっと寝てたみたいだって……。もう大丈夫なの？」

うなずいたら、青井がまた微笑んだ。これから立海の薬を病院にもらいがてら、峰生の町に買い物に行くので一緒に行ってほしいという。

「道がよくわからなくって。車を出していただこうかと思ったけれど、お天気もいいから歩いてみようと思うの。案内してくださらない？」

青井の声は涼やかで気持ちよく耳に響く。いやだと言いたいけれど、その声を聞くと断れなかった。

通用門のところで待っていると言って、青井が白い日傘を開いて歩いていった。

雨が降っていないのに傘を差しているのが珍しくて、ドアから首を出して耀子は後ろ姿を見送る。真っ青な空の下で、レースのついた日傘はとても白く、まぶしく見えた。

峰生の集落に下りたら、青井はまず書店に行った。

一緒に入るのが照れくさくて、耀子は外で待つ。青井は店主に数冊の本を出してもらって何かを話し始めた。

店主と並ぶと青井は顔がとても小さく、そのせいか手足が長く見える。

耳たぶには小粒の真珠が貼りついていて、笑うとよく似た感じのきれいな歯がのぞく。今日は紺色の細くて長いスカートを着ていて、かかとの高い黒の紐靴を履いていた。

横浜にいたとき、母はいつも華やかな色の服を着ていた。それにくらべると青井の服の色はいつも男みたいだ。だけど立海の衣類同様、触れたくなるような光沢や柔らかさがあり、つい眺めてしまう。

見つめていたら青井と目があった。微笑まれて、耀子はうつむく。すると色のさめた緑のスカートが目に入った。

それは一年前に思いきって母にせがんで買ってもらったものだけど、酔うときまってその服のことをなじられた。

『どうして女の子のくせに、そんなアマガエルみたいな色が好きなんだか。緑ってのは奇人変人が好きな色だよ。お前はやっぱ、どっかおかしいね』

言われたときは意味がわからなかった。だけど母の言葉は音で覚えていて、時間がたつにつれ、意味がわかってきて辛《つら》くなる。

どっか、おかしい……。

おまたせ、と声がした。

顔を上げると、青井が店から出てきたところだった。手にいくつかの紙袋を持っている。

黙って青井に手を差し出した。

「あら、荷物を持ってくださるの？　ありがとう。でも重いからいいわ。それから……そういうときは持ちますって一言、添えるとさらに素敵ね」

言おうとしたがうまく言えず、手をひっこめた。

それから二人で峰生の医院に行って、待合室で薬の調合を待った。

ソファに座っていたら、青井が書店の紙袋を開け、なかから数冊の本を出した。

参考書や問題集というもので、これから少しずつ一緒に勉強していこうと言う。

「むり」

「どうして？　耀子ちゃんはどうやら九九が苦手なのね。つまずいたところから勉強していけば、かけ算も割り算もすらすらできるようになるわよ」

「むり」

「どうして？」

「グズだから」

グズ？　と聞き返して、青井が眼鏡を上げた。その仕草が怖くて身がすくんだ。

「私は耀子ちゃんのこと、グズだとは思わないけれど」

青井が眼鏡をはずし、ポケットから布を出すと拭きはじめた。

「丁寧だから人よりゆっくりなのかもね。だけどあなたが畳んでくれた洗濯物……」

せんたくもの？　と耀子は問い返す。常夏荘には週に数回、そうじや洗濯などをする通いのお手伝いが来るが、すぐに洗いたい物や肌着類は対の屋で鶴子が洗っていた。立海が来てから洗濯物の量が非常に増えたと鶴子は愚痴をこぼしていて、そのせいか最近、母屋の洗濯物を畳む手伝いを耀子は頼まれている。

「あなたが畳んだ物は一目でわかる。タオルも立海さんの肌着も本当に綺麗に畳んであるもの」

ぽかんと口を開けている自分に気づいて、あわてて口を閉じた。

味わったことのない気持ちが胸の奥にわいてきた。

「ていねい？」

「丁寧で慎重。とても良いことだわ」

いいこと？　いいこと、なんだ。

いいこと……。

「だから同じように丁寧に一つひとつ勉強していけば、無理なことなんてない。そうしたら……」

でも、と青井を見上げた。

「でも、むり」

頭のどこかが壊れていることを、ずっと頭で何かが鳴り続けることを、どうやって説明したらいいのだろう。

どうして、と落ち着いた声で言って、青井は首をかしげた。

「何かそう思う理由があるのね」

「ねじが……とれてるから」

「ねじ？」

「頭のねじ……いつも頭のなかでカラカラいって。それが鳴ると、なにをしても頭に入んない。なにかがこわれてる……。なんか……おかしい。だから……だから、わたし……」

青井が布をポケットにしまい、眼鏡をかけた。

「カラカラと音がするの？」

「しないときも、ある。けど、気がつくと音が。何かがいる？……虫？　みたい」

「いつも髪や耳を触っているのはそのせいかしら。お耳を見せて」

「やだ」

「いいから」

立海の名前が呼ばれた。薬ができたという。

話から逃れることができて耀子はほっとする。

青井が戻ってきた。薬の袋を手にしているが、再びソファに座った。

「診察の順番をとってきたから、ついでに耀子ちゃんも診《み》てもらいましょ」

どこも悪くない、と反射的に大声が出た。

「叫ばなくていいわ。どうしていやなの？」

「どっか悪かったら……どこにいくの？　わたし、どこに？」

「治してもらう場所に行くだけよ」

うそだ、と立ち上がって荷物を持ち、医院の出口に向かった。

悪いところが見つかったら祖父に捨てられる。これまでだって電話で何度か祖父が『しせつ』と言っているのを聞いた。それがどこにあるのかわからないが——。何かあったら、またどこかに連れて行かれるのはたしかだ。

「わたし、どっこもわるくない。全然」

このままでいい。

大丈夫だから、と青井が追いかけてきた。

「お医者様に一度診てもらいましょう。たぶんそれはねじでも虫でもない。耀子ちゃん」

腕をつかまれたら、お茶を浴びたところが軽く痛んだ。思わず声を上げたら、青井が手を離した。その拍子に力が抜けて、耀子は床にしゃがみこむ。

「耀子ちゃん。そのままでずっと過ごすの？　なんの手立てもしないで、ほうっておくの？」

目を閉じよう。目を閉じればすべてがおわる。

目さえ閉じれば、みんながあきらめて放っておいてくれる。

頭を抱えてうずくまる。しかし青井はずっとそばにいた。

やがて青井が離れていく気配がして、おそるおそる耀子は顔を上げる。

帰るのかと思ったら、青井は待合室の雑誌をとりあげてめくりはじめた。

再び身を小さく丸めた。

診察を受ける人や終わった人たちが行き過ぎる。廊下のまんなかにいるのを不思議がっている声も聞こえれば、あからさまに邪魔、と言っている声も聞こえた。

うずくまったまま廊下のすみに少しずつ移動して、青井を見た。

青井は落ち着いた表情で雑誌を読んでいる。

ずいぶん時間がたった気がした。間宮さんと名前が呼ばれるたびに、どうぞお先に、と青井は言い続け、待合室にはとうとう人がいなくなった。

あの……と顔を上げて、青井を見た。

「立海君、だいじょうぶ？　早く……かえらないと」

「だったら早く診察を受けて」

青井が別の雑誌に手を伸ばしながら軽く言った。

「そんなところにいないで、こちらに座ったら？」

決まり悪かったが、その声の自然さに青井の隣に座った。青井は雑誌のおせちのページを眺めている。

目を閉じよう……。

そう思って再び目を閉じた途端に青井の声がした。

「どうしてあなたはいつも目を閉じるの？」

目を開けると、そういう癖なのかと青井が聞いた。

「橋のところで泥を投げられたときも、あなたは目を閉じて、しゃがんでいたわね」

「見てたの？」

おせちのページの次はきもの姿の女が微笑んでいた。

「子ども二人で出すのが心配だったから、様子を見てもらっていたの。橋のところの騒ぎは私も見ていた。止めようとしたけど、あっという間のことで間に合わなかった。あのとき、止めていたら、あなたはやけどをしなかったのかな」

「関係ない……」

そう、と青井は短く答えた。

「でも別のときにも、あなたが泥をかけられているのを見た。車の中からだったけれど、小さな女の子がひどく悲しい顔で目を閉じて、しゃがみ込んでいくのが見えた。そうやって目を閉じてうずくまって、相手があきらめるのを待つのがあなたのやり方？」

淡々とした青井の声が怖くて、耀子は身を強《こわ》ばらせた。

目を閉じたい。だけど今、閉じたら、もっと怖いことを言われる気がする。

「どうなのかな？」

目を……と声が出た。

「閉じたら、なかったことになるの。目を閉じたら……その間に終わる。全部、ないことになる」

「強引な話ね」

「ごういん？」

「自分のなかで無かったことにしてしまうということね。だったらどうしてあなたは学校に行かないと決めたの？　何があっても目を閉じれば、なんでもなかったことにできるのではないの？」

「学校にいかないと、だめ？」

そういうことではない、と青井が雑誌を閉じた。

「学校に行きたくない。そう思ったのは、目を閉じても、どうにもできないことに出会ったからじゃないの？　忘れられない怒りと怖さを感じたのではなくて？　もう二度とあんな思いを味わいたくない。今の状況を変えたい。そう思ったんじゃない？　目を閉じても、何の解決にもならないことに初めて出会ったのではないかしら？」

「いみ、わかんない」

「わかろうとしなさい。あきらめずに」

膝を固く合わせて、耀子は両手を握りしめる。耳に残った青井の言葉を思い返す。

目を閉じても、どうにもならないこと。

今の、じょうきょうを変えたい。

「じょうきょうって？」

「今の、この状態。頭のねじがとれて、自分はグズだと思っている今、この瞬間。変えたいと願ったんでしょう？　だから学校に行くのをやめたんでしょう」

診察室に入っていった最後の患者が戻ってきた。そして間宮さん、と名前が呼ばれた。

その声のほうに向かって青井が頭を下げた。

低い声がした。

「ねじがとれたままにする？　それとも、その理由を調べて治してみる？　目を閉じても無駄よ。とれたままにするか、治すか。あなたが自分で選ばないかぎり、私はここから動かない」

「なんで？」

なんでだろう、と青井がかすかに笑いながらつぶやいた。

「いじめられている子を、見て見ぬふりをした罪滅ぼしかな」

「いみ、わかんない」

「わかりません、と言いなさい」

また、名前が呼ばれた。

「選びなさい。変わる？　変わらない？」

青井が言ったことの半分は意味がわからない。だけどこちらを見る青井の目のまっすぐさに、目をそらすことができない。

変わる。変わるって？

「変わったら、どうなるの？」

「新しくなるのよ」

「あたらしくなると、どうなるの？」

「さあ」

「あたらしくなって、なにがいいの？」

「そう思うなら、このままでいたら」

間宮さん、やめますか？　と受付の声がした。

やめる……変わる。

変われ、る。変われる、の？

変わ……。

怖い。だけど青井の目を見たら、言葉が出た。

「いっしょ、に……行ってくれる？」

「行ってくれますか？　と言いなさい」

「行って、くれ、ますか？」

ええ、と青井が立ち上がった。

診察室までの廊下はひどく長く感じた。部屋に入ったら診察器具がいっぱいあって、それを見た途端、膝が震えてきた。

青井の説明に、白いひげをはやした医師が何度かうなずき、ベッドに横向きで寝るように指示をした。

言われたとおり横になると、頭の上でああ、とため息が聞こえた。

「これは……」

体が少し震えた。

医師が向きを変えて、また横向きになるように言った。

「こっちもだね、これはひどい」

それからまた、ため息がした。

何がひどいのですか、と青井の声がして、頭のなかで何度も音がした。

じこうそくせん、だと医師の声がした。

「それは何でしょう？」

「じこう、つまり耳アカやね。あとはほこり。またずいぶん長い間放っておいたもんだね。いろいろたまってる。これ、なんだ？　ああ髪の毛だ」

耳アカ……ですか、という青井の声を聞いて、耀子はつぶやく。

「ミミアカ……って耳クソ？」

そうだよ、と医師が笑った。

「君、耳クソがポンポンに詰まっとるのよ」

その言葉の意味はよくわかり、恥ずかしくて耀子はベッドの上で身を丸める。

ああ、動かないで、と医師が言った。

「取れるところだけ取って、あとはふやかして取りましょう」

「彼女が頭のなかでカラカラと音がするというのは……」

「鼓膜に耳垢がこびりついているんですよ。それが原因です。たぶん、きれいにしたらもう鳴らないと思いますがね」

耳のなかに何かが流し込まれ、そのまましばらく待った。それから医師が耳に何かをいれた。ゴワゴワと頭中に音が響いて、何度か耳の奥が痛んだ。

ひときわ大きく音がしたその瞬間、頭のなかのくもりが晴れたような気がした。続いて左耳でも同じような感覚を味わった。その途端、頭がすっきりとした。

目をぎゅっとつぶってみて、と医師が言った。

「カラカラするかね？」

首を横に振ったら、医師が背中をぽんと叩いた。

「ハイ、おしまい。音がするようだったらまたおいで」

診察室を出たら、青井が会計をしていた。待合室の隅に耀子は小さくなって座る。

耳クソ。

頭がこわれているんじゃなかったんだ……。

その瞬間、死にそうにいやになってきた。

きたない。耳クソだらけの耳。

自分がひどく不潔に思えて、耀子はうつむく。汚いと学校で言われるのがいやで、母がいないときも洗濯をして、風呂に入ろうとしてきたのに。

やっぱり、きたないんだ。そう思ったら、顔が上げられない。

会計を終えた青井が目の前に立った。見上げたら、耳たぶで真珠が輝いていた。

常夏荘にいる人達はみんな、とてもきれいだ。

笑われると思った。

「よく、頑張ったわね」

がんばる？

「誰にも言えなかったんでしょう、耳掃除をしてって。誰もあなたの耳のことを気にしてくれなかったんでしょう。ずうっと一人で我慢して。よく頑張ってきたね」

見上げたら、涙が勝手に落ちていった。

「耳に違和感があったら集中もできないし、人とタイミングもあわせにくい。それはグズって言われることもあったでしょう。からかわれることだっていっぱいあったろうに、よく学校に行き続けたね」

「給食、あるから」

「どんな理由でも進み続けたじゃない。今、息切れして休んだからって、それが何？　ゆっくり休んで力をつければいいのよ。九九ができなくても恥ずかしいことじゃない。あなたは常夏荘で洗濯物を畳んだり、新聞を運んだり、きちんとお手伝いができている。馬鹿じゃないしグズでもない。九九の代わりに、人とは違う勉強をしてきただけ。泣かないで」

青井がハンカチを渡してくれた。レースが付いた白いハンカチだった。

見上げると、青井も泣いていた。どうして、と思ってうつむいたら、また涙があふれた。

グズじゃない。

変わる――。

変われる、のだろうか。

ハンカチを使おうとして、その綺麗さに使うのをためらった。

「いいのよ、どうぞ使って」

そっとレースのハンカチで目を押さえてみる。かすかにいい香りがした。

※

医院を出たら、建物の前に黒塗りの大きな車が停まっていた。青井を迎えにきたという。

運転手の佐々木に言われた通り、助手席に耀子は座る。

運転をしながら、佐々木が後部座席の青井と話をしている。立海の熱は下がったけれど調子は出ず、佐々木の言葉を借りれば『へたってる』そうだった。

「で、耀子ちゃんのほうはどうなの？　耀子ちゃんも病院で診てもらったんだろ？」

佐々木に急に声をかけられ、耀子はあわてる。大人の男はどこか怖くて、話しかけられると緊張する。

「どうした？　この間の怪我か？　またどっか痛くなってきたのかい？」

たいしたことはなかった、と青井が代わりに答えた。

「薬も必要なくて、処置だけで終わりました」

「よかったなあ。俺たち長屋組は丈夫だけが取り得だからね」

通用門の前で車を降りたら、おあんさん、こと、照子が庭でバラを眺めていた。青井が迎えをよこしてくれた礼を丁寧に言い、それからしばらく二人は話を続けた。

立海の様子を聞かれて、照子が声をひそめた。

「かなり弱ってる。気味が悪いぐらい素直やもの。お二方が出かけたと聞いたら、うらやましがっていたけれど、すぐに眠りました」

つばの広い帽子を軽く持ち上げ、照子が耀子を見た。

「あなたはたいしたことのうてよかったわ。立海さんにお顔を見せてあげて」

人々から『おあんさん』と呼ばれる照子の言葉は不思議ななまりがあり、話し方もゆっくりだ。なめらかな布で耳やうなじをなでられているようで、話しぶりに気を取られて、耀子はいつもちゃんと返事ができない。

青井が丁寧に頭を下げて、歩き出した。母屋に行きましょうと言われて、素直に耀子は従う。なぜか母屋に行くのがそれほどいやではなくなっていた。

芝生の庭を通りながら、あらためて母屋と呼ばれる建物を見上げる。それは水色の壁と白い窓を持つ二階建ての洋館に日本の家がつながった造りで、大きすぎてどこで立海が暮らしているのかわからない。

玄関は洋館側にあり、色とりどりのガラスをはめこんだ二枚の扉があった。その扉の向こうには黒と白のタイルの土間が広がっている。少し先に段があり、そこからは床一面にエンジ色の絨《じゅう》毯《たん》が敷き詰められていた。

青井が段のところで靴を脱ぐとスリッパを置いてくれた。おそるおそる履いて耀子はあたりを見回す。

昨日は緊張してよく見ていなかったけれど、そこは玄関というより広い部屋だった。

ここは玄関ホールと呼ばれていると青井が言った。この場所でダンスパーティが開けるように造られたという。天井が高いので『吹き抜け』が普通の建物の三階分はあるらしい。

「天井が高いのは対の屋も一緒だけれどね」

どうして？　と聞いたら、青井が腕を組んで笑った。その笑顔に決まり悪くなった。

耳が軽くなったら、目に見える物がくっきりと頭に入ってきて、これまでぼんやりと心にあった疑問が次々と浮かんできた。体のなかで何かが動き出したようだ。味わったことがない感覚で怖い。でもなんだか気持ちいい。

「あなた、実は好奇心旺盛なのね」

「こうきしん？」

「とてもいいことよ。きっと勉強が好きになれる。そこはよく似ているわ」

何に、と聞こうとしたら、青井が玄関ホールをゆっくりと歩いて、庭側のドアを開けた。暖炉のある部屋が広がっていた。

「この邸宅を造った立海さんのご先祖は、いずれ日本人は西洋人なみに体格がよくなると考えたらしいの。生活も西洋風になるって」

そこにある家具は椅子もテーブルも脚が曲がっている。猫脚というのだと青井が指さし、静かにドアを閉めた。その部屋の向かいに階段があり、手すりにはハートのような透かし模様がある。階段を上がって勉強室に行くのかと思ったら、青井はホールを突っ切った。するとそこには茶色の木のドア、その右手にカーテンがかかった鉄製のドアがあった。

ここはドアだらけだと、カーテンがかかった鉄扉を耀子は見つめる。

あの扉の先には、何があるのだろう。

青井が振り返った。あわてて視線を戻すと、青井が微笑んだ。

「あの鉄扉が気になるの？」

じっと見ていたのが恥ずかしくなってうつむくと、青井の声がした。

「あそこだけいかめしくて妙に浮いているものね。昔、あれから先は女性と子どもは入れなかったの。いわゆる『表』、つまり会社だったから」

会社？　とつぶやいたら、青井がうなずいた。

扉の先は廊下で『茶の間』や『百畳敷』という建物につながっているらしい。

「茶の間というのは会社で言えば、社長室や重役室ね。学校で言えば校長室かしら」

「校長室……」

「常夏荘がどうしてこんなに広くていっぱい建物があるかというと、この場所は材木会社と保養施設、峰生の神社の社務所や公民館もかねていたからなの」

「ほ、ほようしせ……？」

ほようしせつ、と青井がゆっくりと言った。

「材木会社で働いていた大勢の人が体を休めたり、みんなで楽しんだりするところ。共同浴場とか百畳敷という名前の宴会場はそのなごりね。この鉄扉から先がそういう男の仕事の場だから、女や子どもは入れてもらえなかった。でも今はここに会社がないから建物は閉め切ってあるけれど」

「みんな、どこに……」

「番頭さん……会社の偉い人たちは全員、東京にいる。山で働く人たちは奥峰生に。耀子ちゃんのおじいさまはその人たちの相談役をしているってうかがったわ」

「おじいちゃんが……」

「遠藤家の山のことは神様の次に知っている……立海さんのお父様がそうおっしゃっていた」

祖父をほめられた気がして、耀子は少し微笑む。

青井が今度は茶色の木の扉を開けた。

「この扉からが日本のおうち。西洋風の生活にしようって遠藤家の人たちはいち早く洋館を建てたけれど、やはり畳のほうが暮らしやすくって。特にお年を召された方に洋館の暮らしは辛かったらしいの。それであとから建て増しをしたのがここ、プライベートな場所」

「プライベート？」

「お風呂や寝室や、いろいろな生活の場所ね」

長い廊下の先にはふすまやたくさんのドアが見えた。その廊下を行かず、青井が左手にあるドアを開けた。小さな階段が現れ、上っていくと扉があった。

「この隠し部屋みたいなところが、子ども部屋。立海さんのお部屋ね」

青井がノックをしたが、返事がなかった。そっと扉を開けて、青井が入っていく。

ドアの向こうの光景に足が止まった。

窮屈そうな四畳半の部屋に小さな机と座布団。部屋の中央に布団が敷かれているのが見えた。掛け布団はふっくらとして豪華だが、それ以外に何もない。

持っていた包みを机に置いて、青井が戻ってきた。

「眠っているから、またあとで」

階段を下りて洋館に戻り、勉強室へ行った。すすめられるまま、昨日座った場所に腰掛ける。

勉強室と呼ばれている部屋はグランドピアノがあり、中央に大きなテーブルと、その横に黒板ではなく白板が置いてあった。

見回すと、この部屋の壁は薄い水色に白の花模様で、天井にはチューリップ形の電球がはまったシャンデリアがあった。その華やかさに見とれていたら、立海の部屋が心に浮かんだ。長屋の部屋と変わらないどころか、窓が大きくて明るい分、自分の部屋のほうがはるかに居心地がいい。

どうしたの？　と青井が聞いた。

「リュウカイ……立海君の部屋、もっと明るくてりっぱで、おもちゃとか……いっぱいあるのかなって」

「そういうお宅もあるけれど、長く続いているお家はむやみに子どもを甘やかさないわね。私が見た限りでは、みなさん、質実にお暮らしよ。それぞれに家訓や信条みたいなものがあって、それに添って暮らしているから」

「しんじょう？」

「自分たちはこうするってやりかたね。目標みたいなもの。何かあったときに、判断の目安にするもの」

「しんじょう……このおうちにもあるの？」

「ある。でもそれは大人になってからのお話。だから今のところ、私は立海さんにこうお伝えしています」

『ジリツトジリツ』と呪文《じゅもん》のような言葉を青井が言った。

「ジリツ、トジリツ？」

「いくら勉強ができたって、いちばん大事なことを心に据えていないとだめなの。そうじゃないと、いつか倒れてしまう。なんのために学ぶか、どんなふうに生きていくのか。それが心にないと何も続いていかない。だから」

青井が白板に文字を書きはじめた。

『自立と自律』とあった。

「自立、自分の力で立つということ。うつむかずに顔を上げて生きるということ。自律、自らを律すること、美しく生きるということ。でもこれはちょっと難しい。大人と子どもとでは意味が違ってくる」

「おとな……？」

「大人はなんでも自由にできるから、自分のなかに基準を持たなければいけない。これだけはやらない、これだけは必ず守るという取り決めを。それが自分を律していくということ。でもそれは大人になってからのお話」

今のあなた方には、と青井がまっすぐに見つめてきた。

「自律とは、新しい自分をつくること。自分の手で、自分という楽器の音色をつくること。ご飯を食べるのも勉強をするのも、運動するのも遊ぶのもすべて、なりたい自分をつくるための手段。どんな大人になりたい？　どんな新しい自分になりたい？」

「わかんない」

「わかりません、と言いなさい」

わかりません、とあわてて耀子は言い直す。こんな話をするのは初めてだ。

「わかりません……。けど……わかるように……なりたい」

「です、と最後につけなさい」

「わかるように、なりたい、です。新しい自分……。新しい自分ってなに？」

「毎朝、新しくなってるのよ。背も髪も伸びるし、爪も伸びる。生きている限り毎日毎日、新しくなっていく。だからどんな自分になるのか、自分で選んで進んでいくことがとても大事。自分がグズだと思えばグズになる。そうでないと思えばそうではない」

白板に書かれた文字を見た。

自立、かおを上げて生きること。

自律、うつくしく生きること、あたらしいじぶんをつくること。


勉強するの、いや？　と青井が聞いた。

「わかりません……けど、前ほどやじゃない」

「いやではないです、と言う」

言われたとおりに繰り返すと、青井が包みのなかから二冊のノートを出した。一冊は罫《けい》線の入った、大学ノートとみんなが呼んでいるものだった。このノートには毎日学んだことを書いていくようにと言われた。

そしてもう一冊は百枚の白い紙をとじた自由帳だった。

「こちらは好きに使うといいわ。絵をかいてもいいし、計算用紙にしてもいい。漢字の練習をしてもいいし」

「ありがと……、ございます」

「今日はこれでおしまい。よく頑張りました」

青井が微笑んだ。黙って耀子は頭を下げる。

部屋の隅のしゃれた電話が鳴った。電話をとった青井が少し話してから受話器を置いた。立海が起きたという。

「どうしてわかるの？　ですか？」

この母屋にも内線という電話がつながっているのだと青井が言った。明日、使い方や番号を教えてくれるという。それから一緒に一階まで下りると、これから千恵がおやつを持って来るから、それを持って行きがてら、立海の様子を見に行って欲しいと言われた。

「あなたの顔を見たがってるの。寂しがってるわ」

「さみしい……ってどうして？」

「耀子ちゃんのこと、大好きなのよ」

「なんで？　わたしなんかが」

青井が笑った。

「どうして、わたしのことなどが、と言ってごらんなさい」

言われたとおりに言い直したら、ほおが赤らんできた。

お嬢さまみたいだ。

「さあ、それは立海さんに聞いてみないとね」

銀縁の眼鏡をはずして布で拭きながら、青井が微笑んだ。

立海のおやつだという蓋《ふた》付きの陶器を千恵にことづけられ、耀子は小さな階段を上がる。立海の部屋をノックすると、どうぞと声がした。

扉を開けると、立海が布団から身を起こすところだった。

リュウカイ君、とニックネームを口にしてみたら照れた。しかも言いにくい。

「リュウカイ、リュウカ君……、リュウカ君のほうがいいやすい。それでいい？」

立海が小さく笑うと、カーディガンをとってください、と丁寧に言った。

気味が悪いぐらい素直、と言ったおあんさんの言葉を思い出した。

「ぐあいわるいの？」

うん、と立海がカーディガンをゆっくりと羽織った。その背中があまりに小さく見えて、思わず着る手伝いをした。

「頭、ふらふらするのよ」

「ねてなよ。これ、おやつって千恵さんが」

カーディガンを羽織ったまま立海が布団に再びもぐった。そして顔だけ出して、蓋付きの陶器を開けた。ため息をついている。

「ぼくのおやつはね、オジャコと牛乳なのよ」

陶器の中には煮干しが入っていた。猫のエサのようだ。

いつも？　と聞いたら、うん、と言いながら、立海が一匹を口にした。

「ガムみたいにかんでるとおだしが出るけど、ああ……」

それから気を取り直したように顔を上げて、ヨウヨもどう、と言った。

「食べにくいなら頭をちぎるといいよ、ハイ」

頭のない小魚を渡され、無言で耀子は受け取る。

金柑のジュースに立海が大喜びをした理由がわかった気がした。

「ヨウヨが来たから、ひょっとして今日はちがうのかなって思っちゃった」

「なんでオジャコなの？」

「カルシュームをとるんだって。背をのばすの。それにぼく、太ってたから。あまいものはあんまりよくないの」

小さな部屋に夕日が差しこんできた。

「ここ……何もないね」

「うん」

「東京のお部屋もそうなの？」

似てると立海がつぶやいた。

「でも峰生はいいよ。窓からヨウヨのおうちが見えるんだよ」

立ち上がって窓に近づく。左手の方角を見ると、たしかに庭木の向こうに長屋が見えた。

「東京だといつもひとり……」

「ひとりはいや？」

立海は答えなかった。

それから思い出したように、少しはずんだ声で、机のひきだしを開けろと言った。言われたとおりに開けると、スミレの絵が描かれた箱があった。せっけんの空箱だという。

「ぼく、そのはこがすきなの。いいにおいがする。なか、見て」

箱を傾けると、なかからドングリがたくさん出てきた。

「かわいい……」

「首かざり、つくろうよ。ドングリをみがいて、首かざり……。青井がつないでくれるって。だからぼく、きのう、ヨウヨのぶんもひろったの。きれいでしょ」

「そんで熱がでたんだね」

ちがうよ、と立海が弱々しく言った。

「なんか……おこってるの？　ヨウヨ」

「怒ってないけど」

違うと言っているけれどたぶん、この子はそのせいで熱を出したのだ。

昨日、九九を覚える手伝いを頼まれて、逃げ帰ったのを思い出した。あのあと立海は長屋に来たけれど、会いたくなくて窓の鍵を閉めていた。すりガラスの向こうに立海の姿がぼんやりと見えて、何度か遠慮がちに名前を呼ばれたけれど、徹底的に無視をした。

暗いこの部屋にいると、長屋に立海が遊びに来たくなる気持ちがよくわかる。

無視されるのは辛いと知っているのに、どうしてこの子にしてしまったんだろう。

「夕方まで、ここにいてもいい？」

「ほんと？　いてくれるの？」

「うん。なんか、あそぼっか。無理か」

大きな声を出そうとするが、立海の声はかすかで弱々しい。何気なく文机《ふづくえ》を見たら、九九の表が置いてあった。

「じゃあわたし、九九でもおぼえてる」

机を使って、と立海が言った。

座布団に座ると、机の下にびっしりと漢字の練習をしたわら半紙が置いてあった。同じ字が繰り返し書かれているその紙を手にしたら、素直な声が出た。

「わたしね、リュウカ君……ほんとは九九できないの……リュウカ君より、できない。全然」

うん、と立海がかすかな声で答えた。

「元気になったら、おぼえるの手伝ってくれる?」

うん、と消え入るような声がして、布団のほうを見たら立海は眠っていた。四時になるまでそこで九九の表を見て、出ていくときに思いついて、もらったばかりの自由帳に、早くよくなってね、と書いてちぎって置いた。

対の屋での手伝いはあっという間に終わり、夕食後、耀子は長屋に駆け戻る。走っても頭はもうカラカラ言わない。だけど相変わらず頭はカラッポで、九九も漢字もよくわからない。それでも、心がすっきりして、わくわくする。頭のまんなかに、かっこいい言葉があるからだ。

縁側から家に入り、手を洗うのももどかしく机に自由帳を出した。青井の書いた字を懸命に思い出してみる。

ノートの最初に自立と自律と書いた。忘れないように何度も書いた。

自立、かおをあげていきること。

自律、うつくしくいきること。

あたらしいじぶんを、つくること。

新しい言葉を覚えたら、少しだけ新しい自分になれた気がした。

第五章

常夏荘の隣にある峰生神社での会合が終わり、照子は足早に常夏荘に戻った。

江戸の昔からこの神社の維持と管理は遠藤家の女主人の仕事だ。

峰生神社は旧暦に行われる七夕祭りが有名で、四年に一度、大祭が行われる。その年は稚児行列が集落を練り歩き、家々は軒先に美しい笹飾りをかかげて道中に華を添える。

今年の大祭は遠藤本家の立海が稚児行列に参加し、『親父様』こと遠藤龍巳が集落に多大な寄付をしたことで、さらに華やいだ。会合でもその話でもちきりになり、四年後の大祭もぜひ行列に参加いただけないかと頼まれ照子は苦笑する。

息子の龍治は六歳の時に稚児行列に参加したきり、二度とやらないと言っていた。東京から長い時間をかけて峰生に来るのが嫌だし、暑い盛りに練り歩くのがたまらないという。四年後の立海も同じようなことを言うかもしれない。

神社を出て常夏荘の正門の前を通りかかると、広々とした車寄せが目に入ってきた。

砂利引きのそこは小型のバスが方向転換できるように作られている。この奥には新潟の豪農の邸宅に倣《なら》った百畳敷と呼ばれる大宴会場があり、そこへ招いた客を送迎していたときのなごりだ。最近はそんな豪勢な宴はめったになく、車庫には二台のバスが置かれたままだ。

正門の前を通って通用門をくぐり、百畳敷の前に広がる日本庭園を突っ切って照子は歩き続ける。そして『茶の間』と呼ばれる、男たちが仕事をしていた建物の前を通って、蔵に囲まれた中庭に入った。

木立の中央には『庵』と呼ばれる小さな建物がある。そこは遠藤家の仏間もかねた茶室だった。

仏間兼茶室の雨戸を朝晩開けて、庵を維持するのも女主人の仕事だ。

撫子の家紋が入った扉を開けると、照子は履き物を隅に寄せた。

庵は三方をガラス戸に囲まれた明るい建物だった。板敷きに囲まれたなかに畳の部屋があり、部屋の奥の壁全面を使って大きな仏壇が設けられている。

仏壇には遠藤家の人々とともに、集落のゆかりの人々やこの家で働いていた身寄りのない人々もまつられている。常夏荘の女主人が『おあんさん』と呼ばれるのは、おそらくこの『庵』を守っている女という意味だろう。

しかし庵は仏間というには陽気な雰囲気の部屋で、仏壇の前にある障子を閉めると、明るい光に満ちた茶室と水屋になる。

先々代のおあんさんはこの庵で集落の子どもたちに読み書きを、先代のおあんさんは、女性たちにお茶やお花を教えていたという。『百畳敷』や『茶の間』は男のビジネスの世界だが、この『庵』は女や子どもたちの憩いの場だったようだ。そしてこの庵の鍵は女主人だけが持っており、当主といえどみだりに入れぬ場だった。

対の屋にいるといつも、鶴子や千恵をはじめ誰かしら人の気配がするが、ここにいると完全に一人きりになれる。だから照子はこの庵が好きで、しばしばここに籠《こ》もる。

今日は神社での会合が思ったより早く終わったので、少し浮き立った気分でここに来た。人付き合いが苦手なので、大勢の前に出るとひどく疲れる。東京を離れてここにいるのは、それが理由の一つでもあるのだが、完全に付き合いを断つほど人嫌いにもなりきれない。

まずは仏壇に手を合わせ、それから照子は障子を一枚閉めた。さらに二枚目の障子に手を掛けて首をかしげた。

障子に穴が開いている。ねずみだろうか。

思えば最近、供物の落雁《らくがん》の数が合わないような気がする。

ねずみがどこかに引いていくのだろうか。

仏間にねずみとりを仕掛けていいものだろうかと考え、照子は首を振った。

気のせいかもしれない。

そしていくらねずみといえど、この場での殺生は、はばかられる。

気をとり直して座布団を出そうと、障子を閉める手をとめ、仏壇の裏にある小部屋に照子は向かった。そして再び首をかしげた。

落雁が落ちていた。拾い上げると歯形がついていたが、ねずみの歯ではないようだ。

そう思ったとき、茶室のほうから物音がした。

あわてて仏壇の前に戻り、半分だけ閉めた障子の間から茶室のほうを見る。

板畳の部分が上下に揺れ、うええ、と床下から妙な声がした。明らかに立海の声だ。

そして少しずつ板畳が上がっていった。

叱るつもりが、どうやって入ってくるのか興味深くて、照子は残りの障子を閉めて穴から様子をのぞく。

板がはずれ、懐中電灯を持った手が出てきた。それから黄色いレインコートを着た立海が這い出してきた。フードや背中には蜘蛛《くも》の巣がいくつかついている。

よっこいしょ、と言って畳に上がると、立海はコートの外側を内にして、素早く畳んだ。それから俺の扉に駆け寄ると、背伸びをして鍵を開けた。

「ヨウヨ〜、どぞ〜」

どぞどぞ、どうぞ、と調子のいい声がする。

リュウカ君……と間宮の孫娘、耀子のためらうような声がした。

「わたし、入りたくない」

へいきだよお、と立海が笑った。

「青井は浜松に行ったし、テルコもさっき出かけたよ。夕方まで帰んないって、鶴子がいってた。わかんないって。ばれないよぅ。ほら」

「やだ」

「早くなかに入ってよ。ほら、くつ持って。鶴子に見つかっちゃうよ」

あきらめたのか耀子が靴を持っておそるおそる庵に入ってきた。

立海がまわりを見回した。

「ね、ヨウヨ。ここって雨戸が開いてたら、すっばらしいでしょ」

素晴らしいを強調して立海が耀子を見上げるが、少女は憂い顔だ。

怖い、と耀子が言った。

「そりゃあ仏壇、こわいけど。ほら、今日はもう障子が閉めてある。障子閉めたらここって温室みたいじゃない？」

「そうだけど」

ひゃっほーい、と小さく奇声を上げて、立海が畳の上を転がった。

「わたし、七夕のとき、ここで」

「うん」

「お供えを盗み食いしたって思われてる。リュウカ君の親戚の子に」

「下屋敷の由香里？」

そう、と耀子がうなずいた。

遠藤家は江戸の中期に分家して、上屋敷と下屋敷と呼ばれる親戚がいる。上屋敷の先代は大正の時代に林業に見切りをつけ、東京を中心に事業を展開していた。子どもも三男三女に恵まれ、それぞれが各界の有力者と姻戚関係を結んでとても栄えている。

対照的に下屋敷は時流に乗り損ね、特に先代が投機の失敗で全財産を失い、本家の助けでかろうじて今の屋敷を手放さずにすんだという話だ。

しかし遠藤本家は代々、子どもに恵まれなかったので、江戸の昔からたびたび下屋敷から養子を迎えていた。実は親父様こと龍巳の祖父も下屋敷からの養子だ。そのせいか下屋敷の人々は自分たちこそ遠藤家の本流と思っているふしがある。ところが龍巳の父親の代で仲違《なかたが》いをして、今では表面上のつきあいしか残っていない。

大人たちの気配を汲《く》んで下屋敷の由香里は立海や耀子のことも面白く思っていないのかもしれない。

そっか、と立海の声がした。

「あれ、ほとんどぼくが食べたのに」

寝転がっていた立海が起き上がった。

「ぼくね、七夕のときねえ、ヨウヨが空から落ちてきた子と思ったんだよ」

「空？」

「それでね、あのときパピコ持ってきてあげようと思ったの。お空からきた女の子に。だってラクガン食べると、お口のなかがモサモサするから……」

「パピコってなあに？」

「アイスキャンディ。あの日は特別だからパピコを食べてもいいって言われたの。そうしたらね、青井につかまっちゃって。パピコを二本も持ってたからしかられたのよ。それで……それで」

ごめんね、と立海が言った。

「ヨウヨ、ほとんど食べてないのに。ぼく、あのとき、もっと食べなよって言おうと思ったけど、話しかけちゃダメと思ったの」

立海がうれしそうに笑った。

「なんで？」

「お空の女の子だから」

お空？　と耀子が首をかしげた。

「なんで空から来たと思ったの？」

ひみつ、と言った立海がぼく、と言いかけ、おれ、と言い直した。

「リュウカ君、おれって言わなくてもいいのに」

「ぼくのしゃべり方、女っぽいって言われるのよ。だからおれ、って言いたいんだけど、わすれちゃうの……気にしないで」

「うん。じゃあ、おやつ食べる？　オジャコ」

なつかしい思いで、照子はオジャコという言葉を聞く。遠藤家では骨を丈夫にするからと煮干しを子どものおやつにする習慣があった。龍治はひどく嫌ったが、夫の龍一郎は大人になってからもオジャコをよく食べていた。

「ううん、オジャコはいい。それよりさっきの話の続き」

立海がセーターの裾をめくりあげて、腹からノートを出してきた。

「これがね、そのひでんの書」

『リュウのひみつ』という声がした。

「リュウじゃないんだよ、ヨウヨ、リ、ウ、なんだよ。ひみつけっしゃ、リウなんだよ」

立海が再びセーターの裾をあげ、今度は腰のほうからペンのようなものを出した。そしてノートを広げて何かを書いた。

「じゃあ、コードネームはぼくはリウカ、ヨウヨはリウヨウ。はい、書いて」

書きづらそうに耀子もペンを動かした。

「そこのね、まんなかに書いてあるの。リウのおやつ。オジャコにあきたリウは、ラクガンをくえ。ラクガンは常夏荘の庵のなかにあり。いか、その、しのびこみ方……」

立海が障子に向かって歩いてきた。叱ろうと思いつつ二人が何をするのか気になって、照子は仏壇の裏の小部屋に移動する。

障子が開く音がして、二人が仏壇の前に立つ気配がした。

「でね、ここ、お茶があるんだよ」

仏壇の前にはお茶が供えてあった。毎朝、一番茶を照子が淹《い》れて供えている。

「そのお茶、飲んでいいの？」

「だいじょうぶ。テルコがちゃんといれてるもん。待ってて」

茶室の水屋で音がした。

「ううん、そうじゃなくて。お茶がカラになってたら、おあんさんが気がつくよ」

「水でうすめとけばわかんない、とひでんの書に書いてある」

ほんとだ、と耀子の声がした。

立海が障子を閉めた。水屋の茶碗《ちゃわん》が二つ減っている。ゆっくりと照子は障子に近づき、穴からのぞいてみる。行儀良く、二人がお茶を一口飲んですぐやめた。

「ううえ、まじい。なんかちがう」

でも、と耀子がノートを読み上げた。

「仏壇のお茶、うまい。水でうすめれば、ばれぬ。リウイチロウ。だれ？　リウイチロウ」

思わぬところで夫らしき名前が出て、照子は耳をそばだてる。

「ぼくのお兄さま。テルコのだんなさま。ぼくが生まれる前にもう死んじゃったけど」

「大人がこんなこと書いてるの？」

「これ書いたときは、ぼくらと同じぐらいだよ」

「でも生きてたら、おあんさんみたいな大人でしょ」

「そう」

「そんなえらいひとが、これ？」

「うん。水でうすめるって……お兄さま、ひょっとしてアホかしら」

立海が首をかしげながら、耀子が持つノートをのぞきこんだ。再び耀子が読み上げた。

「ラクガンは、左右のお供えから、一個ずつ、とるべし。はいく。『そなえもの、かずをそろえりゃ、ばれませぬ』。なあに、これ？」

「さあ……なんだろ」

ねえリュウカ君、と耀子が不思議そうな顔でオジャコを食べた。

「リュウカ君ちって……お金持ち……なんでしょ」

「よくわかんないけど……」

「オジャコじゃないおやつはないの？」

「わかんない。ぼくだってフカフカしたおやつを食べたいんだよ。よそにいくといろいろ出てくるの、やわらかーい、こう……フカフカした甘いやつ。クリームがのってて。ロールケーキとかシュークリームとか」

けど、だめなのよ、と立海が腹立たしげに言った。

「特別なときしか、食べさせてくれないの。うちはナリアガリの家だから、そんなゼイタクゆるさんっていうの、お父さまが。ナリアガリってなに？　なんでフカフカしたものがだめなの？　くやしいからもう、むちゃくちゃラクガンを食べてやる」

「仏壇のひと、おこらないかな」

かんべんしてくれるよう、と立海がオジャコを食べながら言った。

「みんなわかってくれるよう。お父さまだって小さいころにオジャコはヤダって言ったらしいよ。でもお祖父さまも食べてたんだって。背をのばすために」

どんだけ昔からオジャコ食べてたの、と情けなさそうな声がした。

「なのにでっかくなったの、龍治だけ。だめじゃん、全然きいてないよ」

「りゅうじ？」

「お兄さまとテルコの子ども、大学生なの。すんごく背が高いの。でも龍治はオジャコがきらいって。でもいいんだよ、龍治は。テルコよりでっかいんだよ。もうじゅうぶんだよ」

はあ、と立海がため息をついた。

「大きくなりたい……」

「うん……なりたいね」

だけど、と立海がノートをなでた。

「これはその龍治がくれたの。峰生に来るまえ、ふらっとぼくのトコにきた。この庵の入り方ね……」

立海がページをめくり、耀子が顔を寄せた。子どもたちは寄り添ってノートを見ている。

「龍治は一回、ためして入ったけど二度とやらなかったんだって。ラクガンなんていらないし、って。ゼイタクだよ。でもつぎに常夏荘に来たときはもう入れなかったんだって、体が大きくなってたから」

そんな話は聞いたことがない。龍治が立海に何かを贈ったというのも意外だった。

「あとねえ、龍治がためしたのは、対の屋のやねにのぼるやつだって。よこの木、よじのぼるべし。くさびあり、やねにのぼれるなり。これはカンタンだったよねえ、ヨウヨ」

対の屋の屋根に楽々と登っていたのはそういう入れ知恵があったのか。

憮然《ぶぜん》とした思いで障子を開けようとしたとき、対の屋の観月楼、と立海が言った。すんでのところで照子はやめる。もう少し先を聞きたかった。

「対の屋のやねにね、カンゲツロウってあるでしょ？」

「物干し台みたいなとこ？」

「あれ、お兄さまが造ったらしいんだけど、やねにのぼったり、あんなの造ったり、リウイチロウ、よっぽど高いところがすきだったんだね……」

耀子が笑い、うれしそうに立海が続けた。

「で、この間、ぼくがやねにのぼったとき、テルコが言ったの。『アホとけむりは高いところがお好きときくわ、立海さん』……ということは、おれのお兄さま、アホだったのかなあ」

そろそろいいだろう。咳《せき》払いをしてみた。

「ヨウヨ、今、なんか言った？」

ううん、と耀子が首を振り、立海がノートをめくった。

「でもね、お兄さまはすごーく、かっこよかったんだって……詩を作るのが大好きで……」

ノートを指さし、耀子がたずねた。

「詩って、これ？」

みんなで踊ろう、腹踊り、と耀子が読み上げた。

「ハダカになって腹に絵を描き、尻をふりふり……」

「やっぱ……ちょっとアホかも」

再び、咳払いをしてみた。

「ヨウヨ、今、なんか言った？」

「ううん」

「今、なんか聞こえなかった？」

聞こえた、と耀子が腰を浮かせた。

「リュウカ君、死んだ人をアホって言ったから」

「おれのせい？　ヨウヨも笑ったじゃん」

ごめんなさい、ごめんなさい、とつぶやいて耀子が仏壇に向かって頭を下げた。

「笑ってごめんなさい。もう来ません。わたし、帰る」

「えっ、ねえ。『かいぎ』しようよ。ラクガン食べようよ」

「もういい。こわくなってきた。帰る。だれにも言わないから。リュウカ君も帰ろ」

「あっ待って、ぼく、ぬけ穴からかえらないと、かぎ……かぎ閉めないと、あ……」

尻込みしながら耀子が去っていき、茶室にぽつんと立海がのこされた。

立海がおどおどと障子の前に来て、手をあわせた。小さな声がした。

「ごめんなしゃい……お兄さま」

咳払いをして、障子を開けた。すると立海が絶叫した。

リュウカ君、と庵の扉が開いて、竹ぼうきを構えた耀子が飛び込んできた。そして照子を見るなり、悲鳴を上げた。

「なんですの、二人そろって、うちを見るなりきゃあきゃあと」

立海が泣き出した。

「立海さん、泣くことないですやろう」

「こわい……こわい、ぼく、いっかい死んだ。おどろいて」

「うちのほうこそ驚いた。それに、そう言うなら、一瞬死んだ、でしょう」

耀子がその場に座り込んだ。魂が抜けたような顔をしている。

「二人とも、仏壇の前に来て並んでお座り、正座して。その前にあなた、靴をぬいで、ほうきは外に置いてきて」

耀子がよろめきながら立ち上がり、立海が這いながら仏壇の前に移動していった。

※

庵の障子を開けると、陽気な茶室は一気におごそかな仏間になった。

天井までの高さがある仏壇の前で、立海と耀子は正座してうなだれている。仏壇の周りや鴨居には多くの遺影と肖像画が並べられ、大人でも自然と頭を垂れてしまう迫力があった。

叱るより、そのまま座らせていたほうが反省しそうな気がした、そこで照子は立海からとりあげた『リウのひみつ』を窓際で読む。

どうやら『リウ』とは秘密組織で大日本帝国と峰生の平和を守るため戦っていたらしい。本部は常夏荘で構成員は名前の一部にリウの文字をつけた暗号名を持っている。創立者はリウイチロウで以下、構成員は三十二名。このノートはそのリウたちの歴戦の記録だった。

ネズミと戦う、という項目に、母屋の屋根裏にしのびこむ方法が書かれているのを見て照子は青ざめる。リウたちはネズミを追いかけ、天井の一部を強引にはがして屋根裏に登ったあげく、そこが広いことに喜び、座布団や大量のロウソクを持ち込んで第二本部を勝手に設営していた。よくぞ火事にならなかったものだ。

後半のページには構成員の組織図があった。

初代ボス・リウイチロウと書かれていてその下にリウヘイ本部長とリウハナ記録係がいる。その下は三十人ほどのリウたちの名前が連なっていた。

その次のページは二代目ボスでリウジと書かれていた。夫、龍一郎の字だった。しかし二代目はリウジ以外に名前はなく、その下に三代目が続き、そこには子どもの字で筆ペンの墨色あざやかにリウカ、その隣にリウヨウとある。

最後のページをめくって照子は手を止めた。見事な筆跡が目に入ってきた。

——これを読みたる遠藤の者、リウに便宜をはかるべし　遠藤龍一郎

見開きを使って筆で書かれたそれは、有無を言わせぬ迫力と風格があった。大人になったリウイチロウの筆跡を照子はそっとなぞる。

昔、聞いたことがあった。

東京生まれの龍一郎は戦時中は常夏荘で暮らしていた。そして同じような疎開児童や集落の子どもたちと共に、日暮れまで夢中になってこの邸宅で遊んでいたという。

やがて東京に戻って焼け野原が残る街を見たとき、緑あふれる峰生での日々が夢のように思えたと彼は言っていた。そして二年後の夏に再びここに帰ってきたが、当時の友達はちりぢりになり、残っていた子どもたちとも、かつてのようにはもう遊べなかったという。

子どもが子どもでいられる時期は、案外短いのだと夫は言っていた。日暮れを忘れるほど遊べるのはほんの一瞬。こうした家に生まれると、それはさらに短くなると。

耀子がくしゃみをした。立海がハンカチを渡している。

壁を埋め尽くすような仏壇の前に座っていると、小さな二人は可愛い鞠《まり》のようだ。

再び夫の筆跡を見る。おそらく龍治にこの書を渡したとき、書いたのだろう。たぶん時期的に龍治がこの峰生で稚児行列に参加したときだ。あの夏は龍一郎は忙しくて、峰生に来ることなく、ずっと東京で働いていた。

常夏荘で一緒に冒険する友達が息子にできることを願って、夫はこの一文を書いたのかもしれない。当の龍治はこの地にまったく興味はなく、東京に帰りたがっていたけれど。

『リウに便宜をはかるべし』

書に秀でていた夫の雄渾《ゆうこん》な筆跡は、無視するには力がありすぎた。

それで……と照子は子どもたちに声をかける。

「あなたがたが三代目のリウだと」

「そう……、ぼくがリウカでこちらがリウヨウ」

口ごもりながら立海が顔を上げた。

「そして手始めにおやつ不足と戦《たたこ》うてみた、と」

うん、と立海がうなずいた。

「言ってくだされればよろしいのに。落雁がほしいと。わざわざ床下から忍び込んでこなくとも」

「だってリウなんだもん」

ねえ、と立海が耀子に同意を求めた。少女は顔を上げ、困った顔をした。

思わずため息が出た。このままでは立海に押されてこの子は屋根裏にも登らされそうだ。

「もうよろしい。今回は大目にみましょう。でもこの秘密の書はうちが預かります」

「ええっ、なんで？」

「これが書かれた時代と違《ちご》て、常夏荘の建物はかなり傷んできてます。屋根に登ったり屋根裏に上がったら大怪我をしてしまう。峰生も日本も平和になったし、もう戦いはいりません。今後のリウの活動は文化的な方面に発揮してくださいな」

「ぶんかてき？」

「お歌や踊り、お習字、お絵かき。そういう活動をするなら、リウの皆さんに少し便宜をはからせていただきましょう。初代ボスのお顔をたてて」

「べんぎ？　べんぎって何だ？」

「とにかく。危ないことはしない。リウの書は預かる、よろしいわね？　そうしたらフカフカのおやつのことも考えておきましょう」

ほんと？　と照れたように立海が笑った。その表情が夫にそっくりで、息を呑む。似ているはずだ、弟なのだから。

もう帰ってよろしいわ、と言ったら、耀子が立ち上がりかけてふらついた。足がしびれているようだ。笑った立海が立ち上がろうとして、転んだ。

強引に足を押さえるようにして耀子は扉に向かっていく。

「あなた、無理をしなくていい。足をのばしてから行きなさい」

もう、だいじょうぶ、です、と少女は答え、ヨウヨ、と立海が情けない声を出した。

「おいてかないで……ちょっとまって。足……しびれた」

「もう四時だから……」

「立海さんはもう少しそこで反省してなさい。うちが雨戸を閉めてくるまで」

「ヤダ、シャシンの目が追いかけてくる。どこへいってもぼくと目があう」

「写真を見なければよろしいでしょう」

きちんとお辞儀をして耀子は去っていった。雨戸を閉めながら後ろ姿を見る。少女は足早に歩いていたが、やがて小走りで蔵の向こうに行った。

四時になったら対の屋の裏方を手伝うのがあの子の日課だ。幼い子に手伝いなどをさせなくてもいいと間宮に言ったのだが、ここのまかないをいただく以上、少しはお役に立たないと、と昔気質《かたぎ》の男は言った。ところがこの娘は素直な性格らしく、何事も教わったとおりに丁寧にやりとげる。少しどころか鶴子や千恵はとても助かっているようだ。

雨戸を一枚閉めるごとに仏間は暗くなっていく。電気をつけると、立海がリウの書をひろげた。

「そうだ、テルコのなまえも書いとこう」

「べつによろしいわ」

「だってお兄さまだけじゃ、さびしいじゃない。テルコはここのボスだし」

そう言って立海が文字を書き入れた。のぞくとリウイチロウの隣に、大きくリウテルと書いてあった。

「お兄さまはお兄さまと呼ぶのに、どうしてうちのことは呼び捨てなの？　前から不思議に思っていたのやけど」

「だってテルコはテルコなんだもん。なんてよぶの？　テルコお姉さま？」

「テルコでよろしいわ」

思えばこの名前を呼ぶ人は、もうほとんどいない。

雨戸を閉めて立海と共に外に出た。鍵を閉めて何気なく横を見たら、立海が靴紐を結んでいた。その爪の形、手つきは幼い頃の龍治と一緒だった。

立海のなかに、夫と幼い頃の息子がいる。

しかし似ているところはあっても、母親の美貌《びぼう》を受け継いだ立海は、誰よりも人目を惹きつける。七夕も七五三も、立海の髪と着付けを担当した美容師は、その仕上がりの美しさにため息をついていた。

『掛け合わせ』がうまくいったのだ。

そう思ったとき、テルコ、と立海がつぶやいた。

「なんでぼくのこと、そんなふうに見るの？」

「どんなふうに見てました？」

「ものみたいに」

「物？」

たしかにそういう目で見ていた。

敏感な子だ。だから吐いたり、熱を出したりするのだろう。きっとまわりの視線や過剰な期待を全身で受け止めてしまうのだ。

繊細な子にとって、この世はあまりに汚れすぎているのかもしれない。

「さがしものを、していましたのよ」

「なんの？」

「龍一郎さんのいろいろ。立海さんのお顔のなかには、お兄さまのおもかげがある」

そう、と立海が背伸びをした。

「じゃあ、うんと見て」

不意に抱き上げてみたくなり、照子は黙って立海の頭をなでる。

「立海さんはやさしいお子やね」

蔵に囲まれた場所から、立海と並んでゆっくりと対の屋と母屋に向かって歩いた。

百畳敷や茶の間は『表』と呼ばれ、蔵を境に対の屋と母屋は『裏』と呼ばれている。この邸宅の表庭は日本庭園で、裏庭は芝生をしきつめた洋風庭園だ。

芝生の庭に出ると強い風が吹き付けた。抱えていたノートを落としてしまい、照子は身をかがめる。すぐに拾った立海が手渡しながらぽつりと言った。

「ねえ、テルコ……どうしてぼくのなまえには龍の字がないの？」

「リウカさんでしょ。リュウカ君って今、呼ばれているではありませんか」

耀子がつけてくれたのだと立海が笑った。

「はじめてだよ、ニックネームでよぶお友だち」

自分にもそんな時代があったと照子は思う。初めてできた友達の名は今も覚えているけれど、どうしているのかは知らない。

龍一郎の仲間の無数のリウたちの名前を思う。あれだけたくさんの友達がいたけれど、大人になっても交流が続いたのは何人いたのだろう。

小走りに対の屋へ向かう耀子の背中を思い出した。

いずれ別れていく、小さなリウたち。

「立海さんは庵がお好きなの？」

「とても好き。あったかいし、あかるいし。たたみがいいにおいがするし」

「大切にするってお約束してくれたら、一週間に一度、リウさんたちに貸してもいいわ」

「ほんと？　いいの？」

「青井先生とご相談してからだけどね」

立海がうれしそうに笑った。

対の屋の前に来ると、夕食のいい匂いが漂ってきた。寄っていくかと聞いたら、宿題をすると立海が答えて、元気よく走っていった。

そっと『リウのひみつ』を照子は抱きしめる。

龍一郎は詩が好きで、自分でもずいぶん書いていたようだが、晩年にすべての草稿を焼き捨てていた。彼が作った詩らしきものを聞いたのは、撫子のなかで聞いたあの一行だけ。

――清き瀬の里、揺れる撫子

彼はその先を、どう続けたかったのだろう。

木立を縫って秋風が吹く。風の中に冷気がひそみ、木枯らしが吹く日が近いことを告げている。出会ったときから最期まで、照子は風のようだと讃《たた》えてくれた。あの詩の続きを書く時間があったなら、風のことも詠《うた》ってくれただろうか。

ページをめくったら、リウイチロウの隣に大きくリウテルと書かれていた。

勝手にリウの仲間にされたと思ったら、なぜか微笑んでいた。

そのとき思った。彼はすでに妻のことを詠っていたことに。

そうだ、リウイチロウはいつも言っていた。

――照子の笑顔は天下一品、鬼も逃げだし、闇をも祓う、と。

第六章

落ち葉って柔らかいんだ——。

晩秋の土曜の午後、間宮耀子は落ち葉を集めたなかに寝転がる。

先週から常夏荘では一番大きな木の下に大人たちが庭の枯れ葉を集めていた。千恵に頼まれ、ここ数日、耀子もこまめに庭を掃いてはそこに持っていく。木の下には日に日に色とりどりの落ち葉が集まり、やがて小山のようになった。

二日前からそこに飛び込んで遊ぶのが、立海のお気に入りだ。そのたびに誘われて耀子も枯れ葉のなかで転がり回る。服にいろいろなものがからみつくけれど、やわらかな枯れ葉のなかで手足を動かすと、空を泳いでいるような気分になる。

立海が奇声を上げて転がってきて、ぶつかった。起き上がった耀子は腕一杯に落ち葉をかかえて、立海の上に降らせてみる。黄色の銀杏の葉のシャワーを浴びて、立海が愉快そうに笑い、それから対の屋の方を見た。

「千恵、おそいねえ」

「わたし、見てこようかな……」

土曜の勉強は午前中で終わり、そのあとに母屋で昼食をとったらあとは自由時間だ。ところが今日は授業の終わりがけに千恵から内線が来た。

今日はお昼ご飯もかねて素敵なおやつを外で作るので、勉強が終わったら落ち葉の山に大集合とのことだった。そこで終わりの挨拶もそこそこに喜んで二人で走ってきたのに、千恵の姿はない。

枯れ葉のなかから立海が起き上がった。

「あれ……せなかに何か入った……あ、なんか、かたい」

背中をもぞもぞと動かし、立海が乱暴にセーターを脱いだ。

「ねえ、ヨウヨ、見て。すごくきもちわるい」

見ると枯れ葉と一緒に、肌着のうなじにミノムシがひっかかっていた。

立海の肌着はすべてうなじの部分に緑の糸で模様が描かれている。花のように見えるが、大人が縫ったようには見えない不器用な針目だった。

ミノムシはその糸にひっかかっていた。糸が切れぬように注意深くはずしていたら、おまたせ、と千恵の声がした。大きなカゴと小さなバスケットを持っている。

「おまたせ、ええっと、なんだっけ……リウのお二人さん？」

「千恵、なんでリウのことしってるの？」

「おあんさんが立坊ちゃんと耀子ちゃんがコンビを組んだとおっしゃって。二人で何をするの？　歌？　踊り？　それともひょっとして漫才？」

マンザイ？　と立海が不思議そうに言った。

「それ、なあに？」

「今、はやってるんですよ。二人で立って、面白いことをわあわあ言い合うんです」

ふうん、と立海が寂《さみ》しげに言った。

「テレビ？　ぼく、テレビを見せてもらえないから……」

「ドリフの全員集合は見せてもらえるようになったんじゃないんですか？」

「そんなことでやねに登るなんてトンデモナイって、お父様がすんごくおこって。この間、峰生のでんき屋さんが母屋のテレビを持ってった」

「あのテレビも古くなってましたからねえ。買い換えでしょう。そのうちピッカピカのが来ますよ」

「そうかなあ」

カゴを地面に置いてビニールシートを敷くと、千恵が木の周りを歩いた。

「さて。佐々木さんが今朝、このあたりにカマドを作ってくれたはずなんだけどなあ」

あ、あった、と声がした。見ると立海の頭ほどの石がいくつか並べられている。

千恵がカゴから大きなものを取り出した。すり鉢とすりこ木だった。

「さあ坊ちゃん、その怒りをすりこ木にぶつけてくださいな。さあ、怒りと一緒にすりましょう。耀子ちゃんと交代でクルミをすってくださいよ」

「クルミ？」

立海が不思議そうに言うなか、千恵がタッパーを取り出し、中身をすり鉢に入れた。すでに半分ぐらいすってあったが、まだ大きなクルミの粒が残っている。

千恵に言われて耀子はすり鉢を支える。

ええっ、と気乗りしない声を上げ、立海がおそるおそるすりこ木を動かした。

「もう、男の子がそんなへっぴり腰で。じゃあ、耀子ちゃんがお手本を見せてあげて」

この前、クルミ味噌《みそ》を作る手伝いをしたから、すり鉢の使い方は覚えている。

左手をすりこ木に添え、右の手のひらにすりこ木の頭の部分を当てて、耀子は手を動かす。リズミカルに動かしていたら、香ばしい匂いがしてきた。立海がやりたがったので、交代してすっているうちに、カマドのほうから煙の匂いがして、ぱちぱちと音がした。

千恵が石でつくったカマドの間に網を渡している。その下では木の枝が燃えていた。

二人で鉢を持ち、火のそばに近づくと、千恵がカゴからラップをかけた皿を出した。つぶしたご飯を小判のように平たく固めたものに、割り箸が刺さっている。

「これ、なあに。千恵」

「五平餅ですよ」

ねえ、と立海がじれたように言った。

「千恵、ぼくねえ、フカフカしたおやつが食べたいんだよ。フカフカして、クリームとかイチゴとか入ってるやつ」

「フカフカって話は、おあんさんから聞いてましたけどね」

話しながらも手を止めず、千恵が小判形に固めた白いご飯を網の上に並べた。

「でもいいクルミが手に入ったんで……。立坊ちゃん、千恵の五平餅をまずは食べてごらんなさいよ。ひとくち食べて、どうしてもフカフカがいいって言うなら、今日はあとで作ってあげますよ」

そう言って網の上で五平餅を手早くあぶると、千恵が皿に戻した。

「キッチンであらかた焼いてきましたからね、ちょっとあぶるぐらいでいいんですよ。さ、次はたれの仕上げだ。坊ちゃん、耀子ちゃん、気合いを入れてクルミをすって」

文句を言ったわりに熱心に立海はすりこ木を動かし始めた。その様子をしばらく見て、千恵がすり鉢に何かを入れた。

「クルミにゴマを投入、と。これが本当のゴマすりですよ、立坊ちゃん」

なんだかスカッとしてきた、と立海が言った。

「ゴマすりって楽しいな」

立海が疲れてきたようなので、今度は耀子が代わった。すりこ木を動かすたびに、香ばしい匂いがのぼってきて、じんわりと油のようなものが鉢ににじんできた。

「いいにおい。こっからどうなるの、千恵」

はいはい、と言って千恵が、タッパーから茶色いものをすり鉢に入れた。

「我が家の秘蔵の手作り味噌と、奥峰生の蜂蜜を投入。はい、耀子ちゃん、すってすって」

「千恵のおうちは、みそ屋さんなの？」

「いや、うちは仕出屋なんですよ」

カゴから水筒を取り出し、少しずつ千恵が水を加えていった。慎重に、力を込めて懸命に耀子はすりこ木を動かす。

「リュウカ君、しっかりおさえてて」

ハイ、と素直に立海が言って、力強く鉢をおさえた。

鉢のふちに飛んだたれを小指でひょいとすくって千恵が味を確認した。

「しだしや、ってなに？」

「宴会とか法事のときに、大勢のお客様に料理や弁当を出すんです。はい、耀子ちゃん、味見」

小さなスプーンでたれを小皿にすくうと、千恵が差し出した。そっと受け取って口にする。ピーナッツのような味とコクに、みたらし団子のたれのような甘辛さがあった。

少し塩を足そうか、と言って千恵がほんのわずか、塩をおとした。それから少しすったあと、再びたれを小皿にとって渡してくれた。

再びなめてみて、耀子は首をかしげる。差がよくわからない。

「ねえ、どれだけ味が違うの、ヨウヨ？」

「あのね……あの……よくわかんない」

スプーンで五平餅にたれをからませながら、千恵が笑った。

「まだわからんでいいよ。そのうちわかるって。すぐにわかったら、この道十五年のあたしが困っちゃうよ」

「十五年？　わたしやリュウカ君が生まれる前から？」

「そうだよ、耀子ちゃんぐらいの時から包丁を握っているから、かれこれ十五年かな」

茶色に染まった餅が、赤く熱された網の上に次々と並べられていく。たれが下に落ちてはぜる音がすると、甘辛く焦げた匂いがふわりとあたりに広がった。

「峰生中学の横に撫子屋って看板だけがあがってる店、知ってる？　あそこが私の家。一家全員で働いてて、子どもの時から手伝ってたんよ。調理師学校を出たあとは、東京のお屋敷でも働いてた。立坊ちゃんが生まれたときのことも覚えてますよ。そりゃあもう、あのときは調理場全員で素敵なご馳走《ちそう》をたーくさん作ったっけ」

五平餅を裏返すたびに、千恵がたれを塗り直す。甘い匂いが落ち葉の煙とまざって、耀子は思わず匂いをかぐ。しかし隣を見たら、立海は真面目な顔で芝生に座っていた。

「じゃあ、ぼくのおかあさまのこと、知ってる？」

千恵が餅にたれを塗り直した。それから火加減をみて木の枝を足した。

「実は……あまり知らないんですよ。千恵は調理場にしかいないし、そのときはいちばん下っ端でしたからね」

そう、と立海が言って、軽くうつむいた。

「さ、焼き上がりましたよ。めしあがれ」

小さなバスケットを開けると、そこから千恵が二枚の皿を取り出し、五平餅をのせた。こんがりと焼けた楕円《だえん》形の餅にうっすらと醬油《しょうゆ》の焦げ目がついている。

早く食べたい。

少し前なら、いきなりかぶりついていた。だけど気持ちを抑えてゆっくりと耀子は餅を手に取る。青井と立海の三人で昼食を食べるようになったら、自分の食べ方がひどくせっかちなことに気がついた。それ以来できるだけ二人のすることを真似《まね》して食べている。

それにさっき、そう、と答えた立海の沈んだ声も気にかかる。

隣を見ると、立海は五平餅をほおばっていた。それを見て耀子もそっとかじった。

かりかりした焦げ目と、もちもちとしたご飯の歯触りが気持ちいい。嚙《か》むたびに広がる甘みとゴマとクルミの香ばしさに顔がほころんだ。

「おいしいね、ヨウヨ」

「うん、すんごいおいしい」

一口食べて千恵がうなずき、それから立海に笑った。

「どうです、フカフカはどうします？」

またたく間に一本をたいらげ、立海が二本目に手を伸ばした。

「今日はいいです。またこんど」

二本目を一気に半分近くかじって、立海がたれを見た。

「ねえ、そのたれ、もっとぬっていい？」

「それぐらいが一番いい量なんです。それ以上塗ると、このあとずっと水ばっか飲むことになっちゃいますよ……それにね、味が濃すぎるとたくさん食べられないんですよ」

「じゃあいい、もっと食べたい」

そう言って残り半分を食べると、三本目に立海が手を伸ばした。

「おいしい、おいしいよ、千恵。ぼく、お団子より好きかも。ラクガンより好きかも」

そう言いながら立海がまたたく間に三本目を食べ終えたとき、木立の向こうに青井の姿が見えた。手にハンカチをかけた小さな物を持っている。うしろには『峰生電器』と書かれた帽子をかぶった男が続いていた。

千恵が手を振った。

「青井先生もおひとつ、いかがですか」

青井が近づいてきた。

「まあ、いい匂い。五平餅ね」

「峰生電器さんも一本どう？　たき火をしてるんですよ」

立海が立ち上がって、電器店の男を見た。

「ねえねえ、おじさん、ひょっとして新しいテレビが来るの？」

男が帽子を取って、立海に挨拶をした後、青井を見た。微笑みながら、青井が答えた。

「お父様からプレゼントがあるんですって」

「やったあ、テレビだ！」

「立海さんの写真を送ったら、見違えるように元気になったって、ことのほかお喜びで」

「ねえ、プレゼントってテレビでしょ」

「それはわからないけれど」

「ねえ、テレビが来たら、青井、ぼく、なんだっけ……千恵」

「漫才です」

「漫才、見たいよ。ちょっとでいいから」

「ドリフのヒゲダンスはもう良いのですか？」

えっ、と立海が考え込んだ。青井が小さく笑うと、耀子に手にした物を差し出した。

あわてて立ち上がった。

「こちらは耀子ちゃんに。通用門の前に置いてあったわ」

青井がハンカチをとると小さな丸いカゴが現れた。

つやつやした栗《くり》とクルミが入っていた。カゴの中央には『ようこさまへ』とカードがあり、学校からの印刷物が入った封筒も添えてあった。

「かわいい贈り物。飾っておきたくなるわね」

ふかしたほうがいいですよ、と千恵がうれしそうに言った。

「これはいい栗だわ。甘露煮がいいかな、栗ご飯にしよっか？　それとも耀子ちゃん、ちょっと部屋に飾っておく？」

すぐ食べる、と言いながら、耀子はカゴを手にする。

誰がこれを置いていったのだろう。

先生？　でも、ようこさまへ、という字は子どもの字みたいだ。

「入れ物もかわいいわね。底の形は花？　星？　おしゃれなデザインだわ」

そのカゴは上から見ると円形だが側面が規則的にくぼみ、下から見ると底が星のような形をしている。

いやあ、と照れたように顔を見合わせ、千恵と男が笑った。卵を入れるのにおさまりがいいように、側面にくぼみがついているだけだという。

ただの卵入れですよ、と男が言った。

「おしゃれやなんて。峰生のばあさんたちが冬場に内職で作っとるんです」

おばあちゃん？

大人たちが五平餅を手にして、たき火のまわりに集まって話し始めた。どこからか佐々木が水の入ったバケツを運んできて、焼き芋もしないかと千恵に呼びかけている。

立海が喜び、千恵が対の屋に戻っていった。楽しげなその声を聞きながら、耀子は手にしたカゴを見る。

この木の実をくれたのは誰？

誰が置いていってくれたのだろう。

※

その翌週の木曜、母屋での勉強が終わった後、耀子は庭できれいな木の実や紅葉を探した。明日は一時間ほど、庭のものを使って工作をしようと青井が言った。おもちゃとカードを作るのだという。

地面を見ながら庭を歩いていたら、母屋の洋館からピアノの音が流れてきた。

勉強が終わると立海はいつもピアノの練習をする。ピアノの先生は東京にいるけれど、毎日手を動かさないと忘れてしまうからと、常夏荘にいる間は青井が練習を見ている。

常夏荘の勉強室にあるピアノは小学校の音楽室にあるようなグランドピアノだ。あの部屋は元々はサロンと呼ばれていて、大人たちが集まって楽しむ場所だったらしい。

そんな立派なピアノのそばで毎日勉強していると、今の自分がとても不思議に思えてくる。ほんの少し前はできなかったのに、今では教科書もつっかえずに読めるようになり、分数の計算もできるようになった。そして水曜日の夜は青井が立海と勉強しているより少し先の算数を教えてくれて、それが嫌ではない。

算数の問題ができると、頭がよくなった気がする。すると他の教科の勉強が苦ではなくなった。それどころか国語が得意になり、最近は立海が貸してくれる本や勉強室にある図鑑を借りて見るのがとても楽しい。横浜にいたときは一人でずっとテレビを見ていたけれど、祖父の家にはテレビがないので、立海と同じく読書の時間がいっぱいある。

でも本を読んでいる自分がまた不思議だ。少し前までは、本なんてさわったこともなかったのに。歩き続けていたら、クローバーの茂みが目に入ってきた。

横浜の家の近くではよく見たけれど、常夏荘にはあまりクローバーを見かけない。だけどなぜか一箇所だけ、その草がある。枇杷《びわ》の木のあたりだった。

四つ葉のクローバーがないかと思って、茂みにかがんでみる。熱心に葉をとりわけていたら、ひそやかな足音がした。

「ヨウヨ、なにしてるの？」

立海が後ろ手に何かを持って立っていた。

「四つ葉のクローバーを探してた。持ってると幸せが来るんだって」

ふうん、と言って立海が隣にかがんだ。その後ろに機械のようなものがある。

「リュウカ君は何もってきたの？」

「おとうさまからのプレゼント……ラジオカセットテープレコーダー」

「ラジ……なに？」

ラジカセ、と再び言って、立海が赤いラジオを耀子の前にずるずると押し出した。

「おしゃれなテレコっていうの、ふう……。ぼくにはちょっと重いのよ。どこにでも持っていけて、ラジオや音楽が聞けるって」

すごいね、と言ったが立海は浮かない顔だった。

「でね……カセットテープもくれたの。ぼくの好きな音楽をプレゼントって」

立海がラジカセのスイッチを押した。ヒゲダンスのテーマが鳴り響いた。

黙って二人でしばらく聞いた。

「ねえ……リュウカ君、これ、いつ終わるの？」

すごく長い、と立海が言った。

「おわってもまた、くりかえし」

「おどる？　リュウカ君、おどったら？」

「うん……なんかぼく、どうでもよくなってきた」

立海がクローバーに寝転んだ。ようやく曲は終わったが、再びまた流れ出した。

「三十分、ずうっとこればっかだった、ヤダ、もう」

止めるのはどうしたらいいの？　と聞くと立海が起き上がって音楽を止めた。

「こっちのツマミは何？」

ラジオ、と言いながら立海がツマミを動かした。するととてもはっきりとした透明な音が流れてきた。

「うわあ、おどろいた、これがラジオ？　なんかきれいな音だね、ヨウヨ」

「FMってなんだろ……こういうのも録音できるの？」

「できるよ、ここ押すの」

「そうしたらラジオの音楽、なんども聞けるね」

「そっか」

「すごいよ」

その瞬間、アナウンサーの声がやみ、ラジオからキラキラした音が響いてきた。

うわあ、かっこいい、と立海が言って、赤い印のボタンを押した。

すぐに軽快なリズムが響いてきて、英語の歌が流れてきた。そよ風のようなやさしい女性の声だった。

「な、なんかすごく、すんごくきれいじゃない？　ヨウヨ」

うなずきながら耀子も耳をかたむける。歌声はやさしくきらめき、最後は女性の声が天に吸い込まれるような感じで終わった。

オリビア・ニュートン・ジョンのザナドゥ、とアナウンサーの声がした。

「ねえ、録音できたの？　聞かせて、リュウカ君」

立海が操作すると、音楽が始まった。キラキラとした前奏が流れてくる。踊りたくなるようなリズムが響いてきて、思わず耀子は体をゆすった。隣を見たら立海は軽やかに手足を動かして踊っていた。

青井は土曜日の午前中、音楽に合わせて踊ったり歌ったりする時間をもうけていて、立海はそれがとても得意だ。青井が弾くピアノやギターにあわせ、うれしそうにリズムをとって身体を動かしている。音楽や体育を適当にやりすごしていた耀子は、歌も踊りも恥ずかしくて仕方がない。しかもギターが珍しくて、つい青井の手元に見入ってしまう。

だけど立海は青井に目を奪われず、二拍子、三拍子、四拍子、という青井の声に応《こた》えて、楽々とそのリズムを手や足で打つ。ライオンのように歩く、海のなかの生き物になる、と唐突に奇妙なことを言われても、恥じらいもなく表現して楽しそうに笑っていた。

その隣で耀子はいつも戸惑い、立ち尽くす。何かしなければと思い、そっと手を動かしたり、立海の真似をしてみたりする。こんなことでは叱られると思い、何度も青井の顔色をうかがうのだが、どんな動きをしても青井はほめてくれる。それがうれしくて、最近は少しずつ身体が動くようになってきたが、立海のようには踊れない。

ザナドゥという曲にあわせて、立海が気持ちよさそうに身体を動かしている。笑って手を伸ばしてくれたけれど、恥ずかしいので手拍子をした。

急に照れくさそうな顔をして、立海が座った。

「おどらないの？」

「ヨウヨこそ」

オリビアの歌は続いている。まるでレコードを聞いているように、きれいな音だ。

「すごいね、ラジカセって」

「すき？」

「すき」

「テレビのほうがよくない？」

「こっちはなんども音楽がきけるよ」

そっかあ、と立海が笑った。

「リュウカ君のお父さん、いいひとだね」

うん、と小声で言って、立海がクローバーのしげみに目を落とした。

それから二人で四つ葉を探したが見つからず、金曜日の図工の時間が来た。

ドングリを磨いて、青井にキリで穴をあけてもらい、立海と二人でやじろべえを作った。それから木工用ボンドを使って、きれいな葉っぱを紙に貼《は》って、カードを作った。

そのカードを二つ折りにして封筒に入れたら、郵便で送ることもできるらしい。

青井から封筒をもらったものの送る相手がいないので、手持ちぶさたに耀子は作ったカードを見る。そのとき、この間の栗とクルミのお礼を書こうと思い立った。

ペンをとり、カードの余白に字を書こうとしたら、立海の声がした。

「ヨウヨはだれにおくるの？」

「この間のクルミの人に」

「お礼？　どうやっておくるの？」

そうか、と耀子はカードを見る。

「ぼくにちょうだい」

手紙を？　と聞くと立海が何度もうなずいた。

「今、話したほうが早いじゃん」

「クルミのお礼は、ぼくのカードにかこうよ。だからヨウヨ、ぼくにお手紙ちょうだい」

席をはずしていた青井が勉強室に戻ってきた。

「立海さん、そのカードはお父様に送ってさしあげたら」

えっ、と立海が聞き返した。

「ラジカセのお礼がまだでしょう？」

「でんわで言った」

「お礼の気持ちはお手紙でも伝えたほうがいいのよ。あとで出してきてあげますから」

ええっ、と言いながら、立海が耀子を見た。

「じゃあわたしはクルミの人にお礼をかく」

そうなの、とつぶやいて、立海が手紙を書き出した。

授業が終わり、カードを長屋に持ち帰って、耀子は星形の底のカゴに入れた。淋しげに見えたので一緒に作ったやじろべえを添えてみる。それからラップをかけて、通用門の前に置いてきた。

すると翌日の土曜の朝、カゴは消えていた。そして学校のプリントと共に今度は紫色の花が四本置いてあった。くすんだ黄色い紐で束ねられていて、大きな蝶々結びが本当に蝶のようだった。濃い紫が立海の着物の色と同じだったから、青井と立海にあげようと母屋に持っていった。

なんておしゃれなんだろうと、青井は感心していた。紐の結び方だけではなく、色のとりあわせもセンスがいいらしい。

そんなおしゃれな子が教室にいたかな、と耀子は思いをめぐらす。誰かわからないけれど、とてもうれしい。紫の花は竜胆《りんどう》という名前で、リウのキモと書くと聞いて立海も喜び、今度は二人でお礼を書いた。

すると翌週はカゴにキノコがいっぱい入っていた。カゴの横にはたつみさま、と書かれて小さな木ぎれが置かれていた。Yの形をした木の枝の両端にゴムひもがついている。

何かわからなくて二人で見ていたら、通りがかった佐々木がパチンコ銃だと教えてくれた。教わった通りに、ゴム紐にドングリや石を当てて手元に引いて離したら、鉄砲玉のように勢いよく飛んでいく。立海は大喜びでいろいろなものを的にして撃ち始め、青井は苦い顔をしていた。

土曜のおともだち、とカゴの贈り主を呼び始めた次の週末、風邪をひいたので耀子は母屋での授業を休んだ。それでも手紙が来ている気がして、朝早くに通用門に行ったが、その日は何も置かれていなかった。

がっかりして長屋に戻って布団にもぐった。

それからどれほど眠ったかわからない。だけど縁側のほうから物音がして、目が覚めた。

窓がそっと開いて、立海の顔がのぞいていた。

もう勉強は終わったの、とささやいたら、今日は勉強はお休みになったと立海が言った。

急な用事で青井が出かけていったのだという。宿題を残していったので、対の屋のおあんさんのもとでそれをすませて遊びにきたらしい。

「ラジカセ、持ってきたよ。オリビヤを聞こう」

「かぜ、うつらないかな」

「ぼく、強くなってきたのよ。もうゲロゲロしないし、ねつも出ないし」

じゃあ入って、と言ったが、立海はためらう様子を見せた。やはりうつるのが怖いようだ。

「リュウカ君、やっぱかぜがうつったら、つらいよ。また今度ね」

立海が後ろを振り向いた。

「土曜のおともだちも、今日は来なかったし」

がっかりするかと思ったが、立海は何も言わなかった。

どうしたのかなあ、と耀子はつぶやく。

「かぜでもひいたのかなあ」

「ひいてないよ」

「なんでリュウカ君が知ってるの?」

「ぼく……おれ、ヨウヨのかわりに門を見にいったのよ」

靴を脱ぎ、すべりこむようにして部屋にあがってくると、立海が枕元に座った。

「わたしも見にいった。でも何もなかったよ」

「ぼ……おれ、じつはさいきん、早起きなの。ヨウヨより早いよ」

本当? と聞くと、ほんと、と立海が答えた。

意外な気がして、耀子は立海のほうを見る。

「朝は六時まえに起きるでしょ、そうしたらテルコと峰生神社にいって、おはようございますって、神さまにごあいさつ」

立海が大きく柏手《かしわで》を打って、頭を下げた。

「それから庵でお茶をそなえてチーン。それから、おしゃれなテレコでテープを流してラジオたいそう、それからご飯」

「朝ご飯の前にそんなにいろいろしてたんだ」

うん、と軽く立海がうなずいた。

「千恵が言ってた。立坊ちゃん、これがホントの『朝飯前』ですよって」

千恵の口調を思い出して笑ったら、立海も笑った。

「そんで、きょうはね、青井が朝早くから東京にいったのよ」

「どうして?」

「なんか……よくわかんない。そんで通用門のところでクルマをおくったあと、のぞき穴? からのぞいてたの。そうしたら来たよ、土曜のおともだち。それでね」

「それで？」

「おはよう、って言ったら、すんごいびっくりしてカゴをおとしたの。中身がゴロゴローって坂をころがって……ふふ、門にはだれもいないのに、ぼくの声だけ聞こえたからさ……おどろいちゃったの、おともだち」

立海が体をゆすって笑った。

「それから？」

「出てっておしゃべりした。土曜はそうちょう……なんだっけ。朝早くからご用があるんだって。じゃあ、おわったらおいでよ、ぼくといっしょにヨウヨのおみまい、行こうってさそった。で、来てる、そこに」

「本当？　どうしよう」

「よんでいい？」

うなずくと、おおい、と立海が呼んだ。庭に入ってきた人を見て、耀子は体をこわばらせる。

現れたのは六田公一、あのガキ大将のハムイチだった。

※

胸に峰生サッカー少年団と書かれたジャージを着て、ハムイチは庭に立っていた。右手にあのカゴを持っていて、なかには柚子《ゆず》が入っている。同じ小学四年生だが、体格がいいのでカゴがやけに小さく見えた。

コンチワ、と言ったのち、鼻を何度かこすってハムイチがうつむいた。

とりなすように立海が言った。

「ヨウヨにあやまりたかったんだって、ヤケド……ヤケドはだいじょうぶかって、聞きたかったんだって、ね？」

顔を伏せたまま、ハムイチが何度もうなずいた。

「ヤケド？　大丈夫、です」

ハムイチが顔を上げた。そして少し背を丸め、おずおずと柚子を縁側においた。

ハムイチを見ていた立海が、枕元にまた近寄ってきた。

「ぼく……おれ、そんで、ヨウヨになんてことしたんだよ、って言ったの。そしたら」

俺、とハムイチが言った。

「俺……あんとき、なんかしようと思ったんやない。お茶、重いで、俺が持ったるって言いたかったんや。ちょっと声をかけただけで、間宮があんなに逃げるとは思わんかった」

「逃げてない」

「でもお前、走ろうとしてなかったか？」

まざまざとあのときのことがよみがえった。ほこりっぽい廊下と、給食のカレーシチューの匂い、それから……。

たしかにハムイチに声をかけられて、一瞬逃げたけど……。

ヤカンを両手で抱えて、一歩、一歩、階段を上がっていったら、上から誰かが「早く来いよ、グズ」と言った。

あのときは……、と言ったら、ハムイチと目が合った。

「上から早く来いって言われて……」

「ほっときゃよかったんだよ、そんなの。うるせえって」

「でも……」

「おまえ、真面目すぎんだよ。ちっさいくせに」

そうだよ、ちっさいくせに、とやまびこのような声がした。

じわりと涙がでた。おい、と立海が立ち上がって、縁側に向かった。

「ちっさい、ちっさい言うなあ！　ふたりで」

「二人？」

「俺の弟も来てるんや。この柚子、二人でもいだん。栗やキノコも二人で……」

縁側の端のほうに行った立海の姿が見えなくなり、声だけが聞こえてきた。

「おまえがヨコにでっかすぎるんだあ」

立坊ちゃん、とハムスケの声がした。ハムイチより少し柔らかい言い方だ。

「おめえ、坊ちゃんのくせに、口がわるくねえ？」

「うるせえ、坊ちゃん、坊ちゃん、言うなあ」

おい、スケ、とハムイチが振り返って言った。

「けんかをすんなや。ここで」

「リュウカ君、もどっておいでよ」

はーい、と素直な声がした。しかし戻ってくる気配がない。

「なんだよ、そのハーイって返事。俺と話すときと、ずいぶんちがわねえ？」

「あったりまえだろ、文句あるなら、上がってこいよ」

「おお、上がったるわ」

「リュウカ君、何やってんの？」

はーいとまた素直な声がして、立海が戻ってきた。

「あいつらも上がっていい、ヨウヨ？」

ハムイチと同じデザインのジャージを着たハムスケが現れ、小さく頭を下げた。

仕方なくうなずくと立海に続いて、ハム兄弟が部屋に入ってきた。そして皆が布団の横に並んで正座をした。

そんで、とハムイチが言った。

「そんでさ、間宮は大丈夫なんか？　風邪もそうやけど、ヤケドは……」

「しばらくヒリヒリしたけど……」

「ヤケドのあとは？」

「残ってない」

「そっか。よかった」

笑っているような、怒っているような顔で腕組みをするとハムイチが何度もうなずいた。

ハムイチが襟首をつかんでひきずり、水場につっこんでくれたのを耀子は思い出す。

寒くて、苦しくてたまらなかったけれど、すぐに水で冷やしたから、あとが残らなかったのだと、大人たちは言っていた。

「冷やして……くれて、ありがとう」

「へっ?」

「水……かけてくれて、ありがと」

いや、とハムイチが口ごもった。

「そんなの……。ほら、うちさ、ヤケドとか、なれてっから。うち、肉屋なんだよ、肉つうか、燻製屋《くんせいや》。じいちゃんは肉屋なんだけど、父ちゃんがスモークしててさ」

「スモークって、なんだ?」

ええっと、とハムイチが口ごもると、煙だよ、とハムスケがつぶやいた。

「そうそう、煙っていう意味。いぶすんだよ。ハムとかソーセージとか、それから鹿《しか》とか猪《いのしし》とか。くんせいって言うんだけど、峰生の木のチップを使って、肉を……なんていうんだ、おいしくするんや。火とか湯とかあるから、俺も弟もわりとちっさいころアチチ、とかやっちまって。ほら、俺なんか跡が残ってる。こいつも」

ハムイチが腕を出すと、内側にひきつれたあとがあった。続いてハムスケが足のすねをみせた。淡い茶色のしみが残っていた。

「だから、なんつうか、跡が残らなくって、間宮はよかったな」

ハムスケが隣でうなずいた。立海がハムイチのヤケドのあとに触れた。

「これ、いたかった?」

「いてえつうか、痛すぎてよくわかんなかった。間宮もそうだろ? 坊ちゃんもヤカンには気を

やん」

「イチ兄ちゃん、呼び捨てにしていいんか？　うちのほうでは、みんな立坊ちゃんって呼んでる

「リュウカイも気をつけろよ」

「リュウカイだよ。ほんとはタツミってなまえだけど」

つけな」

立海が軽く顔を上げた。

「ハムたちはどこに住んでんの？」

「俺ら？　俺らは奥峰生だよ」

ああ、と立海が笑った。

奥峰生ってわかる？　とハムスケが耀子に言って、西の方角を指さした。

「この山の向こうは奥峰生っていうんだけど、遠藤家の秘密基地つうか、山の基地っつうか、そういうのがあんだよ。そうだよな、立坊ちゃん」

「間宮のじいじ、ヨウヨのおじいさまがいるトコだよ」

「オクミネオって名前だけは知ってる」

「間宮さんはスーパーカブで走ってるのしょっちゅう見るよ、なあ、イチ兄」

ハムイチがうなずいた。

「どえらいスピードでシャキーンと背を伸ばして、山道を走っとる。すんげえ速えの、あのじっちゃんのカブ。本当にスーパーカブだよ。ほんでそのぅ……立坊ちゃんは……」

「立坊ちゃんって、やめて」

「じゃあタツボン。タツボンはどうよ。俺らも呼びやすいよ。で、俺はね、ハムイチでいいよ。公一っていうんだけど、コウイチって呼ばれたことはあんまりない。そんでこっちは一個下の弟の……」

「もう知ってるよな、三年生の公介。でもハムスケってみんな呼ぶ」

「そんで、どうしても妹が欲しいっていって、俺とスケが頼んで生まれた妹が」

ハムコ？　と立海が聞いた。

「そうなるとこだった。それは俺、全力でオットンにだめって言ったよ。オッカンも怒った。だってさ、ハムイチ、ハムスケ、ハムコって……ひどくねえ？　いくらうちがハム屋でも。そんで、テンカって名前になったんだ。天竜川の天と、くんせいの香り。けど、今、テンカスって言われて毎日泣いてる」

ハムスケがほおのあたりを指さした。

「テンカ、このあたりにそばかすがいっぱいあるもんでな」

「最近、幼稚園に行かなくなってさ。俺らが開発した泥鉄砲、ちっさいやつらが最近、真似しだして。この間、テンカが泥まみれにされて、それ以来、家の外に出ようとしない。間宮といっしょだ。俺らのせいかなって……スケがいうんだ」

ハムイチが小さくため息をついた。

「あ、もうそろそろ帰らなきゃ。オッカンが心配する」

うん、とハムスケがうなずき、二人は立ち上がった。

「俺らの家、山奥だからちょっと遠いんよ、じゃあな」

　縁側に二人が座って靴を履きだした。縦に大きいハムイチと横に大きいハムスケが並んでいると奇妙な迫力がある。

「どうして親切にしてくれるの？　先生に何か言われた？」

「まさか」

　違うんだよ、とハムスケが小さく笑った。

「イチ兄ちゃんは、俺のせいでヤケドしたんやって、ずっと悩んでたから」

「そしたら俺のせいじゃなくて、あとも残んなくって、お礼までいわれてさ。ああ、なんか、今日はよかった」

「来てくれて、ありがとう」

「ええ？　そんなまた……ありがとうやなんて……あら？」

「タツボン君は帰らんの？」

　枕元に座り、立海は柚子を手にして香りをかいでいた。

「おれ？　おれはヨウヨと音楽をきくの……あっ」

　立海が顔をのぞきこんできた。

「わすれてた。テルコがおみまいにバラをくれたの。ヨウヨにもってきたけど……ハムたちにも少しあげていい？」

　うなずくと立海が立ち上がった。

「どこにあるの？」

「井戸のとこ」

ハムイチとハムスケに続いて外に出ると、立海が静かに窓を閉めた。

少し疲れて耀子は目を閉じる。

男同士でふざける声がして、ポンプがきしむ音がした。ここの水がすごくおいしいと立海がすすめている。

「あ、ほんとだ。うめえ。なんだか甘いよ、イチ兄ちゃん」

「どしたの？　なんでのまないの？　ハムイチ」

あのさあ、と不安そうな声がした。

「……タツボンのオッカンってさ」

「うん」

「常夏荘の古井戸に投げ込まれたって……あれって嘘だよなあ」

ポンプのきしみが止まった。

うそだよ、と立海の声がした。

「たぶん……」

「たぶん？　なんじゃそれ。タツボン、自信ないのけ？」

「イチ兄ちゃん……」

「なんだよ、痛えなあ。冗談だよ」

再びポンプの音がしたが、また止まった。

「あっ……ごめん、どうしたタツボン」

「タツボン君」

おおい、おおい、とハムイチの声がして、窓が勢いよく開いた。

「間宮、間宮ぁ」

「な、なに？」

「俺、タツボンを泣かせてしもた。今、えーらい泣いて走ってった」

「ええ？」

兄やん、とハムスケの声がした。

「せっかく仲良うなれたのに、なんでイチ兄やんは、いつもそういうこと言うんや。イチ兄やんにはデリカシーがないって、オットンがよく言うてるやん」

「そのデリカシーってなんや。オットンの言うこと難しくって、俺よくわかんねえ」

わかれよ、とハムスケが大声を出した。

「俺にブタって言ったり、テンカのソバカスをハナクソって言うことだよお。俺だってなんで太るんかわからんのや。イチ兄やんと食べる量は一緒なのに、なんで俺だけ横に太ってブタなんよ。俺なあ、ゴールキーパーなんて本当はやりたくない。うわああ」

叫び声がして、走っていく足音がした。

「スケ、スケ、おおい、スケ、ごめん。間宮、どうしよう」

冷たい風が吹き込んできて、思わず耀子はくしゃみをする。カーディガンを羽織って窓に向かうと、ハムスケが長屋の木戸を開けて走っていく姿が見えた。

「どうしよう、タツボンむっちゃ泣いてたで」

「あっちも」

「うわあああ、兄やんのバカあああああ、アホぉぉぉ、バカチぃぃぃン」

叫びながらハムスケは走っていき、泣いているのか、声が裏返っていた。

「マジか、たしかに泣いてるな。もう間宮、ほんとにごめん。あっちこっち泣かせてしもて。じゃあな」

ハムイチが走っていった。

ひどく疲れた。だけど泣いていたという立海のことを思った。

服を着替えて、耀子は長屋の木戸を開ける。そして母屋に向かって、ふらつきながら走り出した。

第七章

　常夏荘の坂を下った先には小さな川があり、奥峰生から流れてくる水がこの先の集落のはずれで天竜川に注ぎ込む。『湯ノ川』と呼ばれるこの流れは昔はもっと水量豊かで、それを利用して奥峰生から伐《き》り出した材木を運んでいたらしい。

　鶴子とともに常夏荘の坂を下りながら、遠藤照子は川の流れを見る。

　瀬音にまじって、数分前、電話越しに聞いた龍治の声がよみがえった。

　大学が休みに入ったら友人と旅行に行くと龍治は言っていた。ついては親父様が海外に持っている別荘を自由に使わせてくれるよう、口添えを頼みたいという。年末には帰国するのかと聞いたら、正月は友人たちと海外で迎えるつもりだと答えた。そしておあんさんが東京に来ても会えないねと軽く笑っていた。

　母親をおあんさんと呼ぶようになったのは、照子が峰生で暮らし始めてからだ。

　初めて電話でそう呼ばれたときは戸惑った。直接顔を合わせたとき、そんな呼び方はやめるように言ったが、彼は笑ってとりあわない。その笑顔を見上げたときに悟った。

　幼い頃は父、龍一郎の看病につきっきりで、亡くなったあとはふさぎこみ、あげくに舅《しゅうと》との不和と人付き合いが苦手なのを理由に峰生にひきこもった女親を、彼はもう母と呼びたくないのだろう。

背後から足音がした。黒いジャージ姿のふくよかな少年が照子を追い越していく。

峰生神社で遊んでいた子どもだろうか。

振り返らずに、少年は走り去っていった。

その後ろ姿を見つめたとき、再び子どもが照子の横を駆け抜けていった。

「おおい、スケ、スケ、ごめーん。ちょい待て、ちょっと待て」

太った少年と同じジャージを着た子どもだった。通り過ぎたあと、その子は一瞬振り返って軽く頭を下げていった。

お宮で何かあったのだろうかとつぶやくと、あれはサッカー少年団の子どもたちだと鶴子が言った。実業団でサッカーの選手をしていた青年が峰生に帰ってきて、子どもたちを指導しているのだという。

少年は橋のところで先に行った子どもに追いつき、それから二人はうつむき加減で歩いていった。

二人をゆっくりと追うようにして、照子は橋へと向かう。そのたもとには石造りの階段があり、川原に下りられるようになっている。

湯ノ川という名前の通り、ここの川原には温泉がわいている。遠藤家の先代はこの湯を利用して峰生に観光客を集めようとしたらしいが、湯量が少ないので断念したらしい。

川原には二つの建物があり、湯小屋と呼ばれている。下流にあるのはその昔、常夏荘で大勢の人々が働いていたときの共同浴場で、今は閉鎖されている。

上流にあるのは遠藤家専用の湯小屋で、こちらは客が来たときのもてなしの場でもあり、川を眺めながら軽く飲食を楽しめる場も設けられている。

湯小屋と呼ばれながらも、建物は天竜の良質な木材を惜しみなく使った贅沢《ぜいたく》な造りだ。わきでる湯は美肌の湯と言われており、たしかに入ると肌につやが出る。

階段を下りて、鶴子が湯小屋の扉を開けた。入ってすぐは籐《とう》椅子のセットを置いた休憩室で、川沿いにテラスがあり、湯でほてった体を風にあてて涼めるようにしつらえてある。

その奥は脱衣場でいくつかのカーテンで仕切られており、人目を気にせずに着替えができる。それと同時にカーテンの内側にマッサージ用のベッドも置けるようになっており、湯浴みのあと体をほぐしてもらうことも可能だ。

一人きりなので、気兼ねなくゆっくりと照子は服を脱ぎ、浴槽に向かう。

湯小屋の高窓から夕日が差し込んできた。

ゆったりとヒノキの浴槽につかって、湯に反射する光を楽しんだ。それから湯をすくって顔を洗う。光を映しこんだ水を浴びると、若返る気がした。

浴室の扉の向こうで鶴子の声がした。美容師が到着したという。

照子にとって唯一の贅沢は週に一度のここの湯浴みと、二週に一度のマッサージだ。峰生の美容院には体と美顔のマッサージの技術を心得た美容師がいて、一ヶ月に二回、彼女に湯小屋に来てもらっている。

『親父様』こと、遠藤龍巳もここに来ると、たいてい峰生の鍼灸《しんきゅう》院から人を呼んで体をほぐす。たまに東京から連れてきた、うら若い女が背中を揉《も》むこともあるが――。

立海の母親もそんな女の一人だった。

世間的には立派な人と言われているが、龍巳は女性関係にひどくだらしない。そして龍一郎が亡くなって以来、身内に対してはそれを隠そうとしない。現れる女たちはたいてい小柄で気が強く、豊かな胸をしている。そうした好色ぶりや行状を男の甲斐性のように語る人々が照子は嫌いだ。龍一郎亡き後、龍巳とそりが合わなくなったのは、そうしたところへの反発もあったのかもしれない。

ひっそりと静かに年を重ねていきたい。今も精力旺盛《おうせい》な龍巳を見ているとそう思う。それなのに完全に枯れてしまうのも淋しくて、月に二度、美容のマッサージを受けてしまう。

湯船に顔を伏せて笑った。

体を磨いたところで、誰も見ない、触れないのに。

マッサージの支度が調ったというので、湯船から照子はあがる。バスローブをまとって、ベッドに向かったら、立海の母親のことを思い出した。

なみいる龍巳の愛人のなかで、あの母親だけは他の女と違っていた。小夜《さよ》と呼ばれていたが、本当の名前ではなかったようだ。

初めて会ったのは立海が生まれた翌年の五月。龍一郎亡きあと、荒れだしたこの常夏荘を管理するという名目で、月に数回、照子が峰生に通い始めた頃のことだった。

先代の法要が常夏荘で行われたとき、龍巳が初めて次男と母親を伴って峰生に戻ってきた。小夜という名の母親と次男の立海は東京の邸宅近くのマンションで身を隠すようにして暮らしており、親族が二人に会うのはこの日が初めてだった。

龍巳に続いて車から出てきた小夜を見て、人々はざわめき、照子は息を呑んだ。透き通るような色白の肌にまっすぐな長い髪、黒目がちな瞳が愛らしく、龍巳より頭ひとつ背が高い。年は十九と聞いているが胸も腰もほっそりとしなやかで、少女のようだ。新緑にあふれた常夏荘のなかで白いワンピース姿の小夜は楚々《そそ》として、ベビーシッターに抱かれた立海をのぞきこむ様子は、母子というより年の離れた姉弟に見えた。

産後に体調を崩したと聞いているが無理もない。こんな華奢《きゃしゃ》な少女が子どもを産んだのかと思うと、痛々しさすら感じた。

到着してすぐ、龍巳は移動で疲れた体をほぐすために湯小屋に行った。内線で呼ばれて湯小屋に赴くと、小夜が龍巳の背中を揉んでいた。しみの浮いた固い男の背中を、少女の指が這っているのが生々しくて、思わず背を向けた。

マッサージベッドに横たわったまま、龍巳は言った。

まだ入籍していないので法要には参加させないけれど、そのあとの会食の席で小夜を次男の母親として正式に紹介するので、女たちへの仲立ちをよろしく頼む、と。

法要後はいつも男は百畳敷で宴会をし、女と子どもは別の座敷で会食をする。ひとくちに親族の女といえど、この一族に生まれた者と、外から嫁してきた者は微妙にそりが合わない。そこへそれぞれの家庭の事情とプライドと見栄が絡まって、一見なごやかなようで、実はとても気が張り、めいってくる席だ。

そうしたなかに一人、放り込まれる小夜を案じるのは自然な流れのように思えた。しかし半裸でマッサージを受けながら頼まれると、あまり良い気持ちはしない。

その翌日、法要後に龍巳は女たちの座敷に現れ、小夜を親族に紹介した。黒髪を結い上げた小夜は、昨日見たときより大人びて艶やかに見えた。

それから立海を抱いた龍巳はベビーシッターと一緒に上機嫌で百畳敷に戻っていった。赤子を連れていったのは、小夜をくつろがせ、女たちになじんでもらおうという配慮だったのかもしれない。

ところが小夜は誰に話しかけられてもたいして答えず、うつむいている。そして膳《ぜん》の料理を何度も食べこぼし、器の上に箸を掛け渡す。料理が下げられるたびに、配膳をしている者に箸を戻され、そのたびに頭を下げていた。

座敷の上座には照子をはさんで右に龍治、左に小夜が並んでいた。そこから右列には上屋敷と呼ばれる東京の、左列には下屋敷と呼ばれる峰生の親族たちが勢揃《せいぞろ》いしている。艶やかな小夜の姿と、ぎこちない箸遣いはたいそう目立ち、双方の列から視線を集めていた。

箸置きを使うように照子はささやいた。何度も軽く頭を下げ、そのときは小夜は箸置きに箸を置いた。しかしまたすぐに器に箸を掛け渡した。

小さく笑う声がした。

下屋敷の聡子だった。常夏荘に来るときはいつも由香里という幼い娘を連れてくるが、その日は一人だった。

ねえ、と聡子が小夜に声をかけた。

「箸置きをお使いになったら」

まだ召し上がるんでしょう、と笑いを含んだような声がした。

「渡し箸って下品だわ。それともあなた、箸置きも無いような家のお育ちなの？」

さざなみのようにざわめきが広がり、小夜が箸を置きなおそうとした。

低い、男の笑い声がした。

龍治だった。

「そういう言い方もひどく品がないね、聡子さん。遠藤と言ったって、たかだか田舎のお金持ちだよ。人の育ちをとやかく言えるものではないでしょう」

「そりゃあ、あなたのお母様はやんごとない家のお生まれ。本家の龍治さんは高貴なお血筋でしょうけど」

龍治がまた笑った。

「なのにこの不出来。親父様も掛け合わせに失敗したのかな」

「龍治、おやめなさい」

「競走馬のようにはいかないね」

龍治、と声を強めると、皮肉な笑みを息子が浮かべた。

十六歳の龍治はすでに一八〇センチ近く、堂々とした体軀《たいく》だった。その体格は明らかに自分譲りだが、遠藤家特有の強いまなざしで見下ろされると、時折息苦しくなる。

龍治は数年前から小難しい哲学書や美術書を読み始め、最近は学校の勉強を馬鹿にして授業をさぼっているときもあるようだ。しかし成績が悪いわけではなく、よほどのことがない限り、どの学部へも内部進学できそうなので龍巳も照子も叱りにくい。

うつむいていた小夜が顔を上げ、龍治を見た。

その小夜が龍治と二、三歳しか違わないことに気づいて照子はぞっとする。少女のような姿でこの子は六十一歳の男を虜《とりこ》にしたのだ。

それとも六十一歳の権力者が少女を食い物にしたというべきか。

膝に手を置き、小夜が肩を震わせた。さらし者にされているようで、思わず声が出た。

「立海さんのご様子を見ていらっしゃいな。男の人たちは抱き方がなっていないから」

女たちといるより立海と一緒にいたほうが気楽で安心するだろう。

気持ちが通じたのか、小夜は何度も頭を下げながら、小走りに部屋を出て行った。

食事が終わると、親族の女たちは帰り支度をはじめた。

本来ならば本家の女主人として、社交的なことをするべきかもしれない。

遠藤家に嫁いだとき、姑《しゅうとめ》は亡くなっていたが、龍巳の母親はまだ健在で、彼女がおあんさんと呼ばれていた。押しの強い老女で、一族の祝い事も厄介事もすべてを把握して心配りをし、女たちを束ねていた。しかし戦後三十年もたって、本家だの分家だのと言うのは時代錯誤だと照子は思う。

百畳敷の宴会は続いていたが、東京の親族は次々と帰っていく。残っている客が泥酔して帰れなくなっても、母屋には泊まれる準備がしてあるし、浜松にホテルの用意もある。すべて龍巳の使用人たちが仕切っているのですることもなく、女たちを見送ったあと照子は対の屋へと足を向けた。

すると庭で一番大きな銀杏の木の下に、小夜がぽつんと座っていた。何かを手にして、うつむいている。

風がそよぎ、小夜の上でやさしく葉影が揺れていた。

一人でいるのが不思議で近づくと、それに気づいた小夜があわてて手にした物を後ろにやった。布地のようなものだった。

百畳敷にいなくていいのかと言ったら、お酒くさくて、と声がした。

初めてはっきりと話す声を聞いた気がした。

「立海さんは？」

「おねむの時間……」

「そばにいなくていいの？」

小夜がうつむいた。いらぬことを言ったと思った。

そのまま歩いていこうとすると、居場所が……とつぶやく声がした。

「どこにも……居場所……なくて。立海くんはハナさんじゃないと」

「ハナさん、とは、どなた？」

「シッターさん。ハナさんのだっこじゃないと眠ってくれないし。母屋の人たちはみんな、私より古い人たちで」

「そんなことは関係ない。立海さんのお母様やないの。堂々としてはったらいい」

一瞬、間を置いて、なつかし、と小夜がつぶやいた。

「関西のほうの言い方。うちも関西なんです」

「どちらから？」

「滋賀です。琵琶湖《びわこ》の上のほう……。だから東京の言葉、話そうとしてもなまりがぬけません。

名前……名前も本当は琵琶湖からとった名前で……」

「小夜というのは？」

「それはお店の支配人さんが……」

支配人？　と聞くと小夜がうつむいた。

どのような仕事をしていたのかわからないが、そのうなじの美しさをみたとき、見当がついてきた。

清楚に見えるが、商品として磨かれなければとても出そうにない艶《つや》が小夜の仕草からは時折匂い立つ。下屋敷の聡子はそれを敏感にかぎとって、あんな言い方をしたのだろう。

黙って対の屋に歩いて行こうとした。するとあの、と後ろから声がした。

「さっきは……ありがとうございました、あの……けど」

照子が振り返ると、小夜が立ち上がるところだった。

ほんまのことなんです、と小夜がうつむいた。

「ほんまのこと……さっき、箸置きも無いような家で育ったかって……。うち、家でご飯をたべるとき、箸置きなんて使うたことない。お茶碗の上に箸を置くのが行儀が悪いやなんて……知らんかった」

何も知らない、と小夜がつぶやいた。

「何も。分をわきまえんところに出て、また親父様に大恥かかせてしまって」

「みんな、すぐに忘れるわ」

小夜が顔を上げた。大きな目に涙がたまっていた。

やがて入籍したら、この子が親父様の妻として、多くの人前に出ていくのだろうか。

怖い、と声がした。

「なんもかんも怖い。どこもかしこも怖い。おあんさん、うち、どないしたら……いいのやろう？」

誰に聞いたのか、小夜におあんさんと呼びかけられて照子は戸惑う。

初めて『おあんさん』らしい相談事をもちかけられたが、答えようがない。

「誰かて最初は知らんことばっかり。うちも……東のほうの言葉はいまだになじめへん。分をわきまえんとこってさっき言うたけど……分をわきまえる？　分ってなんやの？　それは誰が決めはんの？　そんな大時代的なことを」

「おあんさんは、すごいおうちのひとだって……」

「それこそ大昔の話。うちは没落貴族のようなもんで、お金で買われたような……」

言った途端に心が痛んだ。口さがない人はこの結婚をそう言った。だけど金で買われたようで、そうでもない。

結婚してから恋をした。知れば知るほど好きになった。あの人の記憶は若いまま鮮やかで、自分だけがどんどん年をとっていく。

小夜の目が、物問いたげに揺れた。話の途中で黙ったことに気がついた。

「思うに……分をわきまえるというのは、場の雰囲気を壊さんようにするということ……うちはそう思う。だからまわりの人がやるようにやればいい。マナーは勉強すればいいし、わからないことは人に聞いたらいい」

それができないから、この子は怯《おび》えているのだ。わかっていたけれど、それ以上何も言えなかった。

小夜と立海は翌日、常夏荘を去っていった。

その翌年の夏、小夜が立海を連れて行方をくらませた。

この家を出て立海と一緒に暮らすという書き置きがあったのだが、事故や誘拐を恐れた龍巳は警察に連絡をした。そして――。

――マッサージが終わったと美容師の声がして、照子は目を開ける。

我に返ってベッドに起き上がると、美容師が肩を揉んでくれた。

鶴子に佐々木を呼んでもらい、車を湯小屋に回してもらう。湯冷めがいやで帰りは車を呼ぶ。これも照子のささやかな贅沢だ。

後片付けをする鶴子を残し、湯小屋の階段を照子はゆっくりと上がった。

坂の上から子どもが走ってくる。今日はやけに子どもが走っている日だ。そう思いながら眺めていると、近づいてきたのは間宮の孫娘、耀子だった。

頭を低くし、全速力であの子が駆けてくる。しかし足がもつれたと見えた瞬間、はずみで吹っ飛ぶようにして転んだ。

思わず声を出しかけ、口元に手を当てる。しかし耀子はすぐに立ち上がり、唇をかみしめてスカートのほこりを素早く払うと再び走り出した。

一体何事かと照子は少女を見る。するとまっすぐにこちらに向かって来て、抱きつくようにして腕をつかまれた。

「何？　何ですの？」

アン、と言って、耀子が息を切らしている。

「アン……アンが……」

「アン？」

「リュウ、た、立海、たつ……坊ちゃまが」

「はよう続きを言うて。立海さんが？」

「大変……」

「大変とは？　どういうこと？」

青井は今朝、龍巳に呼びだされて東京に行き、今夜は帰らない。そこで今日は立海を対の屋で預かることになったのだが、立海は早々と青井が出した課題を終わらせると、庭で切ってやったバラとラジカセを抱えて、意気揚々と長屋に出かけていった。

「あなたのお見舞いに行くって、張り切っていたけれど」

「来ました、けど、あの……他に、お見舞いの、子が」

「それで？」

切れ切れの言葉をつなぎあわせると、どうやら立海はその子どもたちに母親のことを聞かれ、泣いて走っていったきり姿を消したらしい。

「一体なんと言われたの？」

よく、わかんない……です、と耀子がうつむいた。

「追いかけたんだけど、どこにもいなくて」

捜したんです、と耀子が勢いよく顔を上げた。

「捜しました、リュウカ君がいそうなトコぜんぶ。床下とか、おっきなゴミ箱とか、屋根裏とか……ゴミ、ゴミ箱はふたも開けて見た。枯れ葉も……。けど、どこにもいない。だから私……庵にいる気がする。だって、コート……レインコートがないし」

「それならば、そんなに慌てなくともよい。鍵を開けましょう。それよりあなた、お膝をすりむいてるやないの」

こんなの平気、と耀子が首を振った。

「全然……それよかヘン。ヘンです。扉に耳を当てたら、なんか音がして。呼んだら……おっきな音がして。けど、そっから……そっから何も音がしない、まったく。呼んでも答えないし。シーンって……。雨戸を開けてのぞこうとした、けど」

「あの雨戸は外からは開かない」

坂の下でUターンをしてきた車が目の前に停まった。急いで後ろのドアを開けて耀子を乗せ、通用門のところで一緒に降りた。

車から降りるなり、再び耀子が走っていった。照子もそのあとに続く。

いち早く庵についた耀子が扉に耳を当て、早く来いというように、手招いている。

小走りで庵に向かい、照子は扉を開け放った。その瞬間、耀子が悲鳴を上げた。

暗い庵の奥で、立海が倒れていた。

※

浜松の病院の回廊でぼんやりと照子は立海の検査が終わるのを待つ。

庵でうつぶせに倒れていた立海を抱え上げると、鼻血が流れて、人形のようにだらりと手足が落ちた。額には血がにじみ、あたりには仏壇の飾り物が散らばっていた。

立海を畳に横たえ、耀子に名前を呼びかけるように言って、電話で救急車を呼んだ。

連絡を終えたと同時に、目が開いたと耀子の声がした。あわてて駆け寄ると耀子が自分の服の袖で立海の血をぬぐっていて、立海は途切れ、途切れに「ゴンゴン……当たった」と脈絡のないことをつぶやいていた。

よくわからないが、倒れていた周辺に落ちている物が頭に当たったのなら、かなりの衝撃のはずだった。それは蓮華《れんげ》の花をかたどった純金の飾りやお鈴で、金の純度が高いため、見た目よりはるかに重量がある。

立海の意識がとぎれぬよう、耀子に話し続けるように言って、対の屋に戻って支度を整えた。それから庵に戻ると、立海は普通に話していて、起き上がろうとするのを止められていた。やがて救急隊員が現れると、担架をいやがって耀子のすきをついて逃げ、照子が立海をひっつかむようにして担架にのせた。そして救急車で病院に行ったが、そこでの診察は九割がた大丈夫だろうということだった。

衝撃を受けた部分はコブになっているが、内部に出血らしきものはなく、おそらく脳しんとうをおこしたのだろうという見立てだった。額の傷も縫うほどではないらしい。

大丈夫と言われても、九割がたという言葉に不安になった。その残り一割に入っていたらどうなるのだろう。

医師にそう伝えると、自分たちは一〇〇%大丈夫とはなかなか言えないものだと笑っていた。その口調からするとそれほど深刻な様子ではないようだ。

しかし常夏荘を出てから、立海はあまり口をきかない。

それがどうしても気にかかり、病院を出たのち佐々木の運転で、浜松にある立海のかかりつけの病院に行った。

事情を話すと再び念のために検査をすることになり、立海は検査室に運ばれていった。そのドアの前のソファに腰掛けて、もう十数分がたつ。

あたりを見回したら、胸が苦しくなってきた。この病院は常夏荘での療養中、龍一郎がずっと通っていた場所で、内装は変わっているが、天井の低さは昔のままだ。

隣の検査室から、若い母親が車いすに乗った少年を押して出てきた。

それを見たとき、今度は小夜のことを思い出した。

遠藤家を出た後、行方不明になっていた小夜と立海が見つかったのは、病院だった。

小夜と立海が行方不明になった直後、龍巳は警察に連絡をした。しかしすぐに小夜から電話が来た。家を出たのは自発的で、もう親父様の世話にはなりたくないのだという。

それならば立海だけでも家に戻すようにと龍巳は言ったが、電話はすぐに切られた。

やがてその二週間後に二人の居場所はわかった。夜中に熱性けいれんをおこした立海を、小夜がかかりつけの病院に運び込んだのがきっかけだった。

病院に駆けつけた龍巳が見たのは、小夜と若い男だった。二人は夫婦のように立海に寄り添っていたという。

それを見て、立海はその場で龍巳が連れ帰った。様子を見るため入院してはどうかと言う医師の言葉も振り切り、龍巳自身が抱いて帰ったという。追いすがる小夜の声が忘れられないと、その場にいた秘書がのちに言っていた。それは龍治が夏休みに英国へ短期留学をしていたときのことで、その時期はずっと常夏荘で過ごしていたから詳しくは知らない。あまり関わりたくなかったというほうが正しいかもしれない。

それから二人はいろいろ話し合ったようだ。しかし小夜は遠藤家には戻らず、とにかく立海を返してほしいとしか言わなかったらしい。

弱った龍巳は常夏荘に来て、小夜を説得してほしいと言った。電話ですむところを、直接に頼みたいからと言って、対の屋まで来て頭を下げた。女同士なら腹を割って話せるかもしれないし、なによりも小夜は『おあんさん』を好いているという。

そんな弱気な龍巳を見るのは初めてだった。

龍巳は小夜が戻ってくることを願い、籍のことも自分の死後の二人の生活についても考えていた。若い男のことは今回限りは許すと言っていた。

ただ事業の後継者や相続については何も言わなかった。

龍治のことを思うと、複雑な気持ちにならなかったと言えば嘘になる。それでも龍巳が子どもを連れ去ったとき、泣きながら取りすがったという小夜の姿が心に浮かんだ。

数日後の夏の終わり、小夜が身を寄せている東京のアパートに行った。井の頭公園のわきにある、小さな木造アパートだった。

突然の来訪に小夜は驚き、こわばった顔をした。しかし照子が一人だけだとわかると部屋に招き入れた。

通された部屋の畳は古びていて、台所と部屋は穴だらけの障子で仕切られていた。しかし室内はきれいに整頓《せいとん》され、障子の穴は花をかたどった紙で丁寧に繕われている。

お茶を運んできた小夜が、あわててテーブルの上を片付けはじめた。

小さなテーブルには作りかけのテルテル坊主とミトンの手袋、手芸道具が広げられている。何か晴天を願うようなことがあるのかと聞くと、小夜が恥ずかしそうな顔をした。

「これ、立海くんのお人形さんなんです」

「お人形？」

片付けていた手を止めて、小夜がそっとテーブルの下から何かを出してきた。

水色のミトンの四本指部分にテルテル坊主の顔が載っている。

小夜が手袋をはめ、照子に向けて指を折ると、笑顔のテルテル坊主がぺこりと頭を下げた。思わず笑みが浮かぶような、愛嬌《あいきょう》ある顔の人形だった。

照れくさそうに小夜が笑って手を動かした。

「これでお話しすると、立海くんが喜ぶんです。寝るときも一緒。かんだり、なめたりするから、洗ったり干したりしているうちに、しなびてきちゃって……だから新しいのを」

小夜が手袋をはずしてテーブルに置いた。

見てもいいかと聞いて、照子は人形を手にする。稚拙な作りだが、立海はかなり気に入っていたのだろう。手袋はしみだらけで編み地が伸びていた。

「あんまり見ないでください。恥ずかしい」

峰生から持ってきた手土産をそっと照子はテーブルに置く。それは峰生の老女たちが作る、底が星形の竹カゴに常夏荘の花々を活《い》けこんだものだった。

右手に手袋人形をはめて、小夜に向かって押す。ミトンの指を折ると、夏の花々を抱えた人形が、小夜に頭を下げた。

小夜が微笑んだ。

「これはひょっとして、カゴごと飾れるお花なんですか」

「そう、どこでも好きなとこに置いて」

「おあんさんが作ったんですか？」

照子がうなずくと、カゴに顔をよせて、小夜が香りを吸い込んだ。

「不思議な匂いがする……花？」

「草の匂い。この香りが苦手という人もいはるけど、夏の花には香りが少ないから、そういう草を入れてみた」

清々《すがすが》しい、と小夜がまた香りをかいだ。

「私は好きです、この匂い」

それはよかった、と手袋人形を手から抜いて、小夜に返した。

手袋を受け取った小夜が、しげしげとアレンジメントを見た。

「これ……これって、ひょっとして常夏荘の花ですか？　この草も？」

「花だけでなくて、こういう香り高い草も庭に植えるのが西洋風らしいわ。去年あたりから常夏荘の裏庭に手を入れていて」

東京にいると、舅の龍巳に飼われているような気がする。たいしたことはできなくても、建物の管理をするという名目を持って常夏荘にいると、その気持ちが薄れてくる。

花が好きだから、庭に少し手を入れだしたら、いつの間にか夢中になっていた。

アレンジメントに挿した草を照子は指さす。

「この香りのある草……これはローズマリーという名前で。こうしたものをあちらの人たちはまとめてハーブと呼んではるそうや」

ハーブ、とつぶやいて、小夜がまぶしそうにカゴを見た。

「あのお庭には……こんなにいろんな草や花があるんですか」

うなずきながら、小夜の顔を見た。昨年は消え入りそうな話し方をしていたのに、今の口調はしっかりとして、関西風の抑揚は微塵《みじん》もなかった。

「東京風の話し方、上手にならはりましたね」

「そうじゃないと負けそうです。いろんなことに」

「たしかに西の言葉はやさしすぎて、交渉事には不向きかもしれない」

小夜が表情を引き締めて座り直し、どんな用向きで来たのかとたずねた。そして立海を遠藤家から取り戻せるように助けてくれないかと頭を下げた。

自分にはそんな力は無いし、まずは親父様のもとに戻って、そこから考え直してはどうかと答えた。

小夜は黙った。それから小さな声で、好きな人がいるんです、と言った。

「一緒に暮らそうって言ってくれてます。立海くんも一緒にです」

そう、とだけ答えて、照子はお茶を飲む。

相手の男は同郷の料理人だという。龍巳が目をかけていた青年で、小夜が体調を崩したとき、彼女のふるさとの料理をたびたびその男に作らせたのがきっかけだという。

親父様を尊敬していると小夜がつぶやいた。

「だけど、それ以上の気持ちはもう持てません。あの人に出会って初めて気がついた。尊敬と恋は別物です。だって親父様は……私のお祖父《じい》ちゃんよりお爺《じい》さんです」

子どもができたのは偶然だと小夜は言った。

「親父様との子どもが欲しくてできた子じゃない。本当に……私にとっては偶然だったんです。だけど産んだらやっぱり可愛《かわい》い。何よりも立海くんが可愛い」

しかし龍巳にとって、それは偶然ではなく望んだことだったのかもしれない。

激しい蟬《せみ》の声が耳についた。耳をふさぐかわりに照子は目を閉じる。

恋人は立海も可愛がってくれていると、懸命に小夜が言っている。

「私、贅沢しなくてもいい。普通でいい。好きな人と一緒に、立海くんと三人で、ごく普通に暮らしていきたいんです」

小夜の後ろの小ダンスの上に写真が飾られていた。このアパートで撮られたものらしく、ビニールプールで遊ぶ立海と小夜が写っている。

母子はほおを寄せあい、楽しそうに笑っていた。

こんな顔をして、この子たちは笑うのだ。

そう思ったとき、帰ろうと思った。

老いた男の恋情はどれだけ真心をつくしても、若すぎる相手には伝わらない。その情が本当に理解できるのは、ある程度年を重ねた者だけだ。

小夜がお茶を入れ替えにいったとき、龍巳から託された金の入った封筒をテーブルの下に置き、声だけかけて帰った。何かあったときのために使ってほしいと走り書きを添えたけれど、その後小夜からの連絡はなかった。

ところが二ヶ月後の夕方、秋の庭の手入れのために常夏荘にいると、小夜がふらりと現れた。井の頭公園のアパートを出て、関西に帰るのだという。

久々に見た小夜はやつれていた。

小夜と龍巳との間は、小夜の亡くなった親代わりという親戚たちが現れ、遠藤家に金の無心や借金の肩代わりを求めてきたことでさらにこじれた。

しかも彼らの目論見は完全にはずれ、望み通りの金は引き出せなかったようだ。その腹いせに彼らはみだらな中傷のビラを会社と邸宅周辺の郵便受けに放り込んでいった。

東京から離れた常夏荘にも、その騒ぎは届いていた。

対の屋の居間のソファに座ると、小夜が不意にたずねてきたことを丁寧に詫びた。

一言、挨拶をしていきたかったのだと言う。そして言葉通り、対の屋で紅茶を飲んで少し話をしたあと、すぐに帰ろうとした。

泊まっていくように言ったが、小夜は首を横に振った。

「ここは素敵すぎて……帰れなくなってしまう」

「素敵？　東京の人達はここを牢獄《ろうごく》のようだと言うけれど」

素敵です、と小夜が強い口調で言った。

バスで浜松に行くという小夜をとどめ、常夏荘の車に乗っていくように言った。

素直に小夜は従い、二人で対の屋を出た。

いつの間にか日は落ちかけ、ひんやりとした風が吹いてきた。紅葉を始めた木々を背景に秋のバラが咲きほこり、庭はこっくりとした色に充ちている。

常夏荘で一番高い銀杏の木の前を通り過ぎたとき、小夜が足を止めた。

「私、この木が大好きなんです」

落ち着く、とつぶやいて小夜が銀杏の幹に手を伸ばした。

「前に来たとき、この木にさわったら、とても安心して……」

「幹に耳を当ててみて。不思議な音が聞こえてくる」

音？　と小夜が幹に耳を当てた。

「なにも……聞こえません」

「目を閉じて。そしたらきっと何か聞こえる。木が水を吸い上げている音とうちは勝手に解釈してる。気のせいかもしれないけれど……。だけど、木の呼吸が聞こえてくるような気がする」

木の呼吸、とつぶやいて小夜が目を閉じた。

「つらくなったら常夏荘に来たらいい。息子の手が離れたらうちはずっとここにいるつもり。いつか立海さんが来られるようになったら、ここで会えばいい。親父様には内緒にしておくから、遠慮なく来はったらいい」

おあんさん、と呼びかけて、小夜が軽く頭を幹に当てた。

「私、ちょっとだけ夢を見た。おあんさんのお庭の手伝いをしながら……ここで立海と花に囲まれて暮らす生活です」

小夜が小さく笑った。

「勝手に……そんな夢を見ました。でも……立海は都会でしか生きられません。お医者さんがそばにいてくれるところじゃないと。それに私も……」

細い肩が小刻みに震えた。

「お母さんになりきれない……」

「どういうこと？」

アパートで一緒に暮らしていた人とは、別れたのだと小夜が言った。だけど龍巳の元にも戻らないと言う。

私、まだ二十歳《はたち》です、と小さな声がした。

「自分のちからで生きてみたい」

一緒に連れて行こうと頑張ったのだと小夜が苦しげに言った。

「だけど、私は立海に何もあげられない。立派な服も教育も何も。私……あの子に健康な体ですら、あげられなかった」

「命を生み出した、それだけですごいことやないの」

だけど……と幹に顔を押しつけ、小夜が泣いた。

鶴子が心配そうな顔で近づいてきた。通用門で車が待っているという。幹から離れ、小夜が顔をぬぐった。そして二人で何も言わずに歩いた。

通用門に着くと、峰生の集落の人々が門前を通りかかるところだった。神社に参拝に来ていたようだ。照子に挨拶をしたあと、皆が一様に小夜を見た。

夕暮れのなかでたたずむ小夜は、誰もが気遣いたくなるほど儚《はかな》げで、美しかった。

大人に手を引かれた幼児が振り返って小夜を見た。そして照れたのか、恥ずかしそうに前を向くと、歌を歌い出した。

この歌、嫌い、と小夜がつぶやいた。

「最近どこにいっても流れてくる。子どもが歌うのを聞いてるとつらくて死にたくなる。鯛焼きはしょせん鯛焼きで立派な鯛にはなれないし、どんなにもがいても無駄なだけ」

「くだらない。人になぞらえるなんて。そんなふうに思ったら何もかもがつまらなくなってしまう」

つまらない……と小夜が目を閉じた。

「女って、つまらない。男だったら、もっと自由に生きられるのに」

「そうやろうか」

「親父様は私が好きなんじゃない。私は偽物。ただの鯛焼き……。でも立海は違います。この世にただ一人、誰の代わりでもない」

小夜がゆっくりと目を開け、手提げ袋から封筒を出した。

「あのときのお金、お返しします」

黙って小夜の手に封筒を押し戻すと、小夜が首を振った。

「お金……正直に言えばのどから手が出るほどほしい。必要です。だから今まで返せなかった。だけどこれを受け取ったら、私はあの子をお金で売ったことになる」

おがむようにして小夜が照子に封筒を押しつけた。

「受け取れません。私は何もあげられない。だけど立海が後ろ指をさされるようなことだけは絶対にしない。二度と遠藤家の敷居はまたぎません。私が来たら人は言うでしょう。立海の身内がまた金をせびりにきたって。どんなに貧乏してても、この先どんなに苦しくなっても、母親の身内がお金をゆすりに来たなんて、金輪際、人には絶対言わせない」

「そんなことを言う者は、ここにはおりません」

小夜が顔を上げた。ゆっくりと微笑んだが、まばたきと同時に涙がこぼれ落ちた。

おあんさん、と小夜がささやいた。

「どうしておあんさんがここに来たがるのか、みんなは不思議がっています。東京で会った人たちはみんな……誰もが」

「変わり者と言ってた？」

だけど、と小夜が絞り出すような声を上げた。

「私は、わかる気がします」

車に乗り込もうとしたとき、本当の名前はなんというのだと小夜に聞いた。アパートにも表札はあがっておらず、この女の本当の名前を耳にしたことがない。

みわというのだと小夜が答えた。

「美しいに和。琵琶湖の琵琶にちなんでつけたらしいですけど、みわって読むんです」

みわ、と言って照子は小夜の顔を見る。とてもよく似合っていた。

「親が私にくれたのはこの体と美和という名前だけ。その名前をあの家の誰も呼んでくれなかったのも寂しかったです」

「美和さん……。名字はなんて言わはるの？」

答えずに黙礼して、小夜は車のドアを閉めた。


検査室の扉が開いた。

その音の大きさに照子は我に返った。

車輪付きのベッドに寝かされたまま立海が運ばれてきた。一瞬、薄目をあけて照子を見たが、また目を閉じた。そのあとをついて、ゆっくりと照子は廊下を歩く。

もしこの子が健康に恵まれていたら、母子の人生は少し変わっていたかもしれない。

子どもを捨てて逃げたと人々は小夜のことを言った。だが二十歳を超えたばかりの娘に、祖父より年上の老人を夫と定める決心がつくだろうか。

尊敬はあっても愛情はない相手と、金のためとわりきって家族として暮らせるだろうか。

そうするにはこの子の母親はあまりにも若く、純粋すぎたのだ。

『女って、つまらない』

時折、そうもらした小夜の声を思い出す。何度も何度も繰り返し胸のうちでつぶやいてきたような口調だった。

小夜が去った後、龍一郎が生まれたときの写真を親族からもらった。アルバムを整理していたら出てきたのだという。赤子の龍一郎を抱いたその人は少女のようで、小夜に雰囲気がよく似ていた。

小夜が去った後、龍巳は華やかで豊満な女をそばに置いている。若い女の精を吸って、いつまでもお若いと人々は言う。心底愛しく思える女とはまるで正反対のタイプから精気を得ているみたいだ。

診察室の前のソファで再び待つ。しばらくして名前が呼ばれ、医師の説明が始まった。

ありがたいことに、気になる所見はないらしい。

検査着を着替えた立海が看護婦に伴われて隣に座った。相変わらず黙ったままで、照子と目が合うと横を向いた。

二人で押し黙ったまま病院を出て、峰生へと向かった。

浜松の市街地を抜けると、道は天竜川にそって次第に細くなっていく。街灯の数もまばらになり、暗闇のなかを車のライトだけを頼りに走っていく。

怖がっていないかと思い、隣に座っている立海を見た。

膝に手を置き、身じろぎもせずに座っている。

自分は偽物だと小夜は言った。だけど立海は誰の代わりでもないと——。

それでもこの子を通して、龍巳は失った人々の姿を追い続けている気がする。

常夏荘の暗い坂を登っていくと、通用門にあかりがついていた。その下に人影がある。

間宮の孫娘だった。

色あせた赤いジャンパーを着て、小さなあの子が立っている。

膝に置いた手を握りしめて、立海が静かに泣きだした。

※

泣きながら車から降りてきた立海を見て、耀子はうろたえた様子を見せたが、大丈夫だと言うと、対の屋のみんなに知らせてくると走っていった。

浜松を出るときに電話で診察結果を伝えてあったのだが、立海が泣いているのに驚いたようだ。対の屋につくとあたたかい食事が用意されていて、立海は少し和らいだ表情を見せた。ところが夕食後に照子が立海を居間に呼ぶとまた黙り込んだ。

最初は態度を叱り、どうして倒れていたのかを聞くつもりだった。

ところが立海がちょこんとソファに座っているのを見ていたら、あまりの可愛らしさに優しい言葉が先に出た。

「ほんとうによかった。どこにも異常がないようで」

不機嫌そうな顔の立海が少し困った様子で、うん、と答えた。

「ありがと……ございます。でもテルコ」

「はい」

「ぼくをひっつかまないで。猫の子みたいに」

そう言って立海がソファにもたれ、体ごと横に向いた。

「ふめんぼく、きわまりないよ」

それで不機嫌だったのかと照子は笑う。救急車が来たとき、逃げようとした立海の襟首を照子がつかんで抱え上げ、ぽんと担架に乗せた。それは一瞬のことだったが、立海にとって不面目極まりない扱いだったらしい。

「立海さんは難しい言葉をご存じやねえ」

「おとうさまがよくいうの。ぼくと龍治に」

「龍治はそんなに不面目なことをしているの？」

横を向いて座っていた立海の体が、ソファの絹地にすべってじりじりと落ちかけている。気付かれないように、にじり上がろうとしている仕草がまさに子猫のようで笑った。しかしそのあと深いため息が出た。

浜松から帰ってきたら、机に龍治からの手紙が置いてあった。中身は得体の知れない店からの多額の請求書で、申し訳ないが助けてほしいときわめて流麗な字で書いてあった。

不面目極まりない、とつぶやいたら、立海と目が合った。その拍子に救急車が来たとき、耀子がいたのを思い出した。女の子の前で猫のようにつまみあげられたのが、立海のプライドをいたく刺激したのかもしれない。

「あれは堪忍してほしいわ。うちも少うし、あわてておりましてね」

うん、と立海が言って、きちんと座り直した。

「今日はみんながあわててた。立海さんが倒れてるのを知らせてくれたとき、あの子は転んでお膝を擦りむいてたし。常夏荘のみんなが立海さんを心配してたんよ」

はい、と言って立海が膝に手を置いた。

「さあ、お話ししてもらいましょか。一体何があったのか」

長屋から帰ってきたあと、立海はしばらく自分の部屋の押し入れにいたという。それから庵の床下にしのびこんだが、部屋に上がった途端、懐中電灯が消えたらしい。暗がりのなかであわてたら何かに引っかかって『ゴン』と頭がぶつかり、何かが『ゴンゴン』落ちてきたという。

畳に落ちていた仏具や装飾品を思い出し、照子はためいきをつく。おそらくぶつかったのは仏壇で、祭壇の上の装飾品が落ちたはずみで、下のものが雪崩《なだ》れ落ちてきたのだろう。

「どうして庵にしのびこもうと？」

さがしもの、と小さな声がした。

「さがしもの？　何をお探しに？」

立海がうつむいた。

「何を探してはったん？　聞いてくれたらよろしいのに」

立海が何かを言いかけてやめた。

「言ってご覧なさい」

おかあさま、と小さな声がした。

「ぼくのおかあさまは……あそこに」

「庵には、いはらへん」

生きてるの？　と立海が声を上げた。

「生きてるよね」

「わからない」

「わからないって……」

そうつぶやいて、立海がうつむいた。

「みんな、そう言う。おかあさまのことを聞くと……みんなわからない、知らない、わすれたって」

そう、とつぶやき、照子は立海のふっくらとしたほおを見る。

この子は、忘れてしまったのだろうか。

小さなプールで母とほおを寄せあって笑った日のことを。手作りの人形を――。

それがなければ眠れぬほど、好きだったはずなのに。

何も、覚えていないのだろうか。

おかあさま……、と小さな声で立海が言った。

「井戸になげこまれたって……」

「くだらぬ噂」

「そのハナシをすると、みんながおこる。だけど上屋敷の辰美《たつみ》も、さっきの子も……みんなそう言う。ぼくだけ何も知らないの」

「常夏荘に古井戸などありしません。みんなちゃんと使われてる。東京の家にだってそんなものはなかったでしょう」

「じゃあ、どこにいるの？　なんでいないの？」

なんと伝えたらいいのだろう。

大人の事情をどうやってこの子に説明すればいいのだろう。

ほろりと立海が涙をこぼした。乱暴に腕でぬぐって、また泣いた。

どうしていないの？　とくぐもった声がした。

「ぼくが、きらいなの？」

「そんなことあらしません」

ぼく……と立海が顔を上げた。

「ぼく……ゲロムシだから？」

「ゲロムシ？」

「からだ、よわいから。手がかかるから、おいてったって。手がかかる……」

「誰がそんなことを」

両手で顔をおさえて、立海が泣いた。

「元気になったら、帰ってきてくれるの？　どんだけお薬のんだら帰ってくるの？」

立海の小さな背をそっとさすると、華奢な背骨の振動が手に伝わってきた。

震える背中を見る。

子どもが絶望するのを見るのはいやだと青井が言った。間宮の孫娘に勉強を教えようと思った理由を聞いたときのことだ。

大げさだと思った。子どもが絶望などするものか。

しかし目の前で子どもが泣いている。自分ではどうしようもできないことに絶望して、我慢を続けた末に。

うつむいている立海のうなじから白い肌着が見え隠れした。それを見たら「おいで」と声が出た。

「ついていらっしゃい。会わせてあげましょう」

ええっ、と立海が目を見開いた。

「お母さまに会わせてあげる。きらいだとか手がかかるとか、そんな嘘八百、踏みつぶしてしまえばいい。鶴子、ショールと懐中電灯を」

奥に向かって声を上げ、泣いている立海の手を強引に引いて玄関に向かった。

使用人の待機部屋から鶴子と千恵が出てきて、そのうしろから耀子が顔を出した。

立海が救急車で運ばれたあと、この子は皆にうながされて長屋で寝ていたが、頻繁に起き上がって門のあたりをうろうろするので、対の屋に連れてこられていた。使用人用の部屋で寝ていたが、体調が良くなってきたらしく夕方からは鶴子の手伝いをしていたようだ。

物入れから懐中電灯を持ってくるように耀子に指示をして、鶴子がショールを取りに行った。千恵が立海の鼻をかんでやり、コートを着せかけている。

「テルコ……どこいくの？」

「夜のお散歩。常夏荘の夜の探検」

探検？　と聞き返して、立海が少し泣きやんだ。

耀子が懐中電灯を持ってきた。膝に貼ってある大きな絆創膏《ばんそうこう》を見たら、いつも下を向いているこの子が必死になって坂を走ってきたのを思い出した。

「あなたも来る？」

えっ、と言って耀子が顔を上げた。

「探検よ。夜のお散歩」

わたし……？　と言ったあと、耀子が立海を見た。立海が何度もうなずいた。

「いいの？　ですか？」

あわてて『ですか』と言葉を足したのがいじらしくて、うなずいた。

「いらっしゃい。夜が怖くないのなら」

三人で外に出ると、月明かりが常夏荘の庭を照らしていた。

立海の手を引っ張って池の端をつっきり、常夏荘のはずれにある番蔵棟に向かう。

常夏荘の蔵には番号がついていて、貴重品を納める一番蔵は母屋に接している。この入り口には六つの鍵があり、火事にも地震にも空襲にもびくともしない仕掛けがほどこされている。

そのほかの二番蔵、三番蔵といった名前の蔵は常夏荘の隅にあり、番蔵棟と呼ばれている。昔は味噌や酒、季節の家具類を保管していたが、今はほとんど使われていない。

強風に木々がざわめき、得体の知れない鳥の声がした。

二番蔵に行き、耀子に懐中電灯を持たせて照子は蔵の鍵を開ける。

分厚い扉を開けると、ほこりっぽい臭《にお》いが押し寄せてきた。

蔵のなかには濃い闇が広がっている。

後ろで耀子が大きく息を吐く気配がし、立海の手が軽く震えた。

「こわい……テルコ、こわいよ」

「怖くない。弱虫さんね」

そう言って電灯のスイッチをつける。裸電球がともって、目の前に武者が現れた。

立海と耀子が悲鳴を上げた。

それは年代物の甲冑《かっちゅう》で、武者が座っているように置かれていた。かぶとの下には黒い鉄仮面があり、目鼻の空洞がうつろに見える。

立海がその場にへたり込み、耀子が床に膝をついた。

「こんなのただのおもちゃ。大袈裟《おおげさ》ね、お二方」

座り込んだ立海の手を離し、笑ってみせた。

「ただのお飾り。中身などない。人は入ってへんのえ」

「入ってたら……ぼく、死んでる、こわくて」

「男の子がそんなことを」

そう言って甲冑に軽く触れたら、鉄仮面ごとかぶとが転がり落ちた。

きゃーと叫ぶなり、耀子が目の前に落ちたそれを横へ放り投げた。しかし重かったのか立海の前に落ち、悲鳴を上げた立海は両手でひっつかむなり、立ち上がって奥へ放り投げた。

蔵の奥で何かが次々と倒れる音がして、再び立海が座り込んだ。

「もう、いい。おれ、かえる」

耀子が何度も鼻をすすった。半分、べそをかいているようだ。想像以上の子どもの反応に驚き、照子は二人を見た。

「帰るの?」

「なんで、こんなところに、おかあさまが、いるの?」

いるわけではないけれど、と照子は蔵の奥へ足を進める。

「よろしいわ。それならずっと泣き続けていればいい。くだらぬ噂に振り回されて、泣いてたらいい」

子どもたちが立ち上がる気配がして、小さな足音が聞こえてきた。

振り返ると二人は並んで歩いていた。

ヨウヨ、と立海が耀子を見た。

「こわい？　ふるえてる……」

「す、す、すごく寒い」

「ぼくのマフラー、かしたげる」

いいよ、と耀子が断る声がした。

立ち止まり、毛皮のショールを外して、照子は耀子に着せかける。体の前でショールを合わせ、自分の手でそこを押さえるように言うと、言われた通りにした耀子が見上げた。

暖かそうな顔をしたので、再び蔵の奥に向かって歩く。目指す場所は、タンスと長持を並べた一画だった。その場について大きな長持を開けたら、背後で立海の小さな声がした。

「テルコ、そ、そ、そんなとこにおかあさまが……」

えっ、人が入ってるの？　とショールを落としかけながら、耀子が後ずさった。

「カンオケ？　それカンオケ、ですか」

「何をあほなこと言わはんの。人がこんな箱に入るとお思いか？」

「思いません……」

「それに昔の棺は寝棺ではないのよ。体操座りをして入ってるの、あのような桶《おけ》に」

何気なく奥にある大きな桶を指さすと、子どもたちが顔をこわばらせた。

「あれはただの桶やけど」

「テルコ……いじわる」

「早う、おいでなさい」

二人が近づいてきた。その目に入りやすいように、長持の中身を出す。白いセロファン紙に包まれた物を見て、何、これ、と立海が叫んだ。

「パンツ。立海さんの肌着や」

「ぼくらにパンツ見せにきたの？」

怒りを含んだ顔で立海が見上げた。その目の前に次々と中身を出してみせた。

「見てごらん、これも、これも全部、肌着。隣のタンスを開けてごらん」

耀子が隣のタンスを開けた。

「こっちは下シャツ……です。でもこっちはすごく大きいよ、リュウカ君」

「全部、立海さんのもの。立海さんが生まれたときに、デパートで全部あつらえた。男の子が生まれたら、越後屋で一生分の肌着をあつらえるのがこの家のならわしだから。立海さんが大人になるまで、全部シャツもパンツも肌着は買わなくともここにある」

肌着を包んでいる紙には日本橋にあるデパートの名前が書かれている。

「ちなみにその隣は、お父様の肌着。開けてごらん」

耀子が一番下の段を開けると、畳紙《たとうがみ》に包まれたものが出てきた。その封を照子は開けてみせる。新品の大人の肌着がぎっしりと入っていた。

「そちらは一生分がある。龍治や立海さんの分はさすがに、そこまではない。だけど成人するまで困らん分の肌着が用意されている。立海さん、この背中を見てごらん」

膨大な肌着のうなじの部分にはすべて、四枚の花弁が集まった模様が縫われていた。小さな肌着はピンクの糸で縫われて花のように、少し大きくなってからは緑の糸に変えられて、四つ葉のクローバーのように見える。

しかし大人になるころの肌着には針目が一つ付いているだけだった。

「これはね、背守《せもり》というの。子どもの魂がどこかに連れて行かれないよう、健やかに育つようにつけた魔除《まよ》けの印。立海さんが大人になるまで、この背守が守ってくれるんよ」

立海の小さな手が、花の縫い取りに触れた。

「この糸は……立海さんの背中にいつも一緒にいるこの糸は、おかあさまが立海さんのことを思って一針、一針、縫わはった物。立海さんのこと、大好きな証拠なんよ。一緒にいられなくても、ここでいつも見守ってはる。良いことも悪いことも全部見てる」

赤子のころの小さな肌着を照子は手に取る。

「見てごらん。最初の方はこんなにたどたどしい。だけどほら、だんだん縫い取りが上手になって……。途中で緑の糸にしたのは、男の子だからやろう。最後のほうは時間が足りなかったのかもしれない。だけどぜんぶの肌着に針目が入ってる」

立海が次々と肌着を手に取った。

息子に何もあげられないと泣いた母親は、すべての肌着に背守を残していった。膨大なその肌着は最初は東京にあったのだが、近々に使う物以外はすべて、龍巳はこの場所に運んだ。

背守の糸にそっと照子は触れる。

稚拙だがその針目は力強く、痛いほどの思いが伝わってくる。

母の祈りを――。

魔を退けようとする母の力を。

「立海さんがきらいで別れたのと違うの。手がかかるからと置いていったのとも違う。子どものことがきらいな母親なんていないんよ」

立海が肌着に手を伸ばし、背守をほおにあてた。

「大人には大人の事情がある。子どもにはわからない、どうにもできない事情が。だけどいつかすべてがわかるときがくる」

いつ、と立海が聞いた。

「大人になったら。そうしたらすべてがわかる。許せなくても、わかるときがくる。人がなんと言おうと、この糸はお母様につながってる」

肩から落ちかけたショールもそのままに、耀子が背守を見た。

その眼差《まなざ》しに、この娘も母親との縁が薄いことに気がついた。

手を伸ばしてショールをかけ直してやる。思えば自分だって家族の縁が薄い。

「さあ、戻りましょか。ここは冷えるわ」

耀子が片手でショールを押さえ、肌着を丁寧にタンスに入れだした。礼を言うと、驚いた顔で見上げ、それからすぐにうつむいた。

立海が奥にある長持を指さし、あれは誰の肌着かと聞いた。そちらは龍治のものと答えると、おかしそうに笑った。

「ねえねえ、龍治もこのデッカイ白パン、はいてるの？」

「龍治はもうそこの下着は使うてない。肌着は自分で選んでる」

なあんだ、と立海が笑った。

出生時に一生分の肌着を誂《あつら》えられ、生涯を極上の布に包まれて過ごす男たち――。

江戸の昔からひそやかに行われてきたことが、昭和の今も続いている。規模は小さくなったが、龍治も立海も当たり前のように肌着を調えられてきた。

家柄はあっても経済的に困窮していた家で育った身には、夢のような話だ。

タンスを閉めた耀子がぽつりと言った。

「女の子も……一生分の肌着を買ってもらうの？」

「この家には女の子はあまり生まれてこなかったみたいやね。ただこの家にお嫁にきた女たちは一生、困らないだけの持ち物を持ってきてる」

「持ち物って……どんな？」

「宝石や書画骨董《こっとう》、着物、ハンドバッグやら靴のたぐい。たとえばあれは先代のおあんさんのお嫁入り道具」

なんでわかるのかと立海に聞かれ、長持に描かれた印を照子は指さす。

龍一郎の母の嫁入り道具には二つの撫子が曲線でつながっている印がついていた。繁栄の象徴の唐草に撫子を組み合わせたその紋様は優美でありながら、ユーモラスな雰囲気もあり、蔵のなかでひときわ目立っている。

「これは花唐草……撫子唐草とでも言うのやろうか。たぶん家紋ではないと思うけれど。龍一郎様のお母様のお支度には全部、このマークがついてる」

お花が踊ってるみたい、とつぶやいた耀子にうなずき、立海が長持ちを見上げた。

「テルコのタンスは？」

蔵の隅に置かれた長持を照子は指さした。

「あのあたり。そやけどこんなに立派なお支度とは違う」

テルコはお姫様なんだよ、と立海が耀子に言った。

「昔だったら、おひなさまなの。テルコはでっかいもんなあ」

「それは関係ない」

「ねえ、おひなさまのカッコ見せて。あのなか？」

「お人形しか持ってない。それにうちはお雛《ひな》様にはなれない。三人官女なら、なれたかもしれないけれど」

おひなさま……と耀子が夢見るような顔をした。

雛人形に興味があるのか、それとも熱が上がってきたのか、瞳がうるんで輝き、ほおがほんのりと上気している。それはとても生命力に満ちていて、古びたもののなかで、いきいきとした光を放っていた。

寒いから子どもたちに先に行くようにうながし、照子は蔵の鍵を閉める。

ゆっくりと歩き出すと、前を行く子どもたちの影が月明かりの下で揺れていた。

立海が少女にそっと手を伸ばした。気付かずに耀子はどんどん歩いていく。

所在なげなその手をとって微笑むと、立海が見上げた。

「なにかご不満でも？」

「え？　うん、なんでもないの」

立海が小さく笑い、つないだ手を揺らした。背骨と同じようにもろくて儚い感触だ。

「ゲロムシって……誰が言うてはるんですか？　学校のお友達？」

「上屋敷の辰美」

「辰美さんね……」

上屋敷の遠藤家には十歳の『辰美』という息子と、八歳の『沙也香《さやか》』という娘がいる。龍巳が次男に漢字違いの『たつみ』と名付けたことを、上屋敷の当主夫人はとてもいやがっていた。

そして今、年が近い二人の「えんどうたつみ」は同じ学校にいる。

おあんさん……と耀子が振り返った。ショールを脱いで返そうとしている。

そのままでいいと制し、もし今夜が一人なら、対の屋に泊まるように言った。すると今日は祖父が戻ってくると少女は答えた。そしてぎこちなくショールを手渡して一礼すると、長屋へと走っていった。

つないでいた手をそっと離して、立海も走りだした。その後ろ姿に龍治を思った。

遠い昔、幼い龍治と手をつないで夜の庭を歩いたことがある。

日が落ちると香りが強くなる白い花のありかを教えると、その花に顔を寄せてうれしそうに息子は笑っていた。

その瞬間を母親は鮮やかに覚えているのに、日々の重なりのなかで子どもたちは忘れていく。ほおを寄せて笑ったことを、手をつないで歩いた夜のことを。

そっけない息子の手紙の文面が心によみがえる。

何も覚えていないのだろう。そして気付くこともない、不器用な母親たちの思いを。

月明かりの下で、照子は一人で歩き続ける。

何も覚えていない。

そうつぶやいたら、目頭が熱くなってきた。

でも、それでいいのかもしれない。

そうでなければきっと――子どもたちは母のもとから巣立てない。

第八章

土曜の昼下がり、自分の部屋に新聞紙を敷き、耀子はボウルに入れた白玉粉を水で練る。十二月に入って寒くなってきたが、ガラス越しの日差しは暖かく、向かいに座っている立海にもさんさんとふりそそいでいる。

「お日さまってあったかいね」

ボウルをのぞいていた立海が窓を見上げた。

「ヨウヨんちってほんと、あったかい」

「今日は石油ストーブがついているから」

一人でいるときは電気ストーブだが、今日は祖父がいるので台所には石油ストーブがついていた。おそらく立海がいる母屋のほうがセントラルヒーティングで暖かいはずなのだが、日当たりはたしかに耀子の部屋のほうがはるかに良い。

気持ちよさそうにのびをして、立海が台所のほうを見た。

祖父がストーブにのせたヤカンの隣に、鍋を置いている。ヤカンからはしゅんしゅんと気持ちの良い音がしていた。

立海がボウルを再びのぞきこみ、水の入った計量カップを持ち上げた。

「ねえ、ヨウヨ。お水はもういいの？」

「じゃあ、ちょびっとだけ入れて」

「ストップっていってね」

慎重に立海がボウルに水を入れた。すぐにストップをかけ、再び耀子は白玉を練る。最初は粉末だった白玉粉がまとまってきて、真っ白なかたまりになってきた。

そのかたまりを見ながら耀子は考える。ティッシュに墨を落としたように、さっきから心の中に寂しいシミが広がっている。それは振り払っても振り払ってもどんどん大きくなってくる。

ちらっと立海を見た。手元をのぞきこんでいた立海が顔を上げ、うれしそうに笑った。

一週間前に庵で倒れていた立海は二日ほど安静にしていたが、今は額の絆創膏も取れ、普通の生活をしていた。しかしそれまではピアノの練習が終わると二人で遊んでいたのに、今は一日おきにしか遊ばない。遊ばない日は小さなリュックを背負って、対の屋に行ってしまう。何をしているのかと聞いてみたけれど、笑うばかりで答えてくれない。

土曜の今日も午前中の授業が終わるとすぐに対の屋に行ってしまい、三時過ぎになってようやく長屋にやってきた。ちょうど珍しく昼間に祖父がいて、現れた立海を見て、白玉団子を作って差し上げろと言った。

それは数日前に千恵に教わって家で作ったら、祖父にとてもほめられたおやつだった。そのときはきな粉をまぶしたのだけれど、今日は白玉団子を丸めるまででいいと祖父が言った。

そこでさっそく粉を練りだしたが、その作業は単純で、繰り返しているうちに、最近ずっと感じていた寂しさが心に広がってくる。

どうして急に、遊んでくれなくなったの?

どうしてそのわけを教えてくれないの？

どうして、という言葉がいくつも浮かんでは消える。そして『きらわれたのかな』とぼんやり思った。ならば、せめて授業で頑張って立海に認めてもらいたいと思うのだが、それもあまりうまくいかない。

午前中の音楽とダンスの授業に、今日もついていけなかった。

音楽は『花のワルツ』という曲で、それに合わせてうれしいという気持ちを表現するようにと言われた。立海はすぐにメロディにあわせて踊り出し、それを見ながら手拍子を打ち、その場で足踏みをしてみた。しかしそれはいかにもドカドカしていて、格好が悪い。

踊ってみたいな、と立海を見ながら考えた。

軽やかに、立海のようにのびのびと踊れたら、どんなに楽しいだろう。

青井は前よりずっと体が動いているとほめてくれた。でもそれは棒立ちになっていた以前と比べてのことで、自分でもわかるほど、のろまな動きだ。だけどどうしたらいいのかわからない。

どうして、のろま？

どうして、きらわれるの？　グズだから？

自分をグズと思えばグズ、そうではないと思えば、そうではない。青井はそう言っていた。だけど年下の子に負ける自分はやはりグズに思える。グズじゃない、と思うとのろまという言葉が浮かぶ。そして、怖くなる。

大きくなったら、どうなるの。

一生……きらわれるのかな。

そう考えているうちに、白玉はかっちりまとまってきて、どこで手を止めたらいいのかわからなくなってきた。手を布巾《ふきん》で拭いて、自分の耳たぶを触る。耳たぶぐらいの固さで止めて団子に丸めたいのだが、触っているうちにわからなくなってきた。

立海が顔を上げた。その拍子に立海の耳たぶに触ってみる。

大人しく触られているので、両方の耳たぶを触ってみたら、くすぐったそうに笑った。

「お団子はね」

「うん」

「耳たぶぐらいのかたさがちょうどいいんだって」

「ふうん……ぼくのお耳でいいの？　どう？」

うーん、と悩んでいたら、ふっくらとしたほおもつまんでみたくなった。布巾で手を拭き、両ほほをつまんでみる。

「ヨウヨ、ほっへもかんへいあるの？」

「あんまり。でもなんかプニプニしてて気持ちいい」

「やめへよ〜。よほにひろがったら、おうするの」

のんきだなあ、と立海の顔を見る。そして、あわててやめた。こういうことをするのが、いやがられるのかもしれない。

黙って団子を丸める。立海も丸めたがったので、二人で団子にして台所に持っていった。

「おじいちゃん。白玉、できたよ」

台所の卓で帳簿を広げていた祖父が手を止め、ストーブにかけた鍋に白玉を落とした。そして浮いてきた白玉をすくうと、ボウルに入れた氷水に次々と入れた。

そして金柑の蜂蜜漬けを出すと、シロップをお湯でわり、器に入れた。そこにすくった白玉を泳がせ、二つの器を盆にのせた。

「おじいちゃん、完成？」

おお、と祖父が言って盆を渡してくれた。

「金柑の甘露湯だ」

「カンロトウってなあに、じいじ」

「さあ、わしら、そう呼んでるだけで、意味はなんだか。甘い露の湯と書くんやが。さあ、台所は暗いから、あっちで日向ぼっこして食べなされ」

すごいね、じいじ、と立海は喜び、二人で部屋に戻って甘露湯を食べた。

甘露湯という不思議な名前のこのおやつは、温かいシロップが白玉にからみ、嚙むたびに優しく甘みが広がる。湯気のなかに花にも似た金柑の香りがして、日向ぼっこをしながら食べていると、お日様の光を食べているようだ。

カンロトウってすんごくきれいだね、と立海が手にした白い器を見た。

「お湯がキラキラ。白玉もピカピカ。ふふっ。ぼくねえ、さいきんフカフカしたもの、それほどほしくないの」

立海が器に唇をつけて汁を飲もうとし、前髪をかきあげた。最近、立海の髪は伸びてきて、波のようなうねりがあり、勉強するときはいつもうしろでゆるく束ねていた。

「リュウカ君の髪、なんかフワフワしてきたね」

「くせげなのよ」

「着物着てたときはどうしてたの？　あんとき髪がすごいまっすぐだったよ」

一気に甘露湯を飲み干し、ふへーっと立海が一息ついた。

「ぴょうしさんが、あーっつい風でブワブワーって。ぼくねえ、あの髪型だいきらい。お人形みたいじゃない？」

「それってすごいよ」

「ヤダ。女の子のカッコしてると、じょうぶになるってほんとかなあ。ねえ、じいじ、ほんと？」

祖父がお茶を運んできて、立海の前に置いた。

「なんのお話ですか」

「女の子のカッコしてると、体がじょうぶになるの？」

「そういうまじない……ならわしはありますな」

「ならわし……。ヨウヨのおうちは、すぐにお話できてべんりだね」

そう言いながら耀子を見たが、すぐに立海が祖父に顔を向けた。

「あとね、背守とか。ねえ、じいじ。どうしてうちはおまじないだらけなの？」

「峰生の里は養蚕業を……」

ようさんぎょう？　と立海が聞き返すと、祖父が小さく咳払いをした。

「かいこという虫を飼って糸を取るんです。立坊ちゃんのお家は木材のほかに生糸も扱ってきたから、糸や布のまじないを大事にするんやろう。われわれ山の者はまじないや縁起というものをえらく大事にするもんなんです」

ふうん、と立海が祖父を見上げた。

「じゃあ、ぼくも大事にする」

祖父が立海を優しい目で見た。

「坊ちゃん、耀子のところにたずねて来なさるのはうれしいですが、本当は坊ちゃんはこういうところに来てはいかんのですよ」

「どうして？」

「どうしてもです」

立海がふっと視線を畳に落とした。

「大人はみんな、そう言うね。ぼくが大人になったら、ちゃんとわけをおしえてね」

「その頃には、教わらなくともわかります」

祖父が台所に戻っていき、帳簿を広げた。

「ねえねえ、じいじは何をしているの？」

「耀子が誕生日を迎えますのでな」

「ええっ？　ヨウヨ、おたんじょう日なの？」

「そうだよ、今月」

おめでとう、と言ったあと、立海が真剣な顔で見上げた。

「ねえ、おたんじょう日会にはぼくもよんで」

お誕生日会？　と聞き返して、耀子は口ごもる。

やらないよ、と言ったら、なんで、と聞かれた。

「なんでって……。お誕生日会って何するの？」

何って、と今度は立海が口ごもった。

「お歌を歌って……ケーキを食べて……そっかあ」

立海が腕を組み、何度もうなずいた。

「ヨウヨのおたんじょう日会、クリスマスといっしょにされちゃうんだね。ぼくのしんせきの子もそう。十二月生まれだから、おたんじょう日会とクリスマス会がいっしょ。でも二倍になるよ。去年はね、サーカスの人が来た」

「お誕生日会に？」

「そう。サーカス……サーカスを見ながら、みんなでごはんを食べたの。あとでピエロが来たよ、ぼくらのところに。ハッピーバースデー&メリークリスマス！　って」

「へえ……」

突然、外国人のようにハッピーバースデー&メリークリスマスと言われ、耀子はまじまじと立海を見る。その言い方は会話のなかにさらりと入っていて、立海のなかではごく自然な言い方のようだ。

去年のクリスマスは――。

お茶を飲みながら、ぼんやりと耀子は思い出す。

夜の仕事をしていた母は深夜に帰ってきてたいそう酒臭く、玄関に行ったらなんで遅くまで起きているのかと叱られた。そして紙袋からぬいぐるみを出して廊下に放り投げ、お前も大きくなったから教えるけれど、いいかい、サンタクロースなんてのは世の中にいないんだよ、と言った。

「世の中のサンタはみんな、親なの。一生懸命、働いてあんたらの食いぶちを稼いでるの。そんな恨みがましい目で見ないでよ。世間様みたいに祝ってやれないからって」

意味はわからなくても、音で言葉は覚えている。拾い上げたぬいぐるみはスヌーピーに似ていて、お店のお客がくれたらしい。

「どうして男ってのは女にぬいぐるみをくれたがるんだろ、こんな食えも飾れもしないもの。安物でも指輪とかネックレスのほうがどんだけうれしいか、わっかんない。ほら。じゃあ一緒に食べよ。ケーキのかわりだ」

そう言って寿司の折り詰めを廊下に置いて、水、と母がうめいた。

それでも水を飲んだあと、母は立ち上がってインスタントの吸い物を作ってくれた。それから一緒に風呂に入って、一緒に寝た。とても寒い夜で、冷えた足をこすりあわせていたら、母が太ももに足をはさんで温めてくれたのを覚えている。

うれしくて抱きついたら、ごめんよ、耀子、と寝言のように母が言った。それから夜中にひどく母はうなされ、泣いていた。

つん、と頭に何かがつきぬけ、耀子は鼻をすする。立海があわてて湯のみを下に置いた。

「どしたの、ヨウヨ……なんかヘン」

「わたし、ヘン？」

「ちょっとだけ。どしたの？」

別に、と言うと、立海が少し戸惑った顔をした。しかしすぐに笑顔になると、リュックに手を伸ばした。そして緑色の封筒を出すと、ジャーン！　と言って見せた。

「ね、それよりね、ハムから手紙が来たよ。ヨウヨんちにも来た？」

「クリスマス会の？　来たよ」

立海が首をかしげて、また戸惑った顔をした。

「ヨウヨ、うれしくないの？」

答えに困ってまた耀子はお茶を飲む。

庵で立海が倒れた翌日、再び常夏荘にカゴが届けられた。

なかにはハム兄弟のおわびの手紙と花梨《かりん》が三個、それから『カリンはすきか　テンカはすき。かりんとゆうなまえになってもいいの　テンカ』というカードが添えてあった。

立海は笑い、それから二人で返事を書いて、郵便で送った。すると今度はハム兄弟から緑色の封筒に入ったカードが送られてきた。

再来週の金曜、学校の創立記念の休みの日に奥峰生の家でクリスマス会をするという。カードにはクリスマスツリーの絵が描かれていて『もみのきでシリーをつくった。すごいおおきい』と天香が書いていた。

そのとなりには大きな字で『来いよ　イチ』、その横に丁寧な字で『でかいのはシリではなく、ツリーです　スケより』と添えてあった。

楽しそうだけれど、断るつもりだった。ほかにもクラスの子や奥峰生の子どもたちがたくさん来るのだろう。

立海がカードを再び見て、顔を上げた。

「もみの木のツリー、すんごく大きいって。ねえ、行こうよ」

「奥峰生って遠いから……」

「でもハムたち学校まで歩いてきてるんだよ、ぼくらだって歩けるよ、ねえじいじ」

なんのお話ですか、と祖父が聞き、奥峰生の友だちから招待状が来たと立海が言うと、再び耀子の部屋に入ってきた。そして封筒の住所を見ると、ああ、と言った。

「知ってる？　じいじ」

「燻製屋のほうとは挨拶をする程度ですが、ここの嫁さんの親戚とは一緒に働いとります。よう知っとる。耀子の友達か」

「友だちってほどじゃないけど。でもリュウカ君とわたしに栗とか……くれて」

そうか、と言って祖父が封筒を耀子に返した。

「じいじ、じいじ、ねえ、ぼく、奥峰生にいきたい。クラブハウスの大きなおふろにも入りたい」

「燻製屋の丸太小屋はわしらのところとはちょっと違う。渓流沿いの、もちっと奥です。歩いていくのは感心せんな、耀子。お前たちの足ではちと遠すぎる」

「ね、やっぱりいいよ、わたし」

「じゃあ、テルコに言ってクルマにのせてもらう」

「耀子は坊ちゃんとは違う。お車には乗せられません」

「じゃあ、じいじのバイクにのっけて。ぼくら、二人、のれない？」

無理ですな、と祖父が台所に戻っていった。

「わたし、いいよ、行かない」

「なんで？　きっと楽しいよ。くんせい小屋とか、見たくない？」

「別に。ほかの子もいっぱいくるだろうし……リュウカ君だってお洋服のことを言われるのイヤじゃない？　またスカート君って言われるよ」

立海がちょっとひるんだ顔をした。

「およばれのときはちゃんとしたカッコするよ。ぼくがズボンはいてけばいいの？」

「別に……リュウカ君の格好がイヤじゃないの。そんなの全然、別に。けど……」

「なんでそんなにクリスマス会、イヤなのよ。いじめたやつらが来るから？　でもハムたちがいちばんつよいんでしょ？　ぼくらになんか、イヤなことするやつは、ぷっさらうってこの間ハムイチが手紙に書いてたよ。ぷっさらう、ってなに？」

「さあ……」

よくわかんないけど、と立海が笑った。

「なんか言われたら、ぼくもぷっさらう」

「けど……たぶん、おあんさんがだめって言うと思うし……」

「じゃあ、テルコがいいって言ったら、ぼくといっしょに行ってくれる？」

たぶんいいとは言わないだろう。そう思って、わかった、とうなずいた。

ところが翌朝、母屋に行くと、立海がうれしそうに玄関まで走ってきた。

「ヨウヨ〜、テルコがいいって。車でぼくらをおくってくれるって」

「えっ……車は……」

「じいじにはテルコがなんか言ってくれるって。行くよね、ねえ、行くよね」

ひゃっほーい、やほほーい、と立海が奇声を上げるなか、答えに困って耀子は途方にくれる。

クリスマス会なんて。

何を着ていって、何を持っていけばいいのかわからない。歌ったり、ゲームをするのも苦手だ。誰にも話しかけられないように、すみっこにいる自分が簡単に想像できた。

何よりも、大勢の子たちの前に出るのがとても怖かった。

※

立海は勉強室のカレンダーにクリスマス会の日を花の丸で囲み、毎日楽しげに眺めていた。それを見るたび耀子は不安になる。いつもなら立海がはしゃぐと、つられて楽しくなってくるのだが、今回ばかりはそんな気になれない。

しかも先週末から、とうとう立海はまったく遊んでくれなくなった。

さっきも勉強が終わったあと、銀杏の木の下で立海が母屋から出てくるのを待っていた。ところが現れた立海は耀子に目もくれず、全力疾走で対の屋に走っていく。話しかけられたら、ばい菌が移るとでも思っているような勢いだ。

ばい菌、間宮菌。菌が移る。

昔、学校でそう言われたのを思い出しながら、耀子は長屋へ帰る。今や完全に距離を置かれてしまったが、その理由を聞く勇気がない。

突然遊んでくれなくなったり、仲間はずれにされたりする理由は、誰も教えてくれない。勇気をふりしぼって聞いても戻ってくるのは、「別に」とか「なんとなく」という言葉だ。たまにそれに加えて「お母さんが遊んじゃだめと言った」「くさい」「きたない」と言われることもある。

そんな言葉を聞くぐらいなら、理由なんてどうでもいい。

だけど常夏荘に来てからは毎日、お風呂に入って、きれいにしている。「きたない」とか「くさい」とか思われることはたぶんないはず……だ。

うつむいたまま、耀子は石を蹴る。

だから、こわい。

「きたない」「くさい」なら、お風呂で一生懸命こすればいい。

だけど「別に」とか「なんとなく」には、どうしたらいいのかわからない。

横浜でも峰生でも、そして立海にまで距離を置かれるのは、自分の何が悪いのか。足元を見つめながら、耀子は考え続ける。

勉強中の立海はこれまでと変わらず、話をしてくれる。他の子と違って完全に無視しないのは、きっと優しいからだ。だから立海に聞いて軽く言われるのがつらい。

「別に」とか「なんとなく」と。

長屋の窓を開け、耀子は自分の部屋に上がる。カバンを置いて、畳に横になった。

透明人間になりたい。

目を閉じて、強く願った。

そしたらこんな気分に、どこかがちぎれたような気分にならないはず。

不安な気持ちのまま、いくつもの夜が過ぎ、迎えたクリスマス会の日は快晴だった。

青井が土曜の授業を今日に振り替えたので、午後は休みになった。しかしそのせいでいちばん苦手な授業、音楽とダンスに朝から苦戦して、足取り重たく耀子は長屋に戻る。

クリスマス会は三時からで、二時になったら立海が迎えにくると言っていた。たいして支度はないけれど、洗ったばかりの服に着替えていくつもりだった。

うつむいたまま掃きだし窓を開け、のろのろと部屋に上がる。そして首をかしげた。

部屋のまんなかに大きな紙袋があった。

あわてて祖父の部屋をのぞくと、文机の前で煙草をふかしていた。

気に入ったか、と目を合わせずに祖父が言った。

「気にいる？」

部屋に袋を置いておいたが、と祖父が灰皿に煙草《たばこ》の灰を落とした。

「あの袋？」

ああ、袋だ、と低い声で祖父が言った。

「およばれなら、きれいな格好をしていかんとな」

そう言われてあわてて戻った。紙袋をのぞくと、白い薄紙に包まれたものが入っている。おそるおそる開けると、真っ白なセーターと靴下、淡いピンクのジャンパースカートが出てきた。

ため息のような声がもれて、耀子は白いセーターに手を伸ばす。

立海のセーターのようになめらかな手触りだった。

それから靴下に手を伸ばした。白い靴下は薄くて、縁にはきれいなレースが二重についている。

サイズはあうか、と隣の部屋から声がした。

セーターを着てみる。少し大きめだが、その分、体を自由に動かせた。その上にピンクのジャンパースカートを着たら、裾がたっぷりとしているのに気がついた。

そっと回ってみる。ふわりと広がって、新しい生地の匂いがした。

靴下をはいて隣の部屋に行くと、祖父が煙草を消した。それから鴨居からカバーのかかったハンガーを下ろした。

カバーを取ると、紺色のコートが出てきた。

「わたしの？」

そうだ、と祖父が言って、よこした。

「着てみろ。来年も着られるように大きめにしたが」

ジャンパーではなくコートを着るのは初めてで、おそるおそる袖に手を通す。

「ちょっと大きいか？　いつものジャンパーにするか？」

ううん、と強く首を振った。

「着たい、こっちを着たい」

ポケットに手を入れたら、なめらかな裏地に触れた。すぐに手を出し、袖に触れてみる。厚手の紺色の生地が頼もしく、まるで大人の服みたいだ。

「着ていきたい。ずっとこれを着ていたい」

祖父がかがんで、文机の下から箱を出した。

白い箱に真っ赤なリボンがかかっている。

おあんさんからだ、と祖父が言った。

「一足早く、クリスマスプレゼントだとおっしゃっていた。あとでお礼を申し上げに……こら、口が開いとるぞ。だらしがない」

あわててきゅっと口を閉じ、耀子は箱を受け取る。どきどきしながら赤いリボンをといて箱を開けると、靴が入っていた。驚いて口を開きかけ、また閉じた。

つやつやと光る黒い靴だった。爪先《つまさき》は丸くて甲の部分にベルトがあり、足首のところで留めるようになっている。

いいエナメルだと祖父がしみじみと言った。

「エナメルって、なに？」

「こんな風に、すべっこくて光る加工をした、上等な革のことだ」

エナメル。エナメルのくつ。

きれいな色のキャンディを味わうように、初めて知った言葉の響きを楽しみ、両手に靴をはめて耀子は眺める。

履くより、飾っていたい。ずっと見ていたい。

サイズは合うかと言われて、祖父を見上げた。

「いつまで見とるんだ。靴は履くもんだ。手にはめるもんじゃない」

そっと足を入れると、祖父がかがんで爪先を押し、ぴったりのようだとつぶやいた。それから靴下を二つ折りにした。

「これは二つ折りにして、フチフチを外に出すんや」

見下ろすと、レースの飾りが足首をふちどっていた。

きれい……と思わず声が出て、下を見ながらそっと身体をゆすった。

ピンクのスカートの裾が揺れて、その先にレースの靴下とつやつやの黒い靴が見える。

これまで着た服のなかで一番きれいだ。

「ありがと、おじいちゃん、ありがと、ありがとう」

祖父が背中を向け「早く支度しろ」と怒っているような声で言った。

靴を脱ぎ、洗面所に行って髪をブラシでとかした。鏡で全身を見てみたいけれど、小さな鏡しかないので背伸びをしたら、ヨウヨ、と声がした。

靴をかかえて掃き出し窓に走る。そして勢いよく窓を開けて、また驚いた。

黒いロングコートに長いズボン。男の子の姿をした立海が立っていた。

「……リュウカ君？」

立海ではないような気がして小声で聞いた。まっすぐな黒髪と、革靴を履いた姿は小さな大人のようだ。

顔を上げた立海が目を見開いた。

「わあお！　かわいい。ヨウヨ、すんごくかわいいよ」

可愛いと言われて驚き、靴を落としそうになった。あわてて座って靴のベルトを留める。立ち上がろうとしたら目の前に手があった。

立海が手をさしのべている。

わたし、ばい菌……じゃないの？

おそるおそるその手に触れると、立海が微笑んだ。

「行こう、ヨウヨ」

手をつかんで立海が走り出した。

その力強さに、思わず耀子も駆け出す。

走ったらほおに風を感じた。その風は髪をなびかせ、後ろに流れていく。手を引かれながら、あたりを見まわした。空も木も風も、急に光り輝いて見える。

エナメルの靴はとても軽く、空を飛んでいるような気分だ。

思わず足下を見たとき、美しいレースの靴下が目に入った。

「あ、待って。リュウカ君、おじいちゃんにあいさつ。行ってきますって言わなきゃ」

おーい、じいじ、と前を向いたまま立海が叫んだ。窓が開く音がした。

「ぼくら、いってくるよ」

お気を付けて、と祖父の声がした。

行ってきます、と叫んで耀子も走る。しかしなぜか気になって振り返った。

遠ざかっていく窓から祖父が見つめていた。どこか悲しそうな顔をしている。足をとめかけたが、立海の手は力強く、再び前を向いて二人で走った。

手をつないだまま、わくわくした気持ちで立海の背を追いかける。

不思議だ。

あの夏もこんな感じだった。笹の下にいた小さな神様に引っ張られて、ここに来た。

不思議。

再びそう思って、耀子は笑う。

今もあのときと同じ。だけど今度は空も飛べそうなぐらいに、わくわくしてる。

通用門に着くと、黒塗りの車が門の前に待っていた。運転席から佐々木が降りて、後部座席のドアを開けた。手を離して、立海が言った。

「どぞ、どぞ、ヨウヨ。お姫さまが先なの」

「お姫さま？」

「ぼくはあっちから乗るからね」

立海が向かいのドアに走っていった。困って佐々木を見上げると、笑って座席へとうながされた。

こわごわ車に身体を乗り入れると、座席には真っ白なカバーがかかっていた。中央には大きな肘《ひじ》掛けがあり、背もたれにはレースのカバーがかかっている。

そっと肘掛けに手を置いてみたら、立海がコートを佐々木に預けて、隣に乗り込んできた。とても乗り慣れた感じだ。

佐々木がドアを閉め、車は走り出した。

振り返ると常夏荘がゆっくりと遠ざかっていく。

それを見たら緊張してきて、背筋を伸ばして座り直した。肘掛けに置いた手を膝の上で重ねたら、たっぷりとした生地のスカートが目に入った。

ピンクのスカート、黒いエナメルの靴、そして――。

横を見たら立海と目が合った。今日は白いワイシャツに濃紺のVネックのセーターを着ている。肘掛けに置いた腕からシャツの白い袖と腕時計がのぞいて、なんだか格好いい。

不意にさっき、立海にお姫さまと言われたのを思い出した。

お姫さまだって……。

窓から空を見上げたら、ほおが熱くなってきた。

車は峰生の集落を抜けて、山のなかに入っていった。

道の左右は木立が続いている。右の森は等間隔に木が並んで枝が少ない。しかし立海が座っている左手側の森はうっそうとして奥が見えない。

その違いが面白くて左右を交互に見ていると、立海が不思議そうに言った。

「どしたの、ヨウヨ」

「リュウカ君のほうは木がみっちりあって、こっちはスカスカ。奥まで見えてる」

「うちのお山はみんなスカスカしてるよ、ねえ、佐々木」

そうですね、と佐々木が静かに答え、立海が小さく笑った。

「ねえ、佐々木。きょうはテルコがいないから、いつものようにお話をしてよ」

運転席を耀子はのぞき見る。佐々木が微笑んでいた。

同じ長屋の隣に住んでいる佐々木は声が高めで、歌手や漫才師の物真似がうまい。この前はガレージの前で立海にツービートの『コマネチ』というギャグを教えていたら、鶴子に見つかって叱られていた。

三十を過ぎてもそんなバカをしているから嫁の来手がないのだと鶴子は嘆き、その後ろで立海が熱心に『コマネチ』をしていたから、佐々木は吹き出し、さらに怒られていた。

しかし鶴子が嘆くわりに、佐々木自身はいつも楽しげで、運転手のときは紺のブレザー、車の整備やボイラーの点検をするときはおしゃれな黒のツナギ、休みの日は革のジャンパーを着て、スクーターに乗って浜松に行く。そんなときは前髪を上げて櫛《くし》でなでつけ、少しいい匂いがする。リーゼントという髪型らしい。

今日は前髪を下ろして、神妙な顔で佐々木は車を運転していた。どうやら運転手は車のなかで話をしないというのが規則みたいだ。

お話ししてよ、と立海が熱心に言った。

「ぼく、おしゃべりしてるとあんまり、クルマによわないの。だまってるとウエッ、ってくるときあるけど」

「この前は一度も酔わなかったじゃないですか」

うん、と立海が答えて、耀子を見て微笑んだ。いつもなら微笑み返すのに、さりげなく耀子は窓の外を見る。

男の子の姿をしていると、立海は遠い世界の人みたいだ。

今日は大丈夫でしょう、と丁寧な口調で佐々木が言った。

「なんたって耀子ちゃんが一緒です」

だけど……と立海が答えた。佐々木が小さく笑い「内緒ですよ」と念を押した。

「がってん、しょうちのすけ……。あってる？」

あってます、と佐々木が笑った。

「そんじゃあ、立坊ちゃん、いつもの調子で話しますけどね」

「どぞ、どぞ～」

「今日の二人はむっちゃイカシテル。特に耀子ちゃん」

「そう？　ですか？」

うん、と佐々木が笑って、親指を立てて見せた。

「バッチリ、チリバツ。で、こっちの森がスッカスカで、あっちの森がモッサモサって話さ、スッカスカは耀子ちゃんのおじいさんたちが一生懸命手入れしてるからさ」

「手入れをするとスカスカ……なの？」

「スッカスカなのは、木がまっすぐ伸びるように枝を伐採するからなのさ。だから光が地面まで届いてきれいだろう。下草もいい感じで生えてる。山のことは俺、あんまり知らないけれど、モッサリしているのはこのあたりだけだ。ここから先はずーっときれいだよ」

暗かった森が急にすっきりとした木立になった。

思わず耀子は左右を見る。山の斜面に光があたって、森も地面もいきいきして見える。

「このあたりからは全部、立坊ちゃんちのお山だからずーっとずーっときれいだ。長野まで続いてるんじゃないかってほど続くよ」

「長野って？」

「天竜川の元をたどると長野県なんだ。山をいくつも越えれば着くよ。その山をすべて管理しているのが耀子ちゃんのおじいさんたちだ。ずーっとずーっと先の山まで常にきちんと手入れをしてる。だから間宮さんは留守がちなのさ、立坊ちゃんちのお山はたくさんあるからね」

そうなんだ……と窓に張り付くようにして、耀子は森を見る。

ずっと、祖父は山で何をしているのかと不思議に思っていた。

「ほうら、奥峰生の集落が見えてきた」

道が下っていき、小さな集落が見えてきた。

「お友達はきっと山道を歩いて来てるんだな。車道だと遠回りだけど山道だと結構近いから」

「みんな、お山を歩いてるの？」

窓の外を見ながら立海が聞いた。

「子どもは山道を歩く。大人はみんなスクーターやスーパーカブだよ。山に活気があったときは、バスもばんばん出てて便利だったけど、今はあんまり本数がなくてさ。最近はみんな車を持つようになってきたけど」

車がなきゃ生活できないわな、と佐々木がつぶやいた。

「だけどさ、若けりゃいいけど、年寄りがこれから免許を取りにいくってのは、なかなか大変でさ。その人らはカブさ。おっと、大人の話をしちゃったな」

「ぼく、大人の話すきよ」

「でも本当に内緒だよ、立坊ちゃん。運転手ってのは車のなかでベラベラしゃべっちゃだめなんだから」

がってん、しょうちのすけ、と立海が何度もうなずいた。

「ぼくらのひみつ。ぼく、シシカイのお話、だれにもしてないよ。男のひみつだもんね」

シーッと佐々木が言った。

「立坊ちゃん、それは内緒だったら」

「あっ。ヨウヨ、これ、ひみつね」

「なんのことだかわかんない。だから誰にも言わないよ」

「耀子ちゃんは賢いんだな、きっと」

しみじみと佐々木が言った。

「お父さんになんとなく似てるよ。そういうものの言い方とか」

賢いと言われたのも、父のことを聞いたのも初めてで、耀子は運転席に身を乗り出す。

「あの……お父さん……賢かったの？」

賢いよ、と佐々木がうなずいた。

「大秀才さ。あのまま会社にいたら、きっと将来は遠藤家の大番頭だったさ。俺らまぶしかったもん」

「おお……ばんとう？」

「立坊ちゃんちの会社の、ものすごく偉い人だよ」

父が遠藤家の会社にいたとは知らず、さらに耀子は運転席に身を乗り出す。

「わたしのおとうさんって……どんな人だったの？」

「俺も子どもだったから、チョクで話したことはあんまりないんだよ。当時は常夏荘にも人がいっぱいいて、俺らも別の長屋に住んでたから。ただ裕一さん……裕一さんってのは耀子ちゃんのお父さんの名前な。裕一さんの部屋は夜遅くまで電気がついてて、いっつも勉強してるって長屋のオバヤンはみんな言ってた」

けど……と佐々木が声を落とした。

「俺が物心ついたときは、裕一さんは峰生にいなかったたな」

「どうして、ですか？」

「このあたりで一番賢い高校に入ったんだけど、通えないんで浜松で下宿したんだ。そっから東京の大学に行って、いろいろあって会社をやめて、亡くなった……ってとこまでは聞いてた。でも実は結婚してたことも子どもがいたことも、耀子ちゃんが来るまで俺は知らんかった。間宮さんは何も言わないんだもん」

「そう……ですか」

背中を撫でてくれた大きな手のことをぼんやりと思い出した。目を閉じると、いつもよみがえったあの温かい感じは。

あれはおとうさんの手だと思うけれど、自信がない。

おとうさん。

心の中でつぶやいて、森を見る。

スカスカしていると感じた森が清々しく見えてきて、父と祖父が身近に感じられてきた。

「おとうさんも、この森……見たのかなあ……」

そりゃあ、見てるさ、と佐々木が答えた。

「このあたりの景色は見てるよ。奥峰生で暮らしてた時もあるんじゃないかな。それにさ、耀子ちゃんが今使ってる部屋って、裕一さんが昔、使ってた部屋だと思うよ」

「そうなの……?」

「なんだ、知らんかったの？　間宮さんは裕一さんのことになると、ホント何も言わないな。もそっと、なんか教えてやりゃいいのに。もっとも俺もよく知らないけど」

「知らない。わからない。大人はみんな、そう言うね」

独り言のように立海が言った。

「いやあ、立坊ちゃん。俺の場合は本当に知らないんだよ」

立海が小さく笑ったとき、道が二つに分かれ、佐々木が車のスピードを落とした。

「さて、こっちに行くと、遠藤林業の衆が集まってる基地がある。事務所って俺らは呼んでるけど」

立海が右手の道を指さした。

「ぼくはいつもこっちに行くの。クラブハウスってトコがあって、大きなおふろとか、イロリとかあるよ」

「でも今日のお呼ばれは燻製屋だっけ。燻製屋の丸太小屋なら、こっちだ」

佐々木が左の道にハンドルを切った。

「この集落で丸太小屋ってのはあそこしかないんだ」

山道を上がっていくと渓流が見えてきた。そこをしばらく上がっていくと、急に目の前が開けて、丸太小屋が三軒並んで建っていた。

二軒の煙突から煙が薄くあがっている。車は小屋の前に静かに停まった。

ドアに手をかけ、耀子は車を降りようとした。すると「そのままで」と佐々木が制した。そして車を降りて後部座席のドアを開けて、ウインクをした。

「ドアを開けるまでが俺っちの仕事なのさ。うしろの座席の人はエレガントに乗り降りするのがお仕事だ。さ、耀子ちゃん」

「エレガントって、どうやったらいいの？」

そいつは説明しにくいなあ、と佐々木が笑った。

「今度、おあんさんが乗り降りするところをこっそり見てみなよ。俺が見た限りじゃ、うちのおあんさんはダントツ、エレガントなご婦人だ。ま、とりあえず今日は気にせず、気楽に降りなよ」

新しい靴を汚さないよう、そっと地面に足をついて耀子は車を降りる。続けて向かいのドアを開けて立海を降ろすと、佐々木がトランクから小さな紙袋を取り出した。

中身は立海のラジカセだった。玄関まで運ぶと佐々木は言ったが、立海が自分で持っていくから大丈夫と言った。

一瞬、迷った顔をしたがすぐに姿勢を正して「夕方にお迎えにまいります」と佐々木が言った。それから車に乗り込んで方向転換すると窓を開けた。

「じゃ耀子ちゃん、楽しんでおいで。今日はホントにイカシテルぜ」

親指を立てた佐々木に立海が親指を立て返すと、車は走り去っていった。

二人で丸太小屋の玄関に向かう。呼び鈴がわりか、ドアの横に大きなベルがぶらさがっていた。背伸びをしてかわるがわる鳴らしてみる。

扉が開いた。それと同時に耀子は声を上げた。

天井の高い丸太小屋の真ん中に、見上げるようなクリスマスツリーが立っていた。

※

ハム兄弟の家が丸太小屋と聞いて、来る前に母屋にある百科事典で調べてみた。するとアメリカの開拓者の小屋の写真があった。それは太い丸太を組んで造った、どこか暗くて、荒々しい感じがする家だった。

しかし峰生の皆が丸太小屋と呼んでいる六田家は、外の壁は丸太で組まれているけれど、中の木材はつやがあって、とても明るかった。床はすべすべとした板で、スリッパを履いてみんなは暮らしている。

床から顔を上げると、立海を間にはさんでハム兄弟が前を歩いていた。今日はジャージではなく、二人とも半ズボンに茶色の毛糸のセーターを着ている。見慣れぬ服装に戸惑ったが、兄弟たちも立海の姿に驚いているようで、ハムイチが立海の背中をどんと叩いた。

「ああ、まぶしい、まぶしいわ、タツボン、今日はペカーッと光っとるで」

光ってる？　と立海が聞くと、ハムイチがうなずいた。

「むっちゃお坊ちゃんっぽいわ。なあ、スケ」

お坊ちゃんっぽいってさ、とハムスケが言った。

「イチ兄やん、タツボン君は本物のお坊ちゃんやで」

「そやけど、なんつうか……長ズボンって大人みたいやな。で、なんだ、間宮のほうは」

反射的にびくっと体が動き、耀子は振り返ったハムイチの顔を見る。

「ちょっと……そんなにビクッとせんといてや。俺、ほめようとしたんやけど」

怒ったようにハムイチが前を向き、今度はハムスケが振り向いた。

「マミヤンはむっちゃ可愛いで」

マミヤンという呼ばれ方に少し驚くと、ハムスケが笑った。

「俺は呼び捨ては苦手やで、マミヤンってよぶよ。タツボン君とマミヤン。なんか可愛いやん」

「女に可愛いとか、お前、ようそんなこと言えるな」

「イチ兄やんと違って、俺にはデリカシーちゅうもんがあるんよ」

なあ、とハムスケが立海に言い、みんなが笑った。

ツリーの横手にあるドアが開いた。

心そそられる匂いと一緒に、ようこそ、とほがらかな女の声がした。

「よう来てくれたね、ごめんねえ。今、ちょっとキッチンから出られなくて」

あれがオッカンな、とハムイチの声がして、ハムスケが振り返った。

「普段は奥峰生の診療所で看護婦さんをしとるん」

「あとですぐ紅茶を持って行くから、みんな座っててね」

ハイハイ、とハムイチが答えると、ハイは一回、と陽気な声がした。

また言われとるよ、とハムスケがつぶやき、ツリーの向こうを指さした。

「さあ座ってや。お客さまは窓際のベンチシートな。ツリーがよく見えるで。イチ兄やんと俺らは丸椅子」

窓の下にはベンチのような椅子が造り付けられ、緑色の細長いクッションが置かれていた。ベンチの前には大きな木のテーブルと切り株を活かした丸椅子がある。

電車みたい、と窓の下のベンチに立海は喜び、都会の電車ってこんな椅子か？　と真面目な顔でハムスケが聞いたとき、お盆を持ったオッカンが現れた。

「お待たせ。さあ温かいものを飲んで。あれあれ、なんて可愛らしいお友だち」

盆をテーブルに置くと、腰に両手をあててオッカンが笑った。小柄な人で、男の子のように短い髪をしている。

　えぇっと、とオッカンが言った。

「あなたが間宮ちゃんで、こちらがタツボン君ね。間宮ちゃんはイチと同い年だよね。ちっちゃいね。私と一緒だ、ミニミニサイズ。……ミニといえば、あれっ、天香はどこに行ったの？　今日は朝から楽しみにしてたのに」

「小さな王子さまとお姫さまに恐れをなしたのさ」

　低い男の声がして、クリスマスツリーの向こうから大男が現れた。すりきれたジーパンを穿き、黒いセーターの上に青と黒のチェックのシャツを着ている。

　その後ろにミカン色の手編みのセーターを着た子がいた。こちらもミニサイズの女の子で、大男の後ろにいると、ミカンというより金柑のようだ。

　オットン、天香、とハムイチが呼んだ。

「タツボンと間宮だよ」

　やあ、とオットンが手を上げた。ヤツデの葉のような大きな手だった。

「ああ、びっくりした。運転手付きのセンチュリーがウチに横付けされたと思ったら、なかから子どもが出てくるなんて……君ら、何者だ？」

　はじめまして、と立海が椅子から立ち上がった。

「遠藤立海です」

「遠藤、遠藤っていうと……下屋敷とか呼ばれてる家の子？」

　常夏荘だよ、とハムイチが言った。

「常夏荘のタツボンと間宮」

はあ？　とオットンがオッカンを見た。

「つまりあれか？　遠藤本家って呼ばれてる家か？」

「そうよ、本家の立海さんと間宮ちゃん」

「お前、知ってて呼んだのか？」

「もちろん……タツボン君と間宮ちゃん。いつも子どもたちが話してるやない。まさか来てくれるとは思わなかったから、うれしい。今日はゆっくりしていってね。ねーっ、天香」

ねーっ、と父の後ろから一瞬顔を出し、天香が答えた。

遠藤……遠藤本家ね、とオットンが言った。

「この峰生にまったく活気がないのは、みんなずーっとあの家におんぶにだっこで、自立する気力や気概を失ったせいだよ。なんでもかんでも資本家に頼りきり。搾取されているのも知らないで。遠藤林業が撤退したら、みんな、どうする気だろうな」

「そういう話はやめてよ」

紅茶のカップをテーブルに置いていたオッカンが手を止めた。

「常夏荘の人たちは奥峰生に来ると、みんなとおんなじお風呂に入って、お酒を飲んでる。昔っからそうだよ。本家の人たちはあなたの言う資本家とはちょっと違うのよ」

「パフォーマンスだよ」

オットンが太い腕を組んだ。

「パフォーマンスさ。ショーファー付きのセンチュリーでやってきて、山の労働者と酒を酌み交わす。資本家のやることは矛盾しているな」

愚かなり、とオットンが笑った。

「それに本家の次の当主は山嫌いって聞いたぞ。林業も輸入材に押されて風前のともしび。わかるだろ？　俺たちが地元の木材でログハウスを造っても、丸太小屋とあざ笑う始末。ここの奴らは新しい試みってのを、てんで受け入れない」

「ぼくは……お山がだいすきです」

控えめな口調で立海がつぶやいた。

そうか、とオットンが腕を組んだまま立海を見た。

「君は今の当主の息子さんだっけ。親父様ってみんなが呼んでいる人の。なるほど……ご老体も頑張るわけだ。じゃあ跡を継ぐのは孫じゃなくて、息子の君ってことかな」

立海がうつむき、ベンチに座った。

いい加減にして、とオッカンがオットンに鋭い声で言い、立海の横に行った。

「ごめんね、タツボン君。気にしないでね、偏屈なおじさんのことは。おばちゃんね、今日はうれしくって、みんなのために腕をふるってご馳走を用意したから……。気にしないで……気にしないで、楽しんでいって」

鍋がふいてるぞ、とオットンが言い、あわててオッカンが走っていった。その後ろ姿を見ながらオットンがつぶやいた。

「さてさて御曹司《おんぞうし》のお口に合いますやら」

その口調に思わず耀子はテーブルに手をつく。何を言っているのかわからないが、怒りで勝手に立ち上がっていた。しかしその瞬間「コラァ」と怒鳴られ、驚いて椅子に尻餅をついた。怒鳴ったのはハムイチで、丸椅子を転ばせて立ち上がると、オットンに向かっていった。

「コラァ、オットン、いい加減にしろや」

「大人の話に割り込むな」

「だからオッカンが話してる間は黙ってたやろ。オットンこそ、俺の友だちにワケワカランこと言うな」

立海の向かいにいたハムスケがゆらりと立ち上がった。

「オットン。タツボン君もマミヤンも、わざわざおめかしして来てくれたんやで。二人ともちっこいんやから、そりゃあクルマで来るやろ。このカッコで歩けちゅうのか？」

そやで、とハムイチが足を踏みならした。

「オットンがな、難しいこと言うて、なんでもかんでも反対するから、見ろ。招待しても、村のどっこの、だあれも、来てくれへん。タツボンと間宮だけやで、遊びに来てくれたん。人を怒らすようなことをイチイチ言うから、天香だっていじめられて、ハブンチョにされるんや。村の人はともかく、俺らの友だちにまでワケワカランこと言うなや」

ハムイチが詰め寄った。

「オットンにはな、デリカシーちゅうもんが無さすぎるわ」

「お前に言われたくないぞ、イチ」

「だってホントに無いんだもん。オットンなあ、一回、頭いぶしてこいや！」

ケンカしないで、とキッチンからオッカンの怒鳴り声がして、天香が泣き出した。ハムスケが台所に向かって声を上げた。

「ああ、ケンカしてないよ、オッカン、いつもの議論。天香、おい、泣くなよ。こっち来い。タツボン君もマミヤンもいるぞ」

オットンのうしろで、天香がうずくまって首を振った。

ハムスケが座ると、紅茶のポットを手にした。

「もう……二人とも気にせんといてな。うちはいつもこうなんや。俺らは俺らで、楽しくやらまい。紅茶に角砂糖入れっか？　何個だ？」

立海がぼそりと三個、と言った。

「三個？　リュウカ君、入れすぎじゃない？」

「それ、入れるよりかじったほうが早くね？　じゃあ一個食いなよ」

「おい、こら、スケ」

ハムイチが怒鳴った。

「お前、何を自分だけみんなと友好を深めとるんや。お前のほうが賢いんやから、オットンに何か言うてくれさ」

「知らん。二人そろって燻製小屋でいぶされてこい。ねーっ。天香」

天香は黙っていた。ハムスケがまた声をかけた。

「ねーっ。ほら、天香、ねーっ、ねーっ」

ねーっ、と天香がうつむいたまま、つぶやいた。

その声に応えて、立海が、ねーっ、と言い返したら、天香が顔を上げた。どうやらこの言葉を言い合うのが、天香のお気に入りらしい。

声を合わせて、ねーっ、と言ったら、天香が立ち上がった。

「オットン、のいて」

天香がオットンを押しのけて歩いてくると、立海の隣にちょこんと座った。

なんだよ、みんな、と言って、ハムイチがテーブルに戻ってきた。

「俺も紅茶を飲もっと。おい。お前ら、俺とも友好深めろ。オットンは燻製小屋にいけ。タツボンは角砂糖をまず食え」

角砂糖に立海が手を伸ばすと、オットンが耀子を見た。

「君も遠藤家の人？」

「いいえ。常夏荘に住んでるけど……わたしは」

なんだろうか？　そう思ったとき、立海の声がした。

「ぼくのおともだち」

「爆走カブ・ジジイの孫」

イチ兄やん、とハムスケがハムイチを肘でこづいた。

「マミヤンは事務所の間宮さんの孫だよ」

ふうん、とオットンがうなずいた。

「つまり御曹司と使用人の孫娘ってことか。それは興味深いコンビだ」

角砂糖から手を引っこめ、立海がまっすぐにオットンを見た。

「おっと……ごめん。そろそろ退却しよう。きわめて形勢不利だ」

いぶしにいくの？　と立海が聞くと、「そうだよ」とオットンが答えた。

「頭を、ですか？」

「マミヤン、けっこう辛口……」

ぼそりとハムスケが言うと、愉快そうにオットンが笑った。

「そうだな、少しばかり頭もいぶしてくるか。でも今日はソーセージの日さ。町のレストランに納めにいく分をね」

ソーセージ？　と立海が聞くと、うん、とオットンが指さした。

「ほら、あれさ」

お待たせ、と声がして、木製のワゴンを押してオッカンが現れた。ワゴンの上には銀色のふたをかぶせた盆とサラダが入った木製の鉢、取り皿やグラス類が載っている。

オッカンが銀盆をテーブルに置き、ふたを開けた。

みんなが歓声を上げた。長さも太さも違うウインナーが湯気をたてて並んでいる。

これがソーセージ？　と耀子は銀盆を見る。

ソーセージと言ったら、ピンク色の魚肉ソーセージで、ウインナーと言ったら、皮が赤いものだと思っていた。だけど目の前のソーセージは陽に焼けたような茶色のウインナーだ。

身を乗り出すようにして、立海が盆をのぞきこんだ。

「ねえ、なんでウインナーの大きさがちがうの？　みんな味がちがうの？」

「少しずつ違うわよ」

木製のナイフとフォークでサラダをまぜながらオッカンが笑った。

「こっちの大きいのがフランクフルト・ソーセージ、小さいのはウインナー・ソーセージ。本場のソーセージは太さや詰めるお肉が土地によって違うみたいなの」

「本場ってどこ……ですか？」

「欧州さ」

姿が消えたと思ったら、オットンがたくさんの瓶をかかえて戻ってきた。

「フランクフルトってのは、あれだ、『アルプスの少女』のクララがいたところ。ウインナーってのはウィーンという地名から来てるんだけど、まあ、まずは一本、食べてみてくれ」

ハム兄弟と天香がソーセージを手でつかんだ。それを見て立海と耀子もソーセージを手に取る。せえの、で一斉にかじった。

ポキンと小気味よい音がしてソーセージが折れ、うまみのある汁が口いっぱいにひろがった。思わず口元に手をあて、耀子は立海を見る。

ポキンっていったよ、と立海が目を見張った。

「ハムイチ、ポキンっていったよ」

「スープが出てきた、ハムイチ君。じゅわって、汁が」

うめえだろ、とハムイチが笑って、またかじると軽快な音がした。続けてハムスケと天香もポキポキと音を立てる。音までおいしい、と夢中になって耀子もウインナー・ソーセージをかじる。みんながたてる音を聞くだけで、ほっぺたが落ちそうになり笑ってしまう。

「むちゃくちゃうまそうに食べるね、君たち」

軽く頭をかきながらオットンが言うと、持ってきた細長い瓶を開けた。

ポンと軽快な響きがして、栓が抜けた。それからオットンが一人ひとりのグラスに瓶の中身を注いだ。薄い黄色がかった飲みもので泡が立っている。

「そんなに喜んで食べてくれるとうれしいな。シャンメリーも飲んでくれ。炭酸系の飲み物は口のあぶらをさっと流して食欲を増進させるよ、そうだ、イチ」

ほいきた、と言って、ハムイチが立ってどこかに行った。

うっとりとした顔で立海がグラスの飲みものを見た。

「ぼく、シャンメリーってだいすき」

そっと耀子も細長いワイングラスを口にする。

冷たい泡がはじけながら、のどを通っていった。サイダーのようだけど、きれいなグラスに入っていると大人の飲みものみたいだ。

両手でグラスを包んで、はじける泡を見た。

「シャンメリーって……わくわくする……わくわくするね」

独り言のつもりが、キッチンに戻っていこうとしたオッカンが笑った。

「じゃあ耀子ちゃん、大人になって本物のシャンパンを飲んだら、もっとわくわくするね」

「大人用はもっと、わくわく……するの？」

「私は一回しか飲んだことがないけど、とてもわくわくした。東京で働いてたときにね。オットンは？」

「気の合うヤツと飲めば、色付き水も世界最高の飲みものだ。逆もまた真なり。世界最高のシャンパンも気の合わぬヤツと飲めばションベン水よ……」

あなた、とオッカンが顔をしかめると、「オットンよお」と小ぶりの木のワゴンを押しながら、ハムイチが現れた。ワゴンにはガラスの貯蔵瓶が四個載っている。

「みんなが飲んでるときにそういうこと言うのやめろよ。この前、自分の友達にも言われてたやろ、カレー食ってるときに変な話するなって」

悪かった、とオットンが軽く両手をあげた。

「今のは悪かった。そろそろ退散しよう」

ケーキの仕上げをするためにオッカンがキッチンに戻っていった。ゆっくりしていくようにと言って、オットンが玄関を出ていく。

玄関のドアが閉まったら、変わり者でごめんな、とハムイチが小さな声で言った。

※

ソーセージとシャンメリーでお腹《なか》が満ちてきたあと、立海が持ってきたラジカセにテープを入れると、音楽が流れてきた。『ジングル・ベル』や『きよしこの夜』が軽快なリズムで演奏されている。青井がテープを作ってくれたのだという。

しゃれとるなあ、とハムスケが言った。

「オットンらもこういうの、友だちとよう聴いてる。ジャズって言うんやろ?」

さあ、と立海が首をかしげると、ハムイチが苦々しげに言った。

「タツボンのこれはわかるけどさ、俺、オットンらが聴いてる音楽、よくわからん。なのにテレビの歌番組をみんなで見てるとムチャクチャけなすんだよな」

うちのオットンはムコヨウシだもんで、とハムスケがシャンメリーを飲み干した。

「ひねくれとるんだ……と俺らのバアヤンは言うてるよ」

ムコヨウシとは何かと聞くと、ハムイチがハムスケに説明しろと肘でこづいた。

「うまく言えんけど、ここはオッカンの土地で、オットンがお嫁に来て、家を建てたん。六田ってのはオッカンの名字で……オットンは東京にいたけど、運動しすぎてこっちに来たんよ」

「うんどうってなに？　テニス？　スキー？」

「学生の運動だって」

体操とか？　と聞くと「さあ」とハムイチが言って少しあわてた顔をした。

「タツボンも間宮も、これ内緒な。あんまり外で言ったらいかんって言われとるん」

「けど、オットンは自分からベラベラ言ってるよ。東京からそんときの友達もちょくちょく来るし。オットンらは外国語が読めるから、あっちの本を読んで、カラダにいいログハウスやら、食べ物のことやら勉強しとんの」

「ソーセージのべんきょう……いいなあ……」

立海がうっとりとした顔をした。

「ポキン、って。……ああ、おいしかったあ」

「うれしいこと言うなあ、タツボン。サラダも食えよ。上のカリッカリのベーコンがなあ、たまんねえの。よそったろか？」

うなずいた立海がグラスを手にした。

「シャンメリーもおかわり、いい?」

「おお飲め、飲め。けど、シャンメリーもいいけどな、こっちのガラスんなかにシロップがあってさ」

ハムイチがワゴンの所に行った。赤いふたのついたガラス瓶のなかに、いろいろな果実が入った液体が入っている。

「このシロップをこっちの炭酸水に落とすとベリ、ベリイ、ウマイ。こういうの、見たことあっか?」

ある、と立海がうなずいた。

「ヨウヨんちにある。ぼくらは井戸のお水でのんでる。キンカンはある?」

「うちに金柑はないな。ここにあんのは、野イチゴ、ヤマモモ、カリン、プラム……。なんだよ、天香、こわい顔して走ってきて」

すみっこでじっと立海を見ていた天香が突然、立海の前に駆け寄ってきた。

「天香はカリンだ。タツボンくんもカリンにしろ。カリンはウマイ。そんで天香とあそべ」

「え、そう? じゃあ……カリンを、おねがいします」

戸惑った顔で立海がうなずき、天香が立海の顔をじっと見た。

「なあ、アヤトリすき? アヤトリすきになれ」

「えっ、なに? なにを好きになるの? ハムスケ……ぼく、おこられてるの?」

「天香は一生懸命話すとそうなっちゃうんだ。気にせんといて。ねーっ、天香」

ねーっと言って天香が立海の腕をつかんだ。そして飲みものを受け取ると、立海を引っ張っていった。

ハムイチがマドラーを振った。

「おい間宮は？　チビ組はカリンだけど、お前はプラムにしとけ。これはな、すごいぞ。一日中、サッカーしたあと、これを飲むと疲れがバッチリとれるんや。背も伸びるぞ」

「えっと、じゃあプラム……」

しかしシャンメリーの泡をもっと見ていたくなった。

「でも、やっぱりシャンメリー」

「お前、ホントにそれ好きだな。よっしゃ、まぜたるよ。プラム・シャンメリーや」

おしゃれやな、とハムスケが笑った。

「そんならぼくは、カリン・シャンメリー」

渡されたグラスを飲み、耀子は目を閉じる。唇に触れる泡の感触と、のどをするりと通っていく液体にうっとりとしたら、おなかの底から楽しくなってきた。

おいしい、と笑うと、ハムイチがマドラーで頭をかいた。

「な、なんか今日の間宮は、ちょっと違うな」

ほめられた気がして顔がゆるんだ。きっときれいなこの服と靴のおかげだ。幸せな気分になって、プラム・シャンメリーを一気に飲むと、自然に顔がまた笑っていた。

「これおいしい。プラム・シャンメリー、すごくおいしいです」

「じゃあうんと濃いの作っちゃるよ、待っとれや」

この瓶はどこから出してきたの、とガラス瓶を指さしたら、ハムイチが食料庫があるのだと言った。キッチンの向かいが地下室になっているらしい。

「地下室？　地下室があるの、ハムイチ君」

地下室って言っても、とハムイチが部屋の向こうを指さした。

「そう呼んでるだけで、ちょっと床が低うなってるだけの部屋や。そこにいろいろ食べ物とか置いてあるん。シロップとかジャムとか。キノコや山菜の瓶詰めとか」

地下室、と心のなかでつぶやいて、耀子は濃いめのプラム・シャンメリーを飲む。

勉強室の本棚にある外国の物語にはよく『地下の食料庫』が出てきた。そこはマーマレードやピクルスなどの瓶詰めが置かれている素敵な場所らしく、いつもどんなところかと思っていた。

見にいってもいい、と聞くと、もちろん、とハムイチがうなずいてマドラーを振った。

「おおい、スケ、お前もおかわり飲め」

立海を誘おうと見ると、天香とアヤトリをしていた。

楽しそうだったので、一人で指さされた方角に歩くと、階段があった。五段ほど下りた先に、木製の棚が並んだスペースがあった。

大きく息を吐いて、耀子はあたりを見回す。木の棚の上にたくさんのガラスの貯蔵瓶が置かれ、いろいろな果物や木の実が沈んでいる。色合いはどれも違うが、祖父の金柑の蜂蜜漬けと雰囲気が似ており、どれも甘くておいしそうだ。

プラム、ワイルドストロベリー、カウベリー。カタカナで書かれたシールの名前を一つひとつ読んでいく。

背伸びをしたり、かがんだり、いろいろな瓶詰めを見ていたら、眠くなってきて横になった。

クリスマスの音楽にまじって川の音がかすかに聞こえてくる。この家の裏にはきれいな小川があり、夏になるとハム兄弟はプール代わりに毎日そこで遊んでいるそうだ。

素敵、と心のなかでつぶやいた。

どこまでも続く緑の森。きれいな小川、ポキンと鳴るソーセージ、地下の食料庫。

すてき……。

ヨウヨがいないよ、と立海の声がした。

「ヨウヨ、おーい、ヨウヨ、ヨウヨ」

さがしてくれてる……。

そう思ったら、うれしくて身が丸まった。

リュウカ君が、さがしてくれてる……。

軽い足音がした。起き上がろうとしたけれど、眠っていたい気もして、そのままでいると、上から立海の声が聞こえた。

「あ、ヨウヨがねてる」

「寝てない……寝てないよ」

ゆっくりと身を起こすと、立海の心配そうな声がした。

「どしたの、ヨウヨ。具合わるいの？」

「ううん。全然」

心配そうにのぞきこまれて、耀子は微笑み返す。

立ち上がると、ラジカセの音がはっきり耳に入ってきた。

さっき聴いたものと違うジングル・ベルが鳴っている。小気味よいリズムで、音の粒が見えるようだ。

立海と並んで階段に向かったら、ジングル・ベルが終わり、聞き慣れた音が鳴った。

きらめく音が下から上へと一気に吹き上がる。

「リュウカ君、ザナドゥだ」

「オリビヤさんだ」

それは偶然にラジオで録音して以来、何度も立海と聴いている曲だった。歌っているのはオリビア・ニュートン・ジョンという、世界中で人気がある歌手だと青井が教えてくれた。

立海が笑った。

「ぼくらが大好きな曲、入れてくれたんだね」

二人で階段を駆け上がると、オリビアが歌い出した。

その声に合わせて耀子は体を揺らす。急に回ってみたくなって、一回転したらピンクのスカートがふわりと広がった。

きれい。

さらにうれしくなって音にあわせて体を動かす。リズムが体に入り込み、軽々と手足が動いた。

『うれしい』を体で表すと、どんな感じ?

青井の声を思い出した。

それはね、と耀子は足でリズムをとる。

「うわあ、なんだ、間宮が踊ってんぞ」

「テンカもおどる」

天香がやってきた。二人で腕を組んでくるくる回る。スカートがひるがえり、歌い出したいほどのうれしさがこみあげてきた。

先生、と耀子は心のなかの青井に答える。

『うれしい』を表現すると――。

くるくる回って、空に浮かび上がりそう……。

『たのしい』を表現すると――。

手がうんと広がって、体中が歌い出しそう。

素早く回転してみせ、耀子は立海に手を伸ばす。立海が微笑みながら、手を取った。

「ヨウヨのスカート、お花みたいだ。ふわーっとひろがって、ピンクのお花みたい」

「じゃあね、右手同士で手をつないで」

立海と手をつなぎ、向かいあって身体を揺らした。

「おどってる、お花。ほら、なでしこ。おあんさんが言ってた」

一瞬、考えこんだが、立海がはじけるように笑った。

「ほんとだ、あのマークだ。おどる、なでしこだ」

それは常夏荘の蔵で見たマークで、横にしたSの字のような曲線の先に撫子の花がついていた。

二つの花が手をつないでいるようで、心にずっと残っていた。

天香が兄たちの手を握って身体をゆすった。妹に合わせて二人の兄弟もリズムを取る。

このまま踊っていたい。ずっと踊っていたい。そう思ったとき、天に昇っていくようなオリビアの優しい声がして、音楽は終わった。動きを止めたとたんによろめき、耀子は尻餅をつく。みんなもしゃがみこんだ。

いつの間にか、オットンとオッカンが部屋の隅で微笑んでいた。オッカンが手を叩いた。

「みんな、椅子に座って一息つかない？　ケーキの用意ができたよ」

立ち上がろうとしたが、急に目がまわって耀子は膝を床についた。

「どうしたの、耀子ちゃん？」

「目がまわる……」

「あっ、なんか……ぼくもふらふらする」

「踊りすぎだよ、お前ら」

オッカンがシロップの瓶にふたをしようとして、首をかしげた。

「あれっ……これこれ、ハムイチや」

「ハイハイ」

ハイは一回、とオッカンがハムイチの頭を軽くはたいた。

「プラムって書いてあるけど……お前、この瓶をどこから持ってきたの？」

「どこからって。俺がいつも飲んでるやつ」

「いつも？　お前たちのシロップはウメって日本語で書いてあるはずだけど」

「だってウメって書いてあんのダサイ。プラムのほうがカッチョいいし……そのシロップ、疲れがすげえとれるんだよ」

イチ、とオットンがラベルを見て、なかの匂いをかいだ。

「シロップじゃない。こっちは酒だ」

「えっ？　でも、すんげえ甘いよ」

「はちみつの梅酒だ。はちみつを足してあるんだ」

ああっ、とハムイチが大声を上げて振り返った。

「しまった、俺、さっき間宮にすんごい濃いの作っちゃった。けど、俺、毎晩それ飲んで寝てっけど平気だよ。コテンって寝れるんだ」

あきれた、とオッカンが手で顔を覆った。

「イチ、それは寝るというより、酔ってたのよ。ああ……どうしよう。ちっちゃな子を酔わせちゃった。ごめんね、耀子ちゃん、お水を飲んで、水、水」

じっとしていたら目が回るのはおさまってきたが、今度は気持ちよく眠くなってきた。

薄目をあけると立海もしゃがんでいた。

「タツボン、大丈夫か？　お前も酔っ払ったのか」

「あっ、ゆさぶらないで……」

「水、お水、お水」

「いや、オッカン。タツボン君は飲んでないよ。チビ組はカリンシロップだ。ああ、マミヤンが……」

目を閉じたら「ヨウヨ」と立海に呼ばれた。大丈夫だよ、と手を振ろうとして身体を起こしたが、そのまま背中から壁にもたれてしゃがみこむ。

しゃがんで目を閉じる。それはずっと慣れた動きだった。だけど前とは違う。

もう、うつむかない。

不思議、と耀子は微笑む。

あたらしいじぶんをつくるという言葉を覚えたら。

笑ったり踊ったりできるようになった。それに――。

間宮、マミヤン、マミヤンちゃん、と頭の上から色々な声が降ってくる。

友だちができたよ。

目を開けたら、友だちがいるよ。

――ヨウヨ、と立海の声がする。たくさんの声のなかで立海の声だけがはっきりと耳に届く。

返事をしようとしてできず、耀子は立海のことを考える。

きらわれたら、かなしいよ。

あの子にきらわれたら、とってもさびしい。

踊る撫子のマークがくるくると頭のなかで回る。しゃがんでいられず、前に倒れた。

誰かが受け止めてくれた。温かい手が背中をさすってくれている。

それはとても小さな手だったけれど、幸せな気持ちがあふれそうにわいてきた。

※

目を覚ましたら大きなクリスマスツリーがすぐに目に入ってきた。

もみの木のてっぺんに輝く金色の星を耀子はじっと眺める。ここはどこかと一瞬考えて、ハム兄弟の家で目を閉じたのを思い出した。

起き上がると、ツリーの下にマットレスが敷かれ、そこに寝かされているのがわかった。

食事をしていた大きなテーブルには、みんなが顔を寄せ合って座っている。ゲームをしているようだが、すぐに立海が気付いてくれた。

「ヨウヨが起きたよ」

みんなが手を止め、お水を飲んで。オッカンを先頭にして駆け寄ってきた。

「耀子ちゃん、気持ち悪くない？」

黙って耀子は頭を振る。少し頭が痛むけど、それよりみんなに囲まれているのが恥ずかしい。

「大丈夫。気持ち悪くない」

「ごめんな、間宮」

「本当にごめんね、耀子ちゃん」

大丈夫、と再び言って、うなずいたら、なぜか笑えてきた。

「おい、まだ酔っぱらってんのか？」

「ううん。なんか……なんかね……」

ハムイチとハムスケの間に天香がいる。よく似た顔が三つ並んでいるのを見たら、また笑ってしまった。

「まだ酔っぱらってるよ、マミヤン」

「ヨウヨ、あったかいお茶……」

立海がテーブルに駆け戻り、紅茶のカップを両手で持って運んできた。それを飲み干したら、もう少し眠っていた方がいいとすすめられ、耀子はまた横になる。

ツリーにさがった赤や緑の玉がきらめき、天使の飾り物が揺れていた。それを見ているうちに、まぶたが下がってきた。するとと七夕の笹飾りが心に浮かんだ。

ツリーはどっしりとしているけれど、笹飾りは風にやさしく揺れて音がする。さやさやと鳴る笹にまじって、しゃらしゃらとかすかな響きをさせるのは、色紙で作られた鎖だ。

風にたなびき、笹にからまり、たおやかに、細い鎖が揺れている。それは、やがて金色の糸になり、流星のように輝きながら、小さな神様の着物の背につながっていった。

なんてきれい……と追いかけていったら、祖父の声がした。

薄目を開ける。起き上がると今度は誰もいなかった。

オッカンがあやまっている声がして、こちらこそ、と祖父の低い声がした。

「普段は食の細い子なんですが、お宅様が楽しくて、つい、度を越して飲んだり食べたりしてしまったんやろう。しつけが行き届かず、お恥ずかしいことや」

「恥ずかしいだなんて。ぼくらはうれしかったですよ」

オットンの声がした。

「子どもたちがおいしい、おいしいって、もりもりとソーセージを食べてくれるのを見て、本当にうれしかった。うちこそ、いたらん小僧どもで。せっかく遊びに来てくれたのに、いろいろすみません」

起きあがってツリーの向こうにある玄関に向かった。

おじいちゃん、と声をかけると祖父がゆっくりと顔を動かし、耀子を見た。

「大丈夫か。楽しそうな顔をしているな」

心配ない、と祖父がオットンに言った。

「わしもこの子の父親も酒は強いほうでしてな。姿形は似ていないが、中身はどうやらわしらに似ているらしい。娘っ子じゃなく、男であったらと思いますわい。だから、そう恐縮なさらず」

じいじ、と声がして、立海が歩いてきた。

「おお立坊ちゃん。坊ちゃんも楽しそうだ」

「まだ帰りたくないよ」

泊まってけよ、とハムイチの声がして、天香が笑った。

「とまれ。とまってけ、みんな」

「だめ？　じいじ」

祖父が少し笑い、立海の前にかがんだ。

「それはまた今度にしましょう、立坊ちゃん。楽しみはいっきに楽しまず、少しずつ味わうもんです」

「そうなの？」

祖父がうなずいた。

「ゆっくり、ゆっくり木は育つ。なんでも一緒だ。今日のところはおいとましましょう」

オットンが腕を組んで、うなずいた。

「ハムも友情も熟成が大事ってこったね。おい、お前ら、ちゃんとごあいさつしろよ。おい……イチ、スケ、なんでお前らは裸で歩いてるんだ？」

ツリーの向こうから現れたハム兄弟は、なぜか上半身が裸だった。

「へっ？　いやあ、みんなでハラ踊りしようと思って。タツボンが教えてほしいっていうから

……タツボン、ハラ踊りは今度やらまい」

「やらまい、やらまい」

「お前たち、変なことを御曹司に教えるなよ。本当にすみません」

でもハラ踊りっていえば、とオッカンが楽しそうに笑った。

「もとは遠藤林業の伝統芸？　お正月の宴会芸ですよね。私、子どもの頃、叔父たちが踊ってるの見たことがある。おなかにおしろいを塗って、人の顔を描いて、胸まである笠をかぶって、みんなでエッサホイサと踊ってた……大人になったら立海君も踊るのかな」

それはないでしょう、と丁寧に祖父が言った。

「でも龍一郎様も踊ってましたよ。みんなの先頭きって、すごく楽しそうに」

「リウイチロウはハラ踊りがだいすきなのよ」

オッカンを見上げて立海が言い、やっぱりね、とオッカンが立海にうなずいた。

まあ、と重々しく祖父が言った。

「酔うとやっておられましたがな」

「じいじもやるの？　教えて、じいじ」

まあ、と祖父が咳払いをして、立ち上がった。

「大人になりましたらな。さ、ご挨拶なされ」

別れの挨拶をして外に出ると、祖父がバイクに乗った。乗れと言われた気がして、バイクに近

づくと「車に乗りなよ」と佐々木に言われた。

「今日は子どもたちの日だって、おあんさんがおっしゃってる。気にしない、気にしない」

祖父を見上げたら、静かな声で「乗せていただきなさい」と言った。そして六田家の人々に軽く頭を下げると、バイクを走らせていった。

車に乗り込むとすぐに動き出した。

振り返って耀子は六田家の人々に手を振る。

よく似た顔の兄弟が手を振る後ろに、オッカンとオットンが寄り添っていた。そのオットンに抱かれて、天香が手を振っている。大きなオットンの手の横で、天香の手はますます小さく見えた。天香の手の隣にはオッカンの白い手が揺れていた。

別れ際におみやげだとハムをもらったとき、オッカンの手に触れた。とてもやわらかくて、かすかにいい匂いがした。母が使っていたハンドクリームと同じ匂いだった。

五人家族が寄り添い、手を振っている。

おとうさんの手はみんな大きくて。おかあさんの手はみんないい匂いがするんだろうか。

天香が何かを言い、ハムイチの両親が笑った。そして兄弟が父母を振り返り、家族みんなが笑った。

車が道を曲がり、六田家の人々は見えなくなった。

座席にきちんと座り直したら、なぜか涙がこぼれ落ちてきた。

あれ、と言って耀子はほおをぬぐう。どうしたの、と立海が小さな声で言った。

「変なの……涙……涙が」

立海が物憂げに耀子を見た。それから少し手を動かしたが、途中でやめて車のドアにもたれた。

「どうしたの、リュウカ君」

軽く首を振って、立海が窓の外を向いた。話しかけるな、と言っているようだ。

なんだろう……と耀子は立海を見る。

さっきまであんなに笑っていたのに。

運転席と助手席の合間から、祖父の後ろ姿が見えた。背筋をまっすぐに伸ばして、バイクを走らせている。

楽しかったかい、と佐々木が言った。

「はい」

「立坊ちゃんは？」

うん、と立海が生返事をした。

「疲れたのかい？」

すこし、と立海がつぶやいた。

祖父のバイクがどんどん小さくなっていく。

「相変わらず飛ばすなあ、間宮さん」

鮮やかだね、と佐々木が笑い、つられて耀子も笑って立海を見る。

立海は窓の外を見ていた。

完全にそっぽをむかれて、耀子はスカートのしわをのばして座り直す。

みんなといるときは仲良くしてくれたけれど、それが終わったら、もう、話したくないのだろうか。

　夕焼け空がしだいにくすんで、暗くなってきた。

　前を見ると、バイクに乗った祖父の背中が見えた。迎えに来てくれたのだと思ったら、一人で走っていく姿が寂しく見えた。

「あのう……佐々木さん」

「なんだい？」

「おじいちゃんのバイクに……乗ってみたくなってきた」

「そうかい？　でも、そんなきれいなナリで乗るのはちょっと可哀想だな」

「おじいちゃんが……さびしそう」

　じゃあ合図するよ、と佐々木が言い、耀子は立海に顔を向ける。

「リュウカ君……私ね……」

　車を降りる、と言おうとしたら、立海が口を左手でおおっていた。

「リュウカ君……どうしたの？」

　佐々木、と小さな声がした。

「袋……」

　佐々木がどこからか手早く袋を出した。紙袋のなかにビニール袋が入っている。

「坊ちゃんに渡して」

　あわてて渡すと、立海がむせるようにして袋に吐いた。それから手で口をぬぐおうとして、また吐いた。大丈夫、と聞いて、立海の背に手を伸ばそうとしたとき、車が路肩に停まった。

佐々木がドアを開け、抱え上げるようにして立海を降ろした。祖父がバイクをUターンさせて戻ってくる。重たいドアを開けて外に出ると、立海が地面に手をついて吐いていた。

祖父が立海に駆け寄り、首に巻いた手ぬぐいを取ると、耀子に投げた。水で濡らしてくるように言っている。

路肩の山肌の間から、清水が小さな滝のように落ちて足下の溝へ流れていた。手ぬぐいを水にひたし、固くしぼって駆け戻ると、立海が汚れたコートを脱がされ、祖父のジャンパーでくるまれていた。佐々木が立海のシャツのボタンをはずして、首の周りを広げている。

「立坊ちゃん、大丈夫ですか」

「あいさつ、したら……だんだん……。そと……みたけど」

「無理にしゃべらんでいい、今は話さんと。吸ったり吐いたりをゆっくりと」

手ぬぐいで立海の口まわりを拭こうと耀子は手を伸ばす。すると祖父が手ぬぐいを取りあげ、目を閉じている立海の額をぬぐい、それから口のあたりを拭いた。

「うがいしなさるか」

「うん」

佐々木が車から紙コップを持ってきて、清水を汲んだ。受け取った立海が口にふくんで吐いた。

「少し飲みなされ。ここの湧き水は力がつく」

おとなしく立海が清水を飲んだ。

「疲れたのかもしれんな」

「ぼく……最近……吐いてないから……。もう……だいじょうぶって……。ごめんね、佐々木」

大丈夫、と佐々木が笑いとばした。

「前に比べれば、断然車に慣れてきたじゃないですか。ちゃんと気分が悪いって言えたし」

祖父が立海を抱え上げた。

「さて、どうするか。事務所で少し休んでいくか」

「そうですね、そっちのほうがいい。俺はどうしようかな。事務所に送ったあとは常夏荘に戻って、場合によっては先生かおあんさんをお連れしようか」

事務所の電話でおあんさんと話をしておくと祖父が言った。

「坊ちゃん、クラブハウスまでは大丈夫そうですかな」

弱々しく立海がうなずいた。

佐々木が肘掛けをはねあげて後部座席を平らにすると、祖父が立海を車に抱えて横たえた。それから耀子を見た。

「信吾君、袋を耀子に持たせてやってくれるか」

「合点承知。耀ちゃん、頼むよ」

立海が吐きそうになったら、体を横向けにするようにと祖父が言った。

そうしないと吐いたもので窒息するかもしれないという。祖父の言葉を聞き漏らさぬように心にとどめ、耀子は横たわっている立海に声をかけて座った。

「リュウカ君、わたしの膝に頭のっけて。枕の代わり」

「ぼく、いま、きたないから……」

きたないという言葉を聞いたら、なぜか腹が立った。

「何、言ってんの」

「ヨウヨ……おこってるの？」

そおっと立海の両脇をひっぱり、膝の上にのせる。佐々木が振り向いた。

「まだ気分が悪いなら、坊ちゃん、もう少し、車を停めたままにしておきますか」

「ううん、もう行って……」

目を閉じたままで立海が言った。汗ばんだ額に長い髪が少し張り付いている。その髪をはらいのけたら、立海が薄目を開けた。

「つらい？」

何も言わずに耀子を見つめて、立海が静かに目を閉じた。

目尻に薄く涙がにじんでいる。

指を伸ばしてそっと涙に触れたら、それはしずくになって転がり落ちていった。

※

『事務所』と呼ばれている場所は、山を切り開いた広い敷地にあった。黒い鉄の柵《さく》で作られた門の上には安全第一と書かれた緑の十字の旗と、撫子の家紋の下に遠藤林業と書かれた旗が揚がっている。

車はコンクリートの建物の脇を通って、奥へと進んだ。すると今度は大きな木造の建物が現れた。クラブハウスと呼ばれる場所で、ここで働いている人たちの食堂や風呂、休憩室や売店があるらしい。

車から立海を降ろして抱き上げると、祖父はついてくるようにと耀子に言い、クラブハウスに入っていった。そして自動販売機や卓球台がある場所に来ると、ここで座って待っているように指示をして、奥へ進んでいった。

何がおきるのかわからぬまま、黙って耀子はソファに座る。

あたりに人はおらず、物音もしない。ときおり奥で祖父が誰かと話している声がかすかに聞こえてくるが、何を言っているのかはわからない。

祖父が大人たちと戻ってきて、しだいに騒がしくなった。

壁にかかっている内線を使って祖父が話をしている。

頭の上を何人もの大人たちの会話が飛び交っているのが怖くなって、背を丸めた。目立たぬように小さくなって横を向いたら、壁に写真が貼ってあるのに気がついた。

さっき通ったコンクリートの建物の前で、大勢の男がそろいの法被《はっぴ》を着て並んでいる。

法被が珍しくて、耀子は写真に目を留める。すると最前列の中央に立海とよく似た人がいた。

みんなが作業服を着ているなかで、その人と両脇の男だけが法被の下に背広を着て、ネクタイを締めている。

立海に似た人の目が、まっすぐにこちらを見ている。

写真越しにも伝わってくる迫力に圧倒され、目を伏せた。でも気になってまたその人を見てみる。なんとなく今度は微笑んでいるようにも見えた。

もっと眺めてみたくなって、立ち上がった。作業着の人々のなかに祖父がいるかもしれない。

そう思って写真の前に立ったら、名前を呼ばれた。

振り返ったら祖父がいた。

立海が眠りたいというので、今日はこのままクラブハウスに泊まるという。

どこで立海は寝ているのかと聞いたら、奥に遠藤家の人々が泊まる部屋があると言われた。ところがさっき急いでそこに布団を敷いたのだが、一人で寝るのをいやがったらしい。そこで今日は祖父が使っている部屋で三人で眠るという。

祖父が歩き出し、ついてくるように言った。

いつもここで寝ているのかと聞いたら、「そうでもない」と祖父が答えた。そして「山中で寝ている方が多いな」と独り言のように言った。

サンチュウ？　と聞いたら、大浴場と書かれた看板が目に入ってきた。

祖父が引き戸を開けると、清々しくてほろ苦い香りがした。

大きなロッカーが二列になった脱衣場が目の前にある。ハムイチのオットンと同じ年ぐらいの男たちが着替えをしていた。

おお、と男たちが口々に声を上げた。

「あれかい、この子が裕ちゃんの？」

祖父がうなずいた。

「あんまし似てねえな」

「いやいや、目元がそっくりだよ」

奥にいた大きな男が、腹をぴしゃりと叩くと手を広げた。

「おっしゃ、お嬢ちゃん。オッチャンのとこに来い。高い高い、したろ」

その声に驚いて少し後ずさると、男たちが笑った。

「ステテコいっちょのオッチャンに言われたら怖いよな」

「けど、これは将来、ベッピンさんになるよ、間宮さん」

隅でジャンパーを着ていた男がぽつりと言った。

「こんな可愛い子ぉを残して。裕ちゃんは無念やったやろな」

「いいヤツってのは早く逝っちゃうのかね」

「そしたら間宮の大将が大悪人になるじゃねえか」

男たちが笑い、着替えをすませて次々と脱衣場を後にした。全員が出て行くと、祖父が清掃中と書かれた札を持って扉にかけ、先に湯に入っているように言って去っていった。

服を脱いで浴場の引き戸を開けたら、六畳ほどの湯船にたくさんの黄色い物が浮いていた。湯船に近寄ったら、小さな蜜柑《みかん》のような形をしている。

柚子？　とつぶやいて、耀子は果実を手に握る。軽く握ったら、清々しい香りが立ち上った。

柚子だ、と、歓声を上げ、湯を埋め尽くす黄色い実のなかに耀子は入っていく。湯船は浅いプールのようで、端を蹴って顔を上げ、果実のなかを泳いでみる。

湯船の端にいきついたら、今度は縁をつかんで軽く両足を動かした。足が作り出す波に乗って柚子がリズミカルに流れていく。それを見ていたらザナドゥのメロディが唇に浮かんだ。それは小さな声だったのに、タイルに反響して驚くほど美しく響いた。

急に歌が上手になった気がして、さらに声を上げたら、タオルを前に当てた祖父が入ってきた。

恥ずかしくなって黙った。何も言わずに祖父が隅で体を洗い始めた。

あわてて湯船から出て、耀子も体を洗う。すると祖父が手招きをした。そばにいくと、祖父がうつむき、小声で背中、と言った。言われた通りに背を向けると、タオルで背中をこすって何度か湯をかけ、あがれ、と言った。

外に着替えがあるという。

叱られた気がして、逃げるようにして浴室を出る。すると目の前の脱衣カゴにきちんと畳まれた肌シャツとねずみ色のセーター、それから小さな黒い法被があった。

さっそく着てみると、袖はだぶだぶだが、シャツもセーターも膝まで落ちて暖かい。長い袖をたくしあげたら、かすかに祖父の煙草の匂いがした。

祖父が風呂から出てきて肌着とステテコを着た。そして耀子に近寄ると、黙って法被を着せ、紐を結んだ。

先ほど見た写真と同じ法被なのに気付いて、耀子は鏡の前に行く。何気なく背中を映したら、大きな撫子紋が白く染めぬかれていた。

寒くないかと、低い声で祖父が言った。

法被姿がうれしくて袖を広げ、「寒くない」と答えた。

服を畳んでいた手を止め、祖父が見つめた。しかしすぐに顔をそむけて立ち上がった。

「フルーツ牛乳、飲むか」

うなずくと、祖父が自動販売機で牛乳を買ってくれた。それから再び浴室に戻っていくと、湯船から柚子を一つ持ってきた。そして法被のポケットに黙って入れた。

ポケット越しに柚子の温かさが伝わってきて、いい香りがする。

牛乳を飲み終えると、祖父が手早く瓶を片付け、歩き始めた。追いかけていくと、さっき座っていた場所に出た。

何か話しかけたくなって、ソファの脇の写真を指さした。

「あそこの写真……。あそこにね、リュウカ君みたいな人がいたよ」

祖父がちらりと写真を見た。

「立坊ちゃんのお兄さまだ。本家の龍一郎様」

「リウイチロウ！」

祖父が厳しい顔で振り返ったので、あわてて付け足した。

「……さま？」

「友達みたいに呼ぶな。隣はお前のお父さんだ」

「おとうさん？」

思わぬ言葉に写真に駆け寄って、左右の背広姿の人を見る。

「どっち？　ねえ、どっちがおとうさん？」

「わからんのか」

振り返ったら、祖父がさらに厳しい顔をしていた。

「右だ」

右隣の男はリウイチロウより背が高く、やさしい目をした人だった。

「父親の顔がわからんのか？　写真を見たことがないのか」

ない、と答えたら、「なんと」と祖父がつぶやいた。

「本当か？　形見は？　子どもに渡すと、全部あの女が持っていったが」

「かたみ？」

「売っ払ったか」

吐き捨てるような声におびえて振り返ると、祖父が歩き出した。

「今度、写真を見せてやる」

背中越しに祖父の声がした。

「だけど今日は寝なさい」

「まだ眠くない……」

「布団に入れば眠くなる。酔いがまだ残っとるようだ」

そう言いながら祖父が奥の部屋のドアを開けた。

廊下から光がさしこみ、暗いなかに布団が三つ並んでいるのが見える。奥の布団が少し盛り上がっていて、そこに立海が寝ているようだ。

手前の布団の枕元に祖父が風呂敷包みを置いて、ここで寝るように言った。真ん中には祖父が眠るという。

何かあったら、内線を取って一番を押せと祖父が言った。トイレはさっき、座っていたソファの向こうにあるらしい。

おやすみなさい、と言ったら、ぶっきらぼうにおやすみと返された。

法被とセーターを脱いで畳んだあと、ゆっくりと耀子は布団に入る。

目を向けてくれたと思ったら、急に不機嫌になる。優しくしてくれたと思ったら、急に冷たくなる。祖父も立海も――。

戸惑いながら布団をあごまで引き上げると、手に柚子の香りが残っていた。

ヨウヨ、と小さな声がした。

「うん」

「ねるの？」

うん、と答えたが、それから立海は何も言わない。

祖父の布団が間にあるだけなのに、ずいぶん遠くにいるように感じた。

疲れてきて、目を閉じる。するとリウイチロウの隣に立っていた父の姿が浮かんだ。

穏やかな目の、背の高い人だった。それから祖父の吐き捨てるような声がよみがえった。

うっぱらったか。たしか、そう言っていた。

祖父は母と会ったことがあるみたいだが、母の話をしたことがない。同じように母は祖父や父のことを何も言わなかった。

どうして……。

いつも『どうして』。そればかりだ。

布団の冷たさがしみて身を縮めたら、涙がこぼれた。

どうして、立海は遊んでくれなくなったのか。

どうしていつも、嫌われるのか。

どうして……おかあさんに嫌われ、どうして、おとうさんは……。

布団の奥深く、膝をかかえて耀子は泣く。

どうして、どうして、と思うばかりで、いつもそこから先に進めない。誰も何も教えてくれない。ほおを手でぬぐったら、涙は柚子の香りがした。そのほろ苦さにまた涙が出て、鼻をぬぐうと、ヨウヨ、と立海の声がした。

「泣いてるの？」

「別に」

布団から顔を出すと、ぼく……、と小さな声がした。

「ヨウヨに〝別に〟って言われると、さびしい」

あわててあやまると、別にいいよ、とため息が聞こえた。耀子の口癖だという。

「口癖？　そんなに言ってる？」

言ってる、と立海が息を吐いた。

「別にもう、いいけど」

どうして、と聞き返そうとしてやめ、暗い天井を見つめた。

別に、という言葉――。

どうして、あれほど嫌いだったのに、立海には言ってしまったのだろう。

「だけどね、リュウカ君だって……」

心のなかで思っていたつもりが、声が出ていたことに気がつき、言葉を続けた。

「リュウカ君だって、ずっと〝別に〟って感じなくせに」

ぼくが？　と立海が聞き返した。

「最近、ずっと……。勉強が終わると、前みたいに遊ばないじゃない？　さっきだって、車のなかで……ずっと、話しかけるなって感じで」

「気持ちわるかったの」

「そっか……ごめん。でも今だって」

そう言いかけて、今も具合が悪いのだと気が付いた。

「そっか、今も気持ち悪いんだ……」

今？　と消え入るような声がした。

「今は……どうやってあやまろうかって。ずっと考えてた、お布団のなかで。ずっと」

「なんで？　なんであやまるの？」

ごめんね、と小さな声がした。

「吐いて……ごめんなさい。言えなかったけど……去年のクリスマス会もぼく、吐いたの。ピエロのまえで……ウエーッて。みんなで楽しくしてたのに……ぼくがだいなし」

立海の声が震えた。

「しんせきの子が泣いて怒った。いつもぼくがだいなしにするって。今日も……ぼく」

立海が言葉を詰まらせた。

「がんばった、けど……。ウエッってきた。ヨウヨ、怒ったでしょ」

別に、と再び言ってしまって、耀子はぐっと手を握りしめる。

「全然、怒ってないよ。大丈夫かなって思っただけ……」

「ぼくをおひざにのせたとき、怒ったじゃん」

あれは、と耀子は布団から首を伸ばして立海に言う。

「リュウカ君が自分のことを汚いって言うから」

だって、と言いかけた立海に、汚くなんてない、と声を重ねた。

「私ね、汚いって言葉、大嫌い。くさいって言葉も嫌い。だってしょうがないじゃない。どうしようもないときって、あるじゃない。洗えば取れるよ、なんだって」

でも、と立海が言いよどんだ。

「あの子たち、あれから……ぼくが汚いって言う。ぼくが口に手をあてて……手から、ゲロがこぼれるの見ちゃったから、もう、ぼくの手、さわりたくないって。ぼくがあげたおかしも、うけとらない。ぼく……いつも、吐いてるから、やだって。……その子のお兄さまが、ぼくのことをゲロムシ、ダンゴムシってわらう」

いやなヤツ、と言ったら、怖いぐらい低い声が出た。

「ヨウヨ……おこってるの？」

「嫌いだ、そういうこと言う人。ゲロムシって言葉も嫌い。だってしょうがないじゃない。気持ち悪けりゃ吐くよ。しょうがないよ」

でも、と立海が力なく言った。

「みんな、最初はそう言う……。でもぼくが何度も吐くと、いなくなる……すうっと」

すうっと、という言葉を立海が繰り返した。

「じゃあリュウカ君は、もし私がゲロゲロ吐いていたら、いなくなっちゃうの？」

まさか、と立海が言った。

「お風呂に入れなくて、くさかったら？　服が汚かったら？　爪の間にゴミが詰まって真っ黒になったら？　洗ってもどうしても取れなくて、恥ずかしいからすみっこにいるのに、汚いとか臭いとかって、私のこと馬鹿にするの？　ゴミを投げたり、ほうきで叩いたりするの？　もし私がそうだったら、リュウカ君は友達になってくれないの？」

立海が黙った。

「誰もいないよ。消える前に誰もいない。クラスがかわっても、誰も遊んでくれない。たまに友達ができたと思ったら、あの子と遊んじゃだめって家で言われて」

どうしてと聞かれて、「知らない」と叫ぶように答えたら、ゆっくりと、立海がかみしめるようにして言った。

「ヨウヨ……ほうきでたたかれたの？」

「だったら、なに？」

「他の子は……なにも言わないの？」

「知らんぷり。でもね、止める子も嫌い。決まって言うの。『間宮さんが、かわいそうでしょう』。かわいそう……、かわいそう」

そう言った女の子の口調をありありと思い出した。

「かわいそうな子はいじめちゃ、だめ。かわいそうな子とは仲良くしてあげなくちゃって、そういう子は言う。だけどそれだけ……。別に仲良くしてくれない。嫌い。かわいそうって言葉、大嫌い。それぐらいなら叩かれてたほうがマシ。一回……先生が心のなかを正直に言えって言ったから、そう言ったの。そしたら……だからいじめられるんだって言った。そういう根性がにじみ出るから、嫌われるんだって。だけどいやなの、かわいそうって言われるの」

どうして、こんなことを立海に言っているのだろう。だけど言葉が口からあふれだして止まらない。

「かわいそうな子だから仲良くしてあげる？　そんなの、いらない。だったら一人でいい」

だけど今、立海にきらわれたら寂しい——。

言葉はあふれ出ても、その気持ちが言えない。

口をつぐんだら風の音がした。

どこからか鳴き声のようなものが響いてくる。いつもならそれは何かと立海は知りたがるのに、今日はずっと黙っている。

ヨウヨ、と立海の声がした。

「ぼく……ヨウヨがだいすきだよ」

かわいそう？　と立海が続けた。

「かわいそくない。全然かわいそくない。ヨウヨはかっこいい。お空の女の子だ」

「なあに、お空の女の子って。前もそんなこと言ってたね」

峰生の昔話だと立海が答えた。七夕の話で、耀子の祖父がとても上手に話すのだという。

「じいじに聞いてみなよ」

「おじいちゃんは何も話してくれないよ」

聞けば話してくれると、力強く立海が言った。

「ぼくはその話がだいすき。寝れない夜はいつもハナに話してもらったよ」

「ハナってだれ？」

「ぼくのばあや。シッターさん。もう、いない。そのかわりに青井が来たの。でもそのお話はおぼえちゃった」

「どんなお話？」

七夕の日に空から女の子が落ちてきた、と立海が言った。織姫のお供をしている小さな天女で、姫が彦星に会いに行く途中、羽衣の紐が切れて落ちてしまったのだという。

何度も何度も聞いた、と立海がささやいた。

「だからびっくりした。笹飾りのなかに小さな女の子がいたよ。きれいな色紙のひもを持って、お空を見上げてた。とてもさびしそうに。お話といっしょだ」

「天女じゃないって、すぐにわかったでしょ」

うん、と声がした。

「でも、間宮のじいじのところにいるって聞いて、もっとびっくり。だってじいじはあまりおうちにいないじゃない」

「なんで知ってるの？」

「ぼくの部屋から、じいじのおうちが見える。ぼくは一人でねるのがこわくなると、お外を見るの。あかりがついてるとほーっとする。だけど峰生に来ると、外はまっくら。じいじの家はあんまり電気がついてない」

立海が大きく息を吐いた。

「だけどあの日もその次も、じいじの家にあかりがついている。その子はどうしてるのって聞いたら、じいじのおうちにいるって。あの小さなあかりは、その子のお部屋なんだね……。東京にかえってからもいっぱい思いだした。病院のけんさとか、一人でねるのがこわいとき。目をとじると見えるの。常夏荘の小さなあかり」

　ぼくはずっと……と立海が言った。

「お友だちになりたかったの。たった一人で、あの小さなあかりのトコで、ぼくとおんなじように一人でいる女の子と」

　冷たい空気のなかに柚子の香りがして、立海の声だけが響いてくる。

　かっこいい、と暗がりのなかで声がした。

「ぼくにニックネームをつけてくれたお友だちは、強くてやさしいの」

　ヨウヨ、と立海がささやいた。

「ぼくはずっと……お友だちになりたかったんだよ」

　一人が好きなの、知ってる、と、泣きそうな声がした。

「だけど……なかよくしてほしいの」

　どうして、と耀子は目を閉じる。その言葉を、先に言えなかったのだろう。

　一人が好きなわけじゃないのに。

　うん、というのは、軽すぎて、はいというのは、冷たい気がして。言葉が浮かばず、耀子は立海に手を伸ばす。

　祖父の布団は広くて、立海の布団には手が届かない。それでもうんと伸ばしてみたら、何かに触れた。

立海の指だった。その瞬間、しっかりと手をつながれた。

やった、と立海がつぶやいた。

「ぼく、なんども手をのばしてるのに、いつも、とどかないのよ」

「言ってくれれば、探したのに」

立海の手は温かく、握っていたら心が静まってきた。

「ヨウヨは……手をのばしたら、にぎってくれる。ヨウヨは意地悪しない。知ってるよ。だけど、いやって言われたらこわい。ヨウヨにいやがられたら、ぼく、つらい、さびしい。ユゲになる」

「湯気？　おふろの？」

「ぼくはときどきユゲになるのよ。ここにいるんだけど、いない。スイッチが入るの。ユゲスイッチ。だけど、ヨウヨといると、ちっともユゲじゃない。ぼくはぼく……ヘン？」

「変じゃない、ちっとも」

ユゲ。それはきっと、透明人間になりたいと願う気持ちと一緒だ。

握った手の向こうにいる子が、同じようなことを考えている。何も似ていないのに、手を握っていると一つになったみたいだ。

ヨウヨ、と立海がささやいた。

「みんな、すうっと消える。ユゲみたいに。おかあさま、ハナ……友だち。青井もいつかどこかに消える。すうっと……」

どこにもいかないで、と立海が言った。

返事の代わりに握った手に力をこめると、自分の体がくっきりとここにある気がした。今まで空気に溶けていたものに、しっかりと輪郭がついた感じだ。だけどその分、体もまぶたも重くなってきて、地面に沈んでいくような気分になってきた。

ヨウヨ、と立海の声が、遠くに聞こえた。

「ぼくね……今日、一つ、峰生のことばをおぼえた……。『やらまい』っていうの」

一緒にやろうという意味だと立海が言った。

『やらまい』とか『やらまいか』と誘われたら、やらまい、と答えるらしい。

変な言葉と笑ったら、ヨウヨ、とゆっくりと声がした。

「おたんじょう日会……やらまい。ひみつに、しよって思ったけど。……ヨウヨのおたんじょう日会……。お部屋をかざって……ぼく……」

お誕生日会、と耀子はつぶやく。心地よく身体が重くなってきた。

明日の夕方、と眠そうに立海が言った。

「たんじょう日会……やらまいか？」

返事代わりに握った手を軽くゆすったら、立海がささやいた。

「やらまいって……言ってよ」

「やらまい……。やらまい」

立海が一瞬、手に力をこめ、それから声がしなくなった。規則正しい寝息が聞こえてくる。その音につられるようにして耀子も目を閉じる。

やらまい、と心のなかで繰り返したら、二人して奥峰生の子どもになった気がした。

※

翌朝、目を開けて隣を見ると、祖父も立海もいなかった。布団から跳ね起きて、耀子は部屋の扉を開ける。

廊下を歩いてきた祖父が、驚いた顔をした。手には湯のみが載った盆を持っている。

立海はさっき、青井が迎えに来て先に帰ったのだという。

「ご飯は？」

「お前があんまり気持ちよさそうに寝ているから、先にすませた。頭は痛くないか？」

祖父に言われて、軽く耀子は頭をおさえる。痛くないけれど、なんだか重い。

祖父が盆を渡してくれた。

「これを飲め。それからもう少し眠れ」

湯のみには梅干しが沈んでいて、吸い物のような味がした。

それを飲んで再び眠った後、祖父に起こされて目が覚めた。

正月も近いし、髪を切ろうという。それからクラブハウスのなかの理容室に連れていかれ、背中に掛かっていた髪を肩のあたりで切りそろえた。

髪を切り終えたら、理容師がボール紙で作られた赤い長靴をくれた。中には菓子が詰まっていて、クリスマスの時期に散髪した子へのプレゼントだという。

祖父に連れられて外に出ると、バイクの後ろに座布団がくくりつけられていた。

エンジン音も高らかにバイクは走り出した。

祖父の身体に腕をまわし、流れていく景色を見る。

お友だち。おたんじょう日会。やらまい、やらまい。

とぎれとぎれに昨夜の言葉を思い出す。

祖父の背に額をつけて、耀子は微笑む。心も体も髪も軽い。

目を閉じていると、風に乗っているみたいだ。

祖父が何かを言った。背中に耳を当てると、雪が降ってきたと聞こえた。

空を見たら、羽根のような雪がふわふわと落ちてきた。それはやがて塩粒のような雪に変わり、見る見る間に道が白くなっていった。

祖父がさらにスピードを上げた。

常夏荘についたときは、坂道に雪が積もっていて、バイクを押しながら二人で歩いた。

勝手口の前で先に部屋に行くように言って、祖父はバイクを駐輪場に押していった。

門の撫子紋に雪がかぶっている。背伸びをしてその雪を払いのけ、耀子は長屋に向かった。

お菓子が詰まった長靴を立海に見せたい。すぐに着替えて、母屋に向かって走った。勉強室に行ったが、青井も立海もいない。そこで対の屋の台所へ駆け出した。

対の屋の調理場にある、パンをこねるテーブルは青井のお気に入りの場所だ。こんな寒い日は立海を誘ってホットミルクを飲みながら、本を読んでいるのかもしれない。

しかし調理場には誰もおらず、電気もついていない。

千恵が調理場に入ってきた。後ろに鶴子と照子もいる。

こんにちは、と頭を下げると、三人が耀子を見た。

「あの……」

何かあったのかと言いかけ、耀子は戸惑う。皆、一様に暗い顔をしている。

おかえり、ヨウコちゃん、と千恵が言って、鼻をかんだ。

「ずいぶん濡れちゃって……」

「雪が……」

「雪……ほんに」

照子が低い声でつぶやき、黒い毛皮のショールを胸元でかきあわせた。

「あの……あの……なにか……ひょっとして、リュウカ君に、なんか……」

立海さんがね、と照子が言った。

「さきほど……」

「なに、なに、なんですか？　なに？」

長靴を持つ手がかすかに震えたとき、照子の声がした。

「帰らはったんえ、東京に」

第九章

赤い長靴を抱えて、あの子が泣いている。

対の屋の二階から照子は窓の外を見る。

台所で見かけたその靴はサンタクロースのブーツを模したものだった。かかとのところにはヒイラギとキャンドルが描かれていて、クリスマスの気分を高める可愛らしい品だ。

二十分ほど前にこの部屋で女たちと話をしていたら、そのブーツを抱えた耀子が母屋から出てくるのを窓から見かけた。雪のなかを踊るように駆けてきて、明らかに立海を捜していた。

それを見て階下に降り、立海が東京に帰ったことを告げた。

口を一瞬、開けかけたが、すぐに唇を引き結んでうつむき、それから気を取り直したように顔を上げ、おずおずといつ帰ってくるのかと耀子が聞いた。

もう戻ってこないかもしれないと言ったら、黙って台所を出て行った。

淡々とした様子で出て行ったから意外な気がした。しかし、しばらくして二階に上がって窓の外を見たら、庭のはずれの銀杏の木の下にあの子がいた。

その銀杏は照子が常夏荘で一番、気に入っている大木なのだが、どうやら耀子も好いているらしい。最近、母屋での勉強を終えた耀子が、その木にもたれかかっているのをよく見かけた。それは立海が弾くピアノを聴いているようでもあり、彼が母屋から出てくるのをさりげなく待っているようにも見えた。

ところがその銀杏の幹はとても太くて、子どもの姿を軽々と隠してしまう。最近、この対の屋で『アルバイト』を始めた立海は、その仕事に夢中になっており、ピアノの練習が終わると脇目もふらずにここに来ていた。

立海はその『アルバイト』を耀子に秘密にしており、彼女がいないのを見計らって、本人の言うに『ニンジャのように』迅速に、煙のごとく移動しているつもりらしい。しかし木陰にいる耀子からはその姿は見えており、何度か声をかけようとしていたが、勢い込んで立海が走っていく様子に気圧《けお》されたのか、黙って見送っていた。

声をかければよいのに。

二階から眺めていて、そう思った。

立海も気付けばよいものを。

しかし子どもに限らず、人は自分の視界が世界のすべてと思いこむ。思わぬ場所、思わぬ角度から見られていることに気がつかない。

長靴を横に置き、耀子が膝を抱えて小さくなった。

葉が落ちた枝の間から、雪がその背に降っている。

鶴子に様子を見に行くように言いかけて、やめた。誰にも見られたくないから、あの場にいるような気がした。

カーテンを閉めて、照子はソファに座る。

腹立たしい。

今日の朝、青井が立海を迎えにいった直後に、親父様こと遠藤龍巳の秘書から電話が来た。名古屋での仕事が思った以上に早く終わったので、支社に車を用意させ、龍巳が今、常夏荘に移動中だという。現在、東名高速の浜松インターの手前で休憩しており、立海を驚かせたいので、このことは内緒にしておいてほしいとのことだった。

昼食の用意をしようかとたずねると、少し間を置いたあと、龍巳自身が電話口に出て、気遣いはいらないと素っ気なく言った。それより常夏荘に着いた足で立海を東京に連れ帰りたいという。日曜日に東京の親戚、上屋敷の当主の娘の誕生日会があり、そこに立海を連れて行きたいらしい。

冷めた思いでその言葉を聞いた。

毎年この時期に行われるその誕生日会はクリスマスパーティも兼ねており、彼女の成長にあわせて年々派手になっていく。昨年はサーカス団から人を招いたらしい。

電話を切ってしばらくしたら、立海が奥峰生から帰ってきた。昨日、鶴子がドライヤーできれいに整えた癖毛は、すっかり元に戻ってフワフワしている。

奥峰生の友人の家で遊び疲れた立海は、昨夜は大事をとって遠藤林業のクラブハウスで静養していた。しかし青井に伴われて対の屋に挨拶に来た足取りはしっかりとしていて、もう回復したようだ。

最近、立海は少し背が伸びて、顔色が明るくなった。以前は外で少し運動をしただけで吐いたり、寝込んだりしていたそうだが、最近は庭を駆けまわったり、奇妙な動きを練習していたりと、体を動かすことに余念がない。耀子という友達を得て、戸外で遊ぶのが楽しくてたまらないようだ。

青井によると、その耀子はまだ眠っており、起きたらクラブハウスで散髪をさせてから帰りたいと間宮は言っていたという。

じいじがね、と立海がうれしそうに笑った。

「ヨウヨが、かみを切ってる間に、ひとっ走りして、すぅばらしいシシを用意してくれるんだって」

「シシ？」

「うん、シシィ」

ひゃっほーいと奇声を上げて、立海が二階へ上がっていった。しかしすぐに戻ってきた。耀子が来るまで自習の時間になったので、龍一郎の部屋に行きたいという。

苦笑しつつ、照子は鍵を渡してやる。丁寧に礼を言うと立海は二階に上がっていった。

立海さんたら、と照子は小さく笑う。

「謀ったわね」

どういう意味ですか？　と青井がたずねた。

「とてもお元気そうやわ。前々から奥峰生のクラブハウスに行きたがっていたから、男の人たちにせがんだのではないかしら」

そうでもないようです、と青井が答えた。昨夜の立海は布団に入るとそのまま眠り、大好きなクラブハウスの風呂にも入らなかったらしい。

ぐっすり眠ったのが良かったようです、と青井が言った。

「最近は多少疲れても、眠るとすぐに回復しています。良い傾向です」

立ったままでいる青井にソファをすすめて、龍巳の電話の話をした。

青井によると、この間、龍巳に東京に呼び出されたとき、誕生日会の話が出たという。龍巳は立海の体調が良くなったことをとても喜んでおり、クリスマス前に東京に呼びよせたあと、年末年始をハワイで過ごし、三学期から東京の学校に復学させたがっているらしい。

ハワイ、と照子は首をかしげる。

「芸能人でもあるまいし。年始のご挨拶をどないしはる気やろう」

龍巳は一足先に帰国するつもりらしいと青井が答えた。ハワイには立海が母親のように慕っていたベビーシッターが住んでいて、この旅行は立海へのご褒美のような意味合いもあるという。ハナという名のその女は日系米国人で、赤子の時から英語を耳に馴染ませたいと龍巳が選んだベビーシッターだった。

ハナは立海を可愛がり、熱心に二カ国語で話しかけていたが、その日本語は丁寧すぎて古めかしく、そのせいか立海の言葉遣いは昔の女の子のようだ。英語のほうも、龍治に言わせると、ハナは発音に少し癖があるらしい。

そのハナは今、病んでいて、しきりと立海に会いたがっているという。

「それで……復学はできそうなの？」

「学力的にはまったく問題ありません」

「お医者様はなんて？」

「とても成果が上がっているとおっしゃっています」

でも、と青井が言いよどんだ。

「……それは常夏荘にいるおかげかもしれません」

「あなたのご意見は？」

青井が顔をくもらせた。

「この間、東京に行ったとき、お父様に伝えました。でも今日、おいでになるということは、私の進言は何ひとつ考慮されなかったということです」

そう、と照子はつぶやく。

どうやらこの女は雇い主以外に、自分の見解を詳しく伝える気はないようだ。

「では、どうしようかしら」

「どうしよう、と申されますと？」

「立海さんが帰らはる支度をしたほうがいいのかしら？　それとも一時的に帰るということで、支度をすればいいのやろうか？　どちらにせよ、乱暴なお話」

昨日のこともありますし、と青井が思慮深そうな声で言った。

「今日、いきなり東京に連れ帰るというのは、たしかに乱暴だと思います」

「でもおいでになる。すっかりその気で。悪趣味な会に誘われはった立海さんもお気の毒」

「上屋敷の沙也香ちゃんは、立海さんとちょうど年が釣り合いますから……」

そう言いかけて、青井がやめた。階段を駆け下りる足音がした。

立海さん、と廊下に聞こえるよう、声を張った。

「お静かに行き来をなさってくださいな。そんなに走って大丈夫ですか？」

軽くドアをノックして開けると、立海が顔をのぞかせて「ダイジョブ」と言った。

「ぼくね、今、やらまいかって、むねいっぱいなの」

そう言って立海がドアを閉めた。

「ヤラマイカ？　なんのことですやろう？」

「なんでしょう……」

キッチンのほうから立海と千恵の笑い声が聞こえてきた。食材のことだろうかと思いながら、照子は窓の外を見る。いつのまにか雪が降り出していた。

「とにかく今日、連れて行くというのはあまりに急すぎる。千恵に支度させるから、お昼をいただきながらお話ししましょう。それでよろしいか？」

異存ありません、と青井が答えた。そのとき、内線が鳴った。

そろそろ龍巳の車が到着するらしい。当主しか使えない長屋門を、佐々木が開けたいと言っている。

「なんてお早い。雲にでも乗ってきはったんやろか」

急いでいるご様子ですね、と青井が窓の外を見た。

「雪が積もりそうです」

母屋にひとまず戻ってから長屋門に行くと言って、青井が部屋を出て行った。

毛皮のショールを羽織って、照子は鶴子とともに玄関へと急ぐ。立海も一緒に連れて行こうと思ったが、龍巳が息子を驚かせたがっていたのを思い出し、そのままにしておいた。

立海が階段を上がっていきながら、『きよしこの夜』を英語で口ずさんでいた。

癖のある発音で教わったというわりに、その歌声はとても清らかで幸せそうだった。

※

常夏荘の長屋門は遠藤家の当主だけが使い、そのほかは大切な客人と冠婚葬祭の時だけに開けられる。龍一郎との婚礼の際にこの門をくぐったけれど、次に自分のためだけに開門されるのは葬儀のときだと照子は思う。

長屋門は外から見ると左右に白い城壁が続いているように見えるが、中から見れば門の両脇に二階建ての長屋が設けられている造りだ。昔はそこに外回りの仕事をする人々が住んでいたが、今は物置になっている。

その門の大きな扉から、センチュリーが一台入ってきて停まった。

車から降りた龍巳は挨拶もそこそこに、立海の元に行きたがった。対の屋にいると照子が伝えると、秘書が傘をさしかけるのももどかしい様子で、小雪の中を足早に歩いていく。そのあとを歩きながら、照子は龍巳を見つめる。

七十近いのに背を丸めず、凛として歩く龍巳の後ろ姿は小柄だが大きく見え、雪に濡れた白髪が輝くさまはどこか神々しい。しかしひとたび前にまわって向き合えば、その目は他者を圧するような力がみなぎって生々しく、神ではなく人であることがよく解《わか》る。

遠藤家の男達に共通するこの眼力は、照子は好きでもあり苦手でもある。龍一郎も龍巳そっくりの目をしていたが、その眼差しは朗らかだった。息子の龍治は射るように冷たく、立海は無邪気だ。

対の屋の二階へと龍巳は上がっていき、立海のいる部屋がかつての龍一郎の書斎であることに気付いたのか、足を止めた。そしてゆっくりと振り返った。

突然、龍巳の眼差しを受けて、たじろいだ。しかし落ち着いてその目を見返す。

龍巳が目をそらした。そしてドアを開け、明るく「ばあ」とおどけてみせた。

「リュウ、元気そうだな。どうだ、驚いたか」

絨毯に腹ばいになっていた立海がきょとんとした顔で龍巳を見た。何かを書いていたらしく、手にペンを握ったままだ。それからあわてて立ち上がって、こんにちは、と言った。

「おうおう、行儀もすっかり良くなって。おあんさんの仕込みがいいらしい。おいで。寂しかっただろう」

黙って立海が龍巳のそばによった。

「背が伸びたなあ。血色もいい」

立海の肩や背中を龍巳が両手で触った。まるで競走馬の体を確かめているようだ。

「体つきもしっかりしてきた。もう東京へ戻っても大丈夫だろう」

東京？　と立海が聞くと、そうだ、と言って龍巳が愛《いと》しげに立海の頭をなでた。

「寂しい思いをさせて、本当にすまなかったなあ。おうちへ帰ろう。お前の喜ぶ顔が見たくて、今日はここまで飛んで来た。一緒に帰ろう。それから今夜は二人で沙也香の舞台を見に行こう」

「えっ？　今日？　これから？」

立海が困惑した顔をした。

上屋敷の沙也香がバレエを踊ると龍巳が言った。

「今日が初舞台だ。前々からぜひリュウにも見て欲しいと言っていた。聞いていただろう？　もう元気になったのなら誕生日会にも、ぜひにと。みんな心配してたんだよ……なんだ、どうした？」

　聞いていなかったのか、と龍巳が言い、青井はどこだと振り返った。

「母屋から長屋門に向かったはずですが……」

「青井から聞いていなかったのかな？　リュウ」

　なにを、と立海が小声で言った。

「沙也香の誕生日会の話だ。道理でお前から何も言ってこないと思ったよ。聞いたら、すぐにでも東京に帰りたがる話だからな」

　手品、と立海が言って、横を向いた。

「こんどは、手品の人がくるって……聞いた」

「そうだ。だが手品じゃないぞ、マジシャンと言うんだ」

　重々しく龍巳が言った。

「マジシャンがイリュージョンというものを見せてくれるんだ」

「イリュージョン……」

「さぞや行きたかろうと思ってな。お前はそういうのが大好きだから。去年のピエロのときも大喜びをしていたものな。こんなところに押し込めて……」

　こんなところで悪うございましたわね。そう思いながらも、別の言葉を口にした。

「お義父《とう》様、まずはお茶など。追ってお昼もご用意いたしますから」

「気にするなと言っているだろう」

　立海に言うのとは打ってかわって、事務的に龍巳が言った。

「新幹線で食べるからいい。リュウは食堂車が大好きだからな。これ、どこに行く」

龍巳の横をすりぬけ、立海が走っていった。二階に上がってきた青井がすれ違いざまに、声をかけたが、黙って階段を下りていく。

「リュウ、どうした、リュウ」

立海さん、と青井が声をかけ、後を追った。

立海の足音が速くなり、乱暴に玄関の扉を開ける音がした。

龍巳が窓を開け、外に立っていた若い秘書に立海を捕まえるように指示した。

降りしきる雪のなかを立海が駆けていく。必死で走っていたが元ラグビー部という青年に勝てるはずもなく、すぐに捕らえられ、小脇に抱えられて戻ってきた。

いやです、と立海が叫んだ。

「ぼく、ヤダ。行きたくない」

「ならば、そう言えばよかろう。どうして何も言わずにいきなり逃げ出す」

だって、と立海が泣きそうな顔をしたが、強気に叫んだ。

「だって、いやなんだもん！」

「何も説明せずに、いきなり逃げるのがお前のやり方か。相変わらず進歩がないな。ん？　どうだ？　これについてお前はどう思っている？」

そういう追い詰めるような言い方は……と青井が遠慮がちに言った。

「あまりよろしくないかと」

青井先生、と龍巳が優しい声を出した。

「あなたの意見が欲しいときにはこちらからたずねる。今は教育の話ではない。単なる親子の会話だ」

「ですが……」

黙っていろという目で龍巳が青井を見た。ひるまずに青井が声を上げた。

「ですけれど……」

青井先生、と照子はとどめる。これ以上、龍巳の気持ちを荒らげたら、この家庭教師は職を解かれてしまうかもしれない。

青井が振り向き、黙っているのかという顔をした。その視線を受け流して、照子は窓の外を見やる。

どうして口出しできるだろう？　立海はほかでもない、龍巳自身の息子だ。そしてその龍巳の庇護《ひご》を得て、常夏荘も自分も息子の龍治の生活も成り立っている。龍一郎が遺《のこ》した資産はもちろんあるけれど、それを管理・運用しているのは龍巳とその側近だ。

苦い思いで立海を見る。足をばたつかせるのを警戒してか、立海はラグビーボールのように屈強な青年の小脇に抱えられている。それは『ふめんぼく、きわまりない』姿に相違なかった。

まずは立海を下ろしてやってはどうかと龍巳に提案した。信用ならぬと龍巳が答えた。

「下ろしたら、また逃げるだろう」

「ほんなら立海さん、お父様にちゃんと説明しはったら？」

動揺しているのか、龍巳の前では控えていた関西風の抑揚が思わず声に出た。

京都の古い家の血筋を望んだくせに、京言葉の抑揚を龍巳は嫌う。郷に入りては郷に従えで、東に嫁したのなら東の言葉を話せという。

　思わず苦笑いをすると、横抱きにされている立海と目が合った。

　龍巳そっくりでいながら、こんな時でさえ、立海の瞳は愛くるしい。膝を軽く折り、その目に高さを合わせて、照子はゆっくりと言葉を継ぐ。

「立海さんには、立海さんの理由《わけ》がありますやろ。それを、ちゃーんと、お父さまに説明しはったら？」

　意を決したように立海が口を開いた。

「おやくそくが、あるの、おとうさま」

「約束？」

「やくそく。ぼく、やりたいことがあるの。今日……」

「誰と約束をしたんだ？」

「ヨ……お友だちと」

　誰だ？　と龍巳が青井に聞いた。勉強友達だと青井が答えた。

「間宮の孫娘か」

　一瞬、奇妙な表情が龍巳の顔に浮かんだ。笑っているようで笑っていない。気のせいか、それはひどく好色な匂いがした。

　ヨウヨだよ、と立海が言った。

「ヨウコちゃんとおやくそくしたんだよ、今日、夕方……よる……ヨウコちゃんの……ぼくら……おたんじょう日会……するの」

またの機会にするようにと龍巳が命じた。

「その子にはあとでプレゼントでも贈ろう。東京から手紙を書けばいい」

大宮、と龍巳が若い秘書に言った。

「先に立海を車に乗せておけ」

「ねえ、ヤダ、おろしてよ、やだあ。なんで、いきなり」

そうです、と青井が言い添えた。

「少し急すぎるかと思います」

「こうならぬよう言っておくように頼まなかったか、青井」

「お義父さま、まずはお茶などおあがりになって」

雪が降っている、と龍巳が外を見た。

「西の方から降っている。おそらく今日は関ヶ原あたりで新幹線が止まるだろう。明日も降り続く。東名も止まるかもしれない。動けるうちに移動しておきたい。東京はそれほど降らないようだが」

「しらなぁい、そんなことぉ」

「口答えもできるようになったとは頼もしい」

立海が足をばたつかせ、落としそうになった大宮がさらにしっかりとその体をつかんだ。

立海、と龍巳が重々しく言った。リュウと呼ぶ声とは違う、冷ややかさだった。

立海が急におとなしくなった。

「沙也香が踊るのを見たくないのか」

「ぜんぜん」

ほう、と龍巳があごをさすった。

「威勢がいいな」

「見たくない。ぼく、辰美もヤダ。あの二人はぼくにイヤなことばっかりいう」

龍巳が腕時計を見て、行けというように大宮に手を振った。

「ぼく、行かない。おろしてよ、大宮。ねえ、おろして」

立海を左脇に抱えたまま、大宮が歩き出した。しかし階段の前で立ち止まると、抱えた手を立海ごと軽く持ち上げ、もう片方の手で足をしっかりと押さえた。

屈強な男の腕にかかると、華奢な立海は子猫のようだ。

青井、と立海が叫んだ。青井が大宮を追っていった。

大宮は静かに階段を下りていく。身をよじらせるようにして立海が照子を見た。

「テルコ、ねえ、ぼく、帰ってこれるよね。ちゃんと……帰ってこれるよね、いつ帰れるの？　あさって？　その次？　ねえ、答えてよ、テルコ。ねえ」

ゆっくりと龍巳が歩き出した。

「テルコぉ……」

小さな声でそう言うと、立海が大宮の肩に顔を伏せた。

立海の身体が小刻みに震えている。その震えの儚さを照子は思い出す。細い背骨が震える哀《かな》しい感触は、今も手が覚えている。

子どもが、絶望している。

大人の勝手な思惑のもとで――。

「承服、いたしかねます」

その声は吹き抜けの天井にこだまして、響き渡った。

前を行く人々が足を止め、振り返った。

「承服しかねます、そのような為《な》さりよう」

ロシアンセーブルの毛皮のショールをかきあわせ、照子は階段を下りる。

ほお、とうなって、龍巳が面白そうに笑った。

怖い。

「手ぶらで帰れと？」

「今日のところは」

西の言葉のニュアンスは優しくていい。東の抑揚で言ったら、途方もない怒りをかっていただろう。

「思いつきで連れて行かはるのは、どうかと思います。子どもにも子どもの世界があります。ちゃんとお別れを言うていきたいところもありますやろに」

照子、と龍巳が目を細めて笑った。そうすると好々爺《こうこうや》のようだ。

「やけに立海の肩を持つ。預けた頃はいつ東京に戻すかとしきりと聞いてきたくせに」

「一度お引き受けした以上、責任があります。せっかく少しずつ根をはりだして育ち始めたものを乱暴に引き抜くのは」

「植え替えをするのは、根がはりだしてからでは遅すぎる」

独り言のように龍巳がつぶやいた。

「龍一郎はそのタイミングをあやまった」

その昔、自分は峰生の子だと言って笑った夫の顔が心をよぎる。その笑顔に応えるように照子は声を張る。

「ここは遠藤家のふるさとでございましょう。立海さんが峰生を好きになることに、なんの不都合がありますのやろ。今日は立海さんの元気なお姿が見られて、良かったやあらしませんか。それを手土産に今日のところはお戻りにならはったらどうですやろ」

「私も……今、すぐというのは問題があると思います」

青井がよく通る声で言った。

「そういうやり方はある意味、暴力に等しいです。なによりも立海さんを床に下ろして、ちゃんと自分の足で歩かせないというのは納得いき……」

「教育的見地はこの際、いい」

青井の言葉をさえぎって、龍巳が前を向いて歩き出した。

「招かれたこと、元気になったと知らしめたいこと、なによりも東京に置いておきたいということ。その三つが大事だ」

この人は、と照子は龍巳の背を見る。

上屋敷とうまくやっていきたいのだ。

そうね、と照子はうっすらと笑う。

龍巳の身に何かあったとき、立海の後見に立つのは東京の親戚なのだろう。

本来なら龍一郎が務めるはずが彼はすでに亡く、その妻である自分は事業や資産管理については何の能力も持っていない。

女って、つまらない。

不意に立海の母、美和の声が耳元によみがえった。

女って、つまらない——。そう言って、立海の母親は泣いていた。

龍巳のあとを追って大宮が歩き出した。階段の中腹で青井は立ち止まったままだ。

青井先生、と龍巳が呼びかけた。

「行きますよ」

丁寧だが、早く来いと命令しているに等しい口調だった。

階段を下りた先に、鶴子が控えていた。

鶴子、としみじみと龍巳が言った。

「お前の顔を見るとほっとする。今も昔もお前だけは変わらずに、ここにいるものな」

鶴子が静かに頭を下げた。

「なあ、鶴子。お前なら、わかってくれるだろう。どうして、ここまでわしが我を通すのか」

「はい」

「立海の荷物をあとで送ってくれ」

かしこまりました、と鶴子が頭を下げた。

「おあんさんが私にそうせよ、とおっしゃいますのなら」

鶴子、と龍巳がうめくような声を上げた。

「お前までも……。四面楚歌か」

立海が小さくむせた。青井が大宮に駆け寄った。

「立海さん、大丈夫ですか？　気持ちが悪いの？」

「大宮さんとやら。おろしてあげたら。逃げてもあなたなら捕まえられるでしょう」

大宮が立ち止まり、龍巳を見た。

下ろせ、と龍巳が言った。

立海が青井に駆け寄り、それからじりじりと後ずさった。

情けない、と龍巳がため息をついた。

「女のスカートの陰に隠れるとは」

ゆっくりと龍巳が歩いていき、立海の前に膝をついた。

よかろう、とうなるような声がした。

「そんなに戻りたくないのなら、戻らなくても良い。逃げたいなら逃げろ、ほら」

龍巳が立海の右肩を軽くこづいた。

「ほら、逃げなさい。どうした？　ほら、今度はあっちに逃げたらどうだ？　階段をあがれば照子がいるぞ」

龍巳に再び押されて、立海がよろめいた。

「大丈夫、もう誰にも追わせないよ。いやなら来なくても良い。でも二度と現れるな。消えろ。責任を持って一人で生き、一人でのたれ死ね」

「美和さんにもそう言わはったんですか」

龍巳が顔を上げ、照子を見た。

「立海さんのお母さまにも、そうお言いやしたんか」

「人でなしと言いたげだな」

龍巳が立ち上がった。

「そうだ。お前の息子にもいずれそう言うかもな、照子」

行くよ、と聞き取れぬほどかすかな声で立海が言った。

「行きます」

立海さん、と青井がかがんで、立海の肩に手を置いた。

「それでいいの？　納得できるの？」

「お約束はどうしはるの？『おしごと』は？」

立海が何かを言いかけてやめ、黙って玄関に歩いていった。

それから誰も何も話さず、雪の中を長屋門へと歩いた。

ロシアンセーブルのショールを胸元でかき合わすふりをして腕を組み、憮然とした思いで照子は最後尾をゆっくりと行く。

龍巳が振り返った。射るようにその目を見たら、前を向いてまた歩いていった。

無言の大人たちの足跡にまじって、立海の小さな足跡が雪のなかについていく。

龍巳は何を言いたかったのかと考えかけて、照子はその思いを殺す。

何を聞いたところで、どんな言葉を受け取ったところで、これ以上関係が良くなるとは思えない。

大宮がセンチュリーのドアを開けた。何かのスイッチが入ったかのように無表情になった立海が別れの挨拶をした。そして黙って車に乗り込もうとした。

沈黙を破って、声がした。

「ちょーっと待った！　ちょぼっと待ってください」

小雪のなかを千恵が走ってきた。小さなバスケットを抱えている。

「なんだ、千恵。昼食はいいぞ」

「お弁当、お弁当です」

千恵が中年の秘書にバスケットを押しつけた。

「立坊ちゃんのお昼がまだです。大人はともかく、立坊ちゃんにひもじい思いをさせて、常夏荘から出すわけにはいきませんよ」

立海が無表情に千恵を見やって、目を伏せた。

「ほーら元気がない。おなかがすいてるんでしょ」

千恵が笑い、大丈夫ですよ、と言った。

「千恵のお弁当を食べたら百万馬力。なんかしら、いいふうになりますって。まずは食べるんですよ、立坊ちゃん。すきっ腹じゃ何にも始まらないからね。ヨウコちゃんにもおんなじの食べさせるから、ね、坊ちゃん」

車のドアが閉められた。ガラス越しに見ると、生気を失った立海は美しい人形のようだ。龍巳が千恵に向かって苦笑した。

「立海はずいぶん甘やかされていたみたいだな」

「子どもは甘やかされてナンボですよ、親父様」

千恵、と思わずたしなめると、千恵が笑った。

「あっ、失礼しました。あちゃ〜、いらんこん言うた」

いらないことを言ったと方言で言うわりに、その声は明るく、わずかに人々の緊張がゆるんだ。

「お前は善吉《ぜんきち》に似てきたな」

怒るかと思いきや、肩の雪を払いながら淡々と龍巳が言った。

「ああ、うちのジイチャンですか？」

「昔、厨房《ちゅうぼう》で味付けに文句を言ったら、出刃を握ってる最中に物を言うときは言葉を選べと言われた」

「暴れちゃ危ないですからね」

千恵が笑った。

「でもあれですよ。馬鹿とナイフは使いよう」

大宮がかすかに口元をゆるませ、照子の視線に気付いて表情を正した。

千恵に背を向けると、青井にタクシーで追いかけてくるように指示をして、龍巳が車に乗り込んだ。そして龍巳と立海を乗せたセンチュリーが長屋門を出て行った。

軽くこぶしを握って、青井は雪の中に立っていた。しかしすぐに母屋に戻って荷物をまとめると、対の屋に挨拶にきた。あとからまたあらためてご挨拶するけれど、今は一刻も早く立海に追いつきたいと言っていた。

去り際に、大丈夫です、と青井が言った。

「大丈夫ですから」

何を大丈夫と言ったのかわからない。自分自身に言っているようにも聞こえた。

青井が出て行ったあと、間宮と耀子が帰ってきた。

せめて青井がいるときに帰ってきていれば——。

そう思いながら、照子は再び窓際に立つ。

まるで投げつけるように、立海が出て行ったことを伝えてしまった。

耀子の姿はもうない。足跡だけがてんてんと長屋の方向についていて、その歩幅の小ささに心が痛んだ。

思わず空を見上げたとき内線が鳴った。受話器を取ったら鶴子の声がして、客の訪れを告げた。

親父様から頼まれて、彼らは来たという。

※

対の屋の客間のソファに座ると、照子は二人の男と黙って向き合った。

アポイントもなく来たことを丁重に詫びたあと、スーツ姿の二人は静かにアタッシュケースの中身を机に並べ始めた。

龍巳が事前に時間を指定して、彼らを常夏荘に差し向けたらしい。

東京からやってきた彼らは遠藤家との付き合いが深い店の人々で、龍一郎が存命の時分は季節の贈り物を頼んだり、彼の愛用品などを常夏荘まで届けてもらったりしていた。彼らはそうした品々と一緒にたいてい、照子のために宝飾品や反物、舶来のハンドバッグや靴の類《たぐい》も持ってきて、そんなときは花が咲いたように客間が明るくなった。

昔ほど頻繁ではないが今でもその付き合いは続き、二週間前には常夏荘に来てもらい、暮れの贈答品の手配と腕時計の修理を頼んだ。そのときも彼らは色々な品物を持って来たが、たいして購入をしなかった。

今日は龍巳のたっての要望だと言って、彼らは前よりもさらに豪奢な品々を見せてくる。興味はないし、持って帰るように言いたいのだが、それをしては彼らも困るだろう。

男たちの声を遠くに聞きながら、照子は足下に目を落とす。

白い羽根飾りが付いた銀灰色のルームシューズは、龍一郎が最後にこの客間で選んでくれたものだ。かかとの高い、この絹張りの室内履きを『ミュール』と龍一郎は呼んでいて、折をみては目の前の男達を介して欧州から何足も取り寄せてくれた。

羽根飾りを留めたビーズがきらめいている。小さなその光が愛しくて、照子はミュールを見つめる。

こうした美しい履き物の存在を知ったのは、新婚旅行先のフランスでだった。

おあんさん、と声がした。顔を上げると、鶴子が心配そうな顔をしていた。

「どこか具合でも……？」

大丈夫だと答えて、テーブルに視線を戻す。すると紺色のビロード張りのケースに指輪と腕時計が整然と並んでいた。

白い手袋をはめた男が金色の時計を示している。欧米では宝飾品なみに価値があり、多くの王侯貴族が愛用してきたメーカーの製品だという。そして文字盤にダイヤモンドをちりばめたデザインのものを手に取ると、うやうやしく勧めてきた。これが親父様からのお薦めの品だが、他に気に入ったものがあれば、遠慮無く申しつけてほしいという。

黙って時計を受け取った。ずっしりとゴールドの重みが手に伝わってくる。

立海が黄金に成り代わったかのようだ。

龍巳が薦めている品物を置いていくように言って立ち上がった。すると男達があわてた様子で靴のサイズは良かったかと聞いた。

「靴とは？」

「お嬢様の靴です」

「お嬢様……」

その言葉に二週間前に彼らが来たとき、子供靴を置いていくように言ったのを思い出した。それは浜松に住む別の顧客のために、彼らが見繕ってきた物で、常夏荘に運び込まれた品物のなかになぜか数足、パリから取り寄せたという少女の靴がまぎれこんでいた。

そのなかの一足、黒いエナメルのメリー・ジェーンに心を動かされた。

それは――。

おあんさん、と再び鶴子の声がした。

「おあんさん、どうかなさいましたか」

男達の問いに答えず、うつむいていたことに気付いて、照子は顔を上げる。

気分がすぐれないからと言ってあとを鶴子にまかせ、再び二階に戻った。立海が去る直前までいた部屋に入って、背越しにドアを閉めると大きく息を吐く。そのとたん、膝の力が抜けて床に座り込んだ。

小さなあの子が。

夫と息子の面影を持つあの子が消えた途端、不思議だ。体の芯が抜けたように力が入らない。ドアに背を預けたまま、部屋に広がるものを見た。

床の真ん中に立海のノートが広げられたまま置いてある。その向こうには色紙で作られた鎖や飾り物、そして窓際には干し柿が揺れていた。

この部屋は龍一郎が最期を過ごした場所だった。

元は広い書斎だったが、晩年は書棚を出してベッドを据え、その下に布団を敷いて照子が寝ていた。

この部屋の窓際にはバルコニー状の続きがあり、そこは壁も天井もガラス作りのサンルームだ。ウィンターガーデンと龍一郎は呼んでいて、本来は温室のように使うのだが、療養に来た最初の年に渋柿を剝《む》いて、すだれのようにつるして干し柿を作っていた。

龍一郎亡きあとに再びこの家に戻ってきてから、照子は毎年、少しだけ干し柿を作る。誰に食べさせるというわけでもないが、年末に作って正月に庵に供えるのがいつの間にか習慣になっていた。

立海が庵で倒れた数日後、この部屋で剝いた渋柿のへたに糸を通していたら、人の気配がした。顔を上げると、うっかり開け放したドアから立海が顔をのぞかせている。

入っていいかと言ったのでうなずくと、珍しそうにあたりを見回して入ってきて、照子の横に座った。

何かご用かと聞いたら、お願いがあるという。俺でクリスマス会をしたいらしい。

「クリスマス会とは、どのようなことをなさるの？」

「おうたをうたって……それからあそぶの」

どのような遊びを？　と重ねて聞いたら、答えに詰まって戻っていった。

そしてその翌々日の午後、立海が対の屋に走ってきて、うやうやしく紙を差し出した。

渡された紙にはクリスマス会の計画表が書いてあり、「1　うたう　2　ケーキをたべる　3　おどってあそぶ」とあった。

何を踊るのかと聞くと、困った顔になり、再び逃げるようにして戻っていった。

しかし、そのあと立海が奥峰生の友人からクリスマス会の招待を受けたと聞いた。ならば俺はもう使わないのだろうと思っていたら、数日後、立海が再びこの部屋にやってきた。

今度は耀子の誕生日会をしたいと言う。

柿の乾き具合を指で確かめながら、立海にたずねた。

「それで……何をなさるの？」

「うたって、それからあそぶ」

「クリスマス会と一緒ね」

そんなことないよ、と立海が力強く言った。

「ないしょで……ヒミツで、したくをするの。わあお！　ってヨウ、ヨウコちゃんをおどろかすの。そこんとこ、クリスマスとちがうよ、ぜんぜんちがう。まったくちがう、すーごくちがうの」

話しているうちに興奮してきたのか、立海が何度もうなずいた。違うのはおそらく立海の意気込みなのだろう。耀子を驚かせたくてたまらないらしく、いきいきとした顔をしている。

「わあお、ね」

「そう、ワアオ！」

ハナの影響か、そこだけ外国人風に立海が言った。

立海がつるし柿を見上げた。

「テルコもないしょで……なにかのしたく？」

「どうしてそう思うの？」

「だって。千恵にかくれて、こっそり……。わかった、ぼく、ないしょにしとく」

何を勘違いしているのか、立海がうなずいた。でも千恵は知っている。

この時季になると、頃合いの柿を見繕ってそっと届けてくれる。

立海が大きな目を輝かせて、あたりを見回した。

「ねえ、ここ、テルコの『ひみつきち』でしょ。だっていつもはカギがかかってるもん。こんなお部屋があるんだね」

「むやみに人の家のドアを開けない」

ごめんなさい、と素直に立海があやまった。それから少しうつむきながら、庵を貸してくださいと丁寧に言って照子を見上げた。

考えておくと答えて、つるし柿の前に立った。

晩秋の光を受けて柿は順調に干し上がり、橙《だいだい》色の果肉は茶色くなってきた。水分を失った柿を照子はそっと指で揉む。

何をしているのかと立海が聞いた。こうすると繊維がほぐれて甘みが増すのだと答えると、ウィンターガーデンのタイルに腹ばいになって、ノートに何かを書き出した。

黙って照子は膝をつき、下のほうの柿を揉む。

立海が起き上がって、照子の前にまわった。

ねえテルコ……、と大きな目が心配そうにのぞきこんできた。

「おひざ、冷たくないの?」

そう言われると、たしかにタイルは冷たく、膝をついて柿を揉むのは少し辛い。

「ぼく、おなかが冷たくなってきた。プニプニするのたいへんじゃない?」

「プニプニ? なんですの、それは」

柿を揉む仕草を真似て、立海が照子を見た。

「ねえ、テルコ……ぼくがやる。ぼくが下のカキ、プニプニする。テルコはセイタカノッポだから上をやって」

「どうして?」

「あのね……ぼく」

立海が軽くうつむいた。

「それなら、ぼくに……お仕事させて……アルバイト」

小さな子どもの口から大人びた言葉が出たのに戸惑い、照子は立海を見つめる。少し恥ずかしそうに立海が言った。

「ぼくね、ぼく……。そうやって、前、おとうさまにおねがいしたの」

何をですか？　と聞くと、立海が一瞬、呆《ほう》けた表情をした。

「どうなさいました？」

立海が首を振った。

「なんでもない。だから……。ちゃんとやる。だから、おねがい。アルバイトするから、ぼくらに俺をつかわせて」

「別に働いてもらわなくてもよろしいけれど……」

対価を差し出して何かを得る。そうした取引は龍巳が生きている世界では正しいことなのだろう。しかし幼い子ども、しかもどこか貴公子然とした立海が言うと妙に生々しい。

しかし懸命に言っている立海の顔を見たら、承諾してしまった。

それから立海はリュックに絵本や文房具を詰めこみ、対の屋に現れた。それまでは耀子と遊びまわっていたのに、来るとまず柿の様子を調べて、真剣な顔で繊維をほぐし、それが終わると色紙で鎖を作ったり、本を見ながら画用紙にさまざまな国旗を描いていた。

誕生日会の飾りをこしらえ始めたのはいいが、作りかけのものを自分の部屋に置いていたら、布団を敷く場所がないと鶴子に叱られたらしい。母屋の勉強室でやるように言うと、それでは耀子にばれると言って、この部屋を秘密基地のようにして使っていた。

最初はあまりいい気分がしなかった。

この部屋は家具を元に戻し、机の上の文房具にいたるまで、龍一郎が書斎として使っていた当時そのままにしてある。

夕食前のひととき、照子はいつもこの部屋にこもる。一人掛けのソファに腰掛けて、去っていった日々を思い出す。室内の調度は古びていっても、心のなかの映像はいつも鮮やかで、そうしていると彼の思いは今もここにあるような気がする。

大切なそのひとときを邪魔されたくはない。

それでも断れなかったのは、幼い弟が遊びにくるのを、この部屋の亡き主が楽しみにしているような気がしたからだ。

しかし今、こうしていると、それが言い訳だったことに気付く。

立海が来るのを楽しみにしていたのは他ならぬ、自分自身だったのだ。

ゆっくりと照子は立ち上がる。

床に置かれた小さなリュックを拾って、広げたままのノートを見た。大きく「テルコにおねがい」と書かれていて、そのあと言葉が連ねてあった。

ノートを閉じ、あちこちに置かれた色紙細工や文房具を集めて机に積み上げた。

まるで夢の跡だ。

だけど古びた部屋のなかで、立海のものだけが新しくてみずみずしい。

そっと色紙細工に触れる。ついさっきまで現実に息づいていたものが放つ力は強く、それゆえにこの部屋には過去しかなかったことに照子は気付く。

いつも、思い出してばかりだ。

思うばかりで何も動けず、ことあるごとにこの部屋にこもっている。数時間前の立海の姿もすでに思い出となりかけ、きっとこれからこの部屋で何度も回想するのだろう。

もっと強く、龍巳に言うことができたのではないか？

もっと強く、あの子を守ってやることができたのではないか？

そうしなかった褒美に宝飾品を与えられ、突き返すこともできず、またこの部屋に逃げてきた。

そっとリュックに手を伸ばすと、中から平べったい缶が転がり落ちた。可愛らしいクッキーの空き缶に「たからのはこ」と書かれた紙が貼ってある。開けると、紙で作った指輪とドングリの腕輪が入っていた。

不意に小さな笑いがこみあげ、照子はその指輪を見る。中には作りかけのカードがあり、『ヨウコさま』と書かれているところを見ると、これを贈るつもりだったらしい。

笑ったつもりが、目尻に少し涙がにじんだ。

窓を見ると、薄暗い雪空の向こうに自分の姿が映っていた。

これが私？

ガラスに映った姿を照子は眺める。空洞のような目をした女が立っていた。

これが今の私。

目を伏せると、銀灰色のミュールが目に入ってきた。絹張りの艶やかな光沢を見たとき、耀子に贈ったエナメルの靴を思い出した。

どうしてあの子に靴を贈ろうと思ったのだろう。

紙の指輪を缶に戻しながら、薄く照子は微笑む。

そうだったわね。

そうだった――。

再び照子は笑う。ノートを手にして広げると、小さな義弟が書いた大きな文字が目に入ってきた。

『テルコにおねがい』

よろしくてよ。

そっとその字に触れながら思った。

つないであげるわ。

断たれた夢を、拾ってつなげてやろう。たとえこの先、あの二人に何の接点がなかったとしても、今は立海が思っていたことをあの子に伝えてやろう。

そう思ったものの、ノートをめくって照子は困惑した。

テルコにおねがいと書かれた文の次には大きな字でこうあった。

『テルコがかざる　あおいはな
コマネチ　ツルコバチ
ジイジイシシ　ちえをかし』

「立海さん……」

ノートを胸に当てたら、ため息がこぼれた。

一体、立海は何を頼みたかったのだろう。

※

庵の柱に軽く身を持たせかけて、照子は室内を見渡す。

仏壇の前の障子を閉めた室内には、赤や黄色や青の色紙の鎖がめぐらされ、七夕祭りのようなにぎやかさだ。

向かいにある壁時計は夜の七時過ぎ。いつもなら入浴を終えて一息ついている時間だ。庵の水屋では庵の中央に置かれた卓には常夏荘の女たちが顔を寄せ合って土鍋を囲んでいた。


間宮と、鶴子の息子、佐々木信吾が忙しそうに立ち働いている。

耀子に鶴子が鍋の肉を取ってやり、上に七味をかけてみろと千恵が熱心に勧めている。

二人の女に世話を焼かれている耀子と目が合うと、少女はなぜか顔を赤くして、頭を下げた。

赤いワインを飲みながら、照子はあらためて周囲を眺める。

常夏荘に長くいるが、ここで暮らす人々とともに食事をするのは初めてだ。正確に言えば、使用人たちと近しく食事をするのは初めてだ。

しかもこんな場所で鍋を囲むことになるとは――。

二時間前、立海が書き残した文章に首をかしげながら、照子は色紙細工のなかから『あおいはな』を探した。しかし青い花は見つからない。仕方がないので、色紙の鎖を耀子の部屋に飾って、立海の『たからのはこ』を渡してやろうと思った。

細々したものを友禅の風呂敷にまとめて階段を下りると、千恵がキッチンから出てきた。バスケットと紙箱を抱えている。

それは何かと聞くと、耀子のバースデイケーキだと千恵が言い、あわてて付け足した。

「これはあの、私の気持ち、私と立坊ちゃんの気持ち……」

気持ちとは？　と問うと、千恵が背筋を正した。

「今朝がた家で作ってきて……飾り付けを坊ちゃんにさせてあげようと思って、持ってきたんです。あのう……別に調理場の材料を勝手に使ったわけでは……」

「いいのよ、それは」

「実はこれ、立坊ちゃんがお手伝いをしてくれたお礼で」

「お手伝いとは、なんの話？」

すみません、と千恵が頭を下げた。

「おあんさんに一言、申し上げるべきでした。実は立坊ちゃんがお仕事をしたいというので、それでここ一週間、お正月用の漆器を拭いてもらってて」

「それで……そのケーキが報酬？」

「そうです」

お世話をかけたわねと言うと、とんでもない、と千恵があわてて頭を下げた。

それから照子の友禅の風呂敷包みを見て、おそるおそるといった様子で口を開いた。

「あのう、おあんさんのそのお荷物……。どこかへお出かけですか」

「長屋へね」

えっ？　と聞き返した千恵に、立海のノートを見せた。

「うちは飾り付けの担当らしい。本当は俺に飾りたかったようやけど」

ノートを見た千恵が笑った。

「おあんさんにお願いって、これまた、でっかく書いてますね。坊ちゃん、人使いが荒いなあ。『ジイイシシ、ちえをかし』。なんだろう、ジイジイって間宮さん？　何の智恵を貸すんでしょう？」

「ほんになんのことやら。最後の最後まで人騒がせなお人やわ」

「遠藤家の男衆はやりたい放題ですね」

ケーキと一緒に飾りも届けてくるという千恵をとどめ、二人で並んで長屋に行った。

長屋のドアを叩くと間宮が出てきた。

間宮が驚いた顔を初めて見た。しかしそれは一瞬で、すぐにいつものいかめしい顔に戻った。

間宮の挨拶を受けながら、照子は耀子の姿を探す。

ドアの向こうはすぐに四畳半ほどの台所だった。床には新聞紙が敷かれ、麺棒とまな板、切りかけのうどんが置いてある。その向こうには野菜と肉が大皿に盛られていた。

千恵がプレゼントだと言って、持ってきた物を差し出すと、間宮は再び驚いた顔をした。

「対の屋の皆さまから？」

「それは立海さんと千恵の気持ち。うちは別の用を頼まれて」

立海のノートを渡すと、間宮が怪訝《けげん》な顔で中を見た。読み終えた間宮に照子は風呂敷包みを掲げて見せる。

「こちらが立海さんが作らはったお誕生日の飾り物。これを今日は飾ってあげたかったみたいやわ。せっかくの力作、耀子ちゃんのお部屋に飾ってあげたい気がして」

間宮が一礼して、風呂敷を受け取ろうとした。

「いいえ、うちが飾りましょう。立海さんたってのご指名。上がらせてもらって、よろしいやろか？」

間宮が答えるのをさえぎるように、千恵が台所をのぞいた。

「お料理中？　ずいぶんな量だね、よかったら私もなんか手伝いますよ、間宮さん」

「むさ苦しくしておりますから」

「それはどこも一緒だって」

「うちのこともお構いのう。耀子ちゃんはお部屋に？」

対の屋にお邪魔していないかと間宮が不思議そうな顔をした。

「いやあ、調理場にはいなかったけど……」

突然、景気の良いファンファーレのような口笛が響いた。

スターウォーズだ、と千恵が吹き出した瞬間、佐々木信吾が現れた。手には小さなガスボンベとコンロを持っている。

「うわああ、おあんさん。千恵ちゃんも、どしたの？」

「立坊ちゃんの……」

「ああ、シシカイ？　長屋でやろうかと思ってるけど、まだまだ準備中だよ」

「シシカイって？」

「それはなんですの？」

ありっ？　と佐々木が頭をかいた。

「千恵ちゃんも知らないの？　坊ちゃん、招待状を書いたって言ってたけど」

間宮をちらっと見ながら、耀子の誕生日会のことだと佐々木が言った。

「耀子ちゃんに内緒にしたくって、誕生日会のことをシシカイって坊ちゃんは呼んでたんですよ。いわゆる暗号ってやつ」

「映画の見すぎだよ、佐々木さん」

まあね、と佐々木が笑うと、照子に顔を向けた。

「前にガレージで猪鍋《ししなべ》の話をしたら、立坊ちゃんがそりゃあ興味津々になりましてね。イノシシを食べるっていうのが、珍しくってしょうがないみたいで。そもそも鍋をつついたことがあんまり無いって言うんですよ。じゃあ耀子ちゃんの誕生日に軽く食べるかって話になって。食い物のことだから、本当は千恵ちゃんにも一枚、かんでもらおうと思ったんだけど、土曜の午後は千恵ちゃん、休みだろ」

千恵がうなずいた。

「だから俺と間宮さんと男ばっかで準備しようって立坊ちゃんが言い出してね。男同士の秘密ってことにして、女衆も呼んでびっくりさせようかって」

佐々木が笑った。

「そんで俺はガスボンベとコンロ、間宮さんは肉と野菜の担当。それから、皿とか小鉢とかは……女だけど、まあ、俺っちのオッカサ、いえ、母に頼むことにしたんです。立坊ちゃん、みんなを招待するつもりだったようですよ。間宮さんもそのつもりで今日、奥峰生でとびっきりのシシ肉を仕入れてきたんだよね」

まあ、と間宮が曖昧にうなずいた。

「それでも庵で飲食をするのはどうかと思っておりましたが……」

「ガレージでやるって案も出たんだけどね」

佐々木がボンベを見た。

「あそこは寒いし、坊ちゃんがどうしても庵がいいって言いまして。でもやっぱりご本家の仏間で猪鍋たあ、まずいと思って、本当にやるなら、おあんさんにご相談しようと思っていました」

台所の床に置かれた豊かな食材を照子は見る。無口な間宮が子どもたちのためにあれこれ買い整えてきたのだと思うと、山盛りになった食材がどこか哀しい。

千恵ちゃーんと、庭のほうから女の声がした。

「ここにいるの？　あれ、まあ、おあんさん」

佐々木とそっくりの表情で鶴子が驚いた。あわてて外商の人々は帰ったと報告する鶴子に、立海の話をして照子はノートを差し出す。大きく書かれた文字を見て、鶴子が軽く首をかしげた。

「なんでしょう。このコマネチ、ツルコバチというのは。ちえをかし……千恵ちゃんが何かを貸すんでしょうか」

「間宮さんがシシ肉。千恵はお菓子。鶴子が小鉢を用意するという暗号ではないやろか。そして『テルコがかざる』。うちが飾り付けの担当らしい。よろしいわ、庵でやりましょう」

えっ、と佐々木が声を上げ、一同の視線が集まった。見上げられた目に、照子は答える。

「立海さんのことは、皆さんにお世話をかけました。そうしたことなら耀子ちゃんのお誕生日のお祝いもかねて、庵でしはったらいい。うちからはジュースやらお酒やらを贈りましょう。皆で楽しむと良いわ」

「庵で、ですかい？」

「仏間でけものの肉を食べたら罰当たり？」

鶴子を見やると、常夏荘の生き字引は微笑んだ。

「障子を閉めたら仏間ではありません。先のおあんさんは、そう言ってあの場所でいろんなことをなさっていましたよ。ときには女と子どもでお鍋を囲んで、お酒も召し上がっていました」

間宮がなぜかばつの悪そうな顔をした。

「俺はおあんさんのもの。おあんさんが良いと言えば良いのです。そのかわり」

そのかわり？　と照子が聞くと、鶴子が男達に顔を向けた。

「俺では男衆もチャッと働いてもらいますよ。あそこは女、子どもの慰労の場所。男衆が鍋のしたくと片付けをするんです」

「ハナっからそのつもりだよ、ガッテン承知の助」

「その承知の助というのはなんですの？　立海さんもよう言うてはったけれど、今、はやってる言葉？」

佐々木が頭をかき、さざ波のように笑いが広がった。

俺の鍵を開けて長屋の人々を招き入れ、照子は室内に色紙の鎖を飾った。それが終わったので、支度をしている人々を残して、外に出た。

対の屋のどこにも耀子はおらず、母屋にもいない。

銀杏の木の下から長屋の方向に耀子が向かったことを思い出し、ゆっくりと照子はその足取りをたどる。通用門の前を通ったとき、浜松の病院から帰ってくる折に、あの子が門で待っていたのを思い出した。

何気なく門の外をのぞく。すると隅の暗がりに、耀子がしゃがみこんでいた。

声をかけようとして、言葉に詰まった。黙って門灯をつけると、耀子が顔を上げた。

そっと手をさしのべると、ぽかんとした顔で耀子が見上げた。

「まいりましょう」

小さな手を取ってそっと引くと、抵抗せずに少女は立ち上がった。そのまま手をつないで歩いていくと、かすかな声がした。

「どこ。どこに……行くの、ですか？」

「庵よ」

あん、と耀子がつぶやいた。

石畳に積もった雪が白々と輝いている。雪はすでにやみ、庭を突っ切ると、月明かりの下で風景は明るい銀灰色に染まって見えた。

そのなかに一筋、金色の線が地に長く伸びていた。庵の雨戸から漏れているあかりだ。観音開きの扉を開けると、色とりどりの紙飾りの向こうにあたたかい光が広がっていた。

ハッピーバースデイ、と千恵が言い、佐々木が指笛を吹いた。

座卓の上には鍋がかけられ、皆が微笑んでいる。

隣を見ると、少女は呆然《ぼうぜん》と立ち尽くしていた。

それが一時間前のことだ。

『たからのはこ』を耀子に渡して立ち去ろうとしたら、皆に引き留められて上座に通された。庵の主がいなければ、恐れ多くてここで飲み食いはできないと言う。

戸惑いながらも勧められた席に座り、味噌仕立ての猪鍋を囲んだ。野生の獣の肉は好きではないのだが、千恵が取り分けてくれた猪肉は脂身にこくがあり、赤ワインに良く合った。くつろぎながらも遠慮が見える大人たちに酒をすすめ、照子も三杯目のワインを飲む。酔いがほどよく身体にまわり、対の屋に戻ろうと思いながらも、どこか立ち去りがたい。

なぜ、と思っていると、耀子と目が合った。小声で靴の礼を言っている。

気に入ったかと聞くと、何度もうなずいた。とても力強くうなずく様子に気持ちがなごんで、言葉を続けた。

「あの靴、メリー・ジェーンと呼ばれてるそうえ」

靴に名前があるのかと耀子がたずねた。

「そう、あの形の靴、ベルトで留めるタイプの靴をそう言うらしいわ」

靴の名前をつぶやき、少女がかすかに微笑んだ。

黒いエナメルの『メリー・ジェーン』と呼ばれるあの靴は、ヒールがないと少女用、底が分厚くなると前衛的に、そしてハイヒールになるとこの上なく官能的な靴となる。

ワインを一口飲み、初めて履いたハイヒールのことを照子は思い出す。

目を閉じると、龍一郎の姿が浮かんだ。

あれは、新婚旅行先で第一夜を過ごした翌朝のことだ——。


パリのホテルで目覚めると、先に起きた龍一郎がベッドから出て、何かを拾い上げた。

「君の靴って……でっかいなあ。コッペパン、いや、五平餅みたいだ」

「五平餅……?」

情けなさそうな顔をして、龍一郎が手にした靴をしげしげと見た。

「そうさ、峰生の名物さ。平べったくて、でっかくて、甘辛いたれを塗られて美味《うま》いんだが……これはいただけないな」

耳まで赤くなるのを感じた。軽く笑って靴を置くと、龍一郎は寝室を出ていった。

ベッドから身をおこして、靴を見た。それは茶色のバレエシューズで、フランスの女優が履いたことで人気が出たという形だった。最新流行だと東京で勧められたのだが、ヒールがないので平べったく、一番大きなサイズのせいか、たしかにコッペパンのようだ。

ほどなくして響いてきたシャワーの音を聞きながら、婚礼のことを思い出した。十センチ以上ある龍一郎との身長差はヒールのない靴を履いても埋めようがなく、そのうえ髪を結い上げた花嫁姿は小柄な新郎をさらに小さく見せた。

豪華な結婚式のその裏で、人々がそれを見てなんと笑っていたのかを知っている。

『セミの夫婦』と呼ばれていたらしい。

大きな花嫁の隣でフロックコートを着た龍一郎は木にとまったセミのようで、名家という大木の血を吸う『ノミ』ならぬ『セミ』だという。

大木……そう思いながら両手で顔を覆う。

でっかい靴というのは、他の誰かの小さな靴と比べて言ったのだろうか？

ベッドでの龍一郎はすべてに物慣れていて、別の女性たちの存在を感じた。

シャワーの音を聞きながら、少しだけ泣いた。それから部屋に戻ってきた夫に聞いた。

あの家の出でなかったら、わたくしを妻に望まなかったかと。

シャツの袖に腕を通しながら、背を向けたまま龍一郎が答えた。

僕の家に資産がなかったら、君は来なかったのかと。

黙っていると、カフスボタンを留めながら静かな声で言った。

「答えられないなら、そういう質問はしないほうがいい」

それから身支度を調え、龍一郎は部屋を出て行った。

仕事の都合で会わねばならぬ人がいるのだという。

観光目的での渡航がまだ難しかったので、この旅は名目上は海外出張で、秘書が同行して商談の予定が入っている。照子にも一応、仕事があるらしいのだが、それは気にしないでいいと言われた。

午後になって龍一郎は戻ってきた。しかし朝の一件が腹立たしくて、話をする気になれない。打ち解けぬまま夜を迎えて、寝室で髪をとかしていると、龍一郎が長細い箱を持って現れた。そして照子を軽々と抱え上げるなりベッドに運び、ルームシューズをむしりとって、クズカゴに放り投げた。

思わぬ早業に目を見張った。

「そんなに驚いた顔をするなよ」

龍一郎が笑った。

「峰生の男はね、君。小さくても木をかつぐんだよ。ぼくだっていざとなったら、君をかついで逃げるぐらいの力はあるさ。だけど秘密だよ。基本、ぼくは体力がないからね。しかし……女の身体ってのは何で出来てるんだろう。材木とはずいぶん違うね」

むしりとられた靴から素足が無防備にのぞき、狼狽《ろうばい》して照子は床に手を伸ばす。

「は、履き物……」

そう、それだよ、と龍一郎が細長い箱を開けた。

「なんだって君はあんなペッタンコの靴ばっかり履くんだい？　どうしたって、僕の背は君に足りないんだから、いっそバリッとしたパリ仕込みのハイヒールを履いてもらった方が楽しいよ。こういうのは嫌いかい？」

中から銀色の絹張りのサンダルが出てきた。

「ミュールって呼ぶんだ。こっちの室内履きさ。外に履いてっちゃだめだよ。ほら、ぴったり」

強引に照子の足をつかんで靴をはめこみ、龍一郎が笑った。あらわになった太ももを隠しながら、どうしてサイズを知っているのかとたずねると、龍一郎が続きのリビングルームから、いくつかの箱を運んできた。

「持っていったのさ、五平餅を。それで見繕ってもらった」

悔しくて軽く足を振ると、あっさりとミュールは床に落ちた。絨毯の上に横倒しになったミュールは、腹立たしいほど優美な曲線を描いている。

「外履きはこっちさ」

箱を開けて、龍一郎が黒いハイヒールを出した。

足首にベルトが付いたエナメルの靴だった。少女靴のようなしとやかさがありながら、漆黒のエナメルのつやは闇夜のように深くて妖《あや》しい。

高いかかとが描く曲線の艶やかさに見とれた。しかし一瞬、見とれた自分が悔しくて、娼婦《しょうふ》みたい、とつぶやいて照子は横を見る。

「君は娼婦を知っているの？」

龍一郎が別の箱を開け、今度は柔らかなものを放り投げた。

「僕はそれほど知らないが。まあいいや。こいつを着てご覧」

それはシルクのスリップドレスで、銀灰色の生地の裾には繊細なレースの縁取りがあった。膝上ほどの丈で両サイドには深いスリットがあり、歩けば足があらわになりそうだ。これを寝間着にしろと龍一郎は言う。

なんて下品な。

あきれて横に追いやると、続いてもう一枚、龍一郎が同色のものを投げてきた。スリップと対になっているシルクのガウンだった。こちらの丈はかなり長く、膝下までありそうだ。

「ナイトガウンって言うんだ。寝間着の上に着るものだね」

けがらわしい、とガウンを床にたたきつけた。

「娼婦みたい」

ゆっくりと衣類を拾ってベッドに投げ返すと、龍一郎が壁にもたれて煙草に火をつけた。

「君、どこの国の娼婦もこんな凝ったものを着ていないよ。着ているとしたら、相当、高級な娼婦だろうね。椿姫みたいな」

「椿姫……」

その話なら知っている。大金持ちのなぐさみ者になった女の物語だ。

龍一郎がゆっくりと煙草の煙を吐いた。気に入らないのかと言っている。

「わたくしを……笑いものにしたいのですか？」

「笑いもの？」

「こんな、かかとの高い靴。大木みたいに見えます」

煙草を手にしたまま、龍一郎が笑った。

「なんだい君、セミの夫婦って呼ばれてるの知ってるのか？　まあ、僕はギョロ目だから、セミとはうまいたとえではあるけれど。だけど大木ってのは失礼だよな。マア……」

無言で照子はベッドのシーツをひきはがす。そのまま毛布と枕を抱えて、バスルームへと向かった。

パリでも最上級と言われるこのホテルのスイートルームはどこまでも広く、バスルームだけでも大人が何人も横になれそうだ。抱えてきた寝具を大理石の床に置いて鍵をかけ、枕に顔を伏せる。

いかがわしい。

娼婦まがいの格好を妻にさせたがるとは。

下郎だ。

バスルームのドアを叩く音がした。何を怒っているのかと龍一郎が聞く。

「わたくしを何だと思っているのですか」

僕の奥様、とのんきな声がした。

立ち上がってドアを開け、思い切り枕を投げつけてドアを閉めた。

扉越しにぼそりと声がした。

「なんでそんなに怒るんだ。お姫様って答えるべきだったのか？」

それからしばらくして、扉をノックされた。

「おーい、手を洗いたいのだけど、お姫様。自然が僕を呼んでいるのだが」

知らぬふりをしていると、また声がした。

「そろそろ出てきてくれないかな、天女様」

天女とはどういう意味かと照子は考える。天の岩戸に見立てたのだろうか？　しかしそれならば天女ではなく、女神というはずだ。

「崎田さんにご相談なさいませ」

日本から同行している秘書の部屋に行けというと、出て行く気配がした。しかしそれからほどなくして乱暴に部屋のドアが叩かれた。秘書の崎田が叫んでいる。

「奥様、照子様、開けてください」

あわててドアを開けると、崎田が部屋に入ってきた。その背に龍一郎が顔を伏せて負われている。崎田の肩のあたりから、力なく腕が落ちて揺れていた。

失礼します、と言って、崎田が居間を通って寝室に入っていった。

後を追うと、再び激しく部屋のドアがノックされた。

ホテルの人間だから、出てくれるように崎田に頼まれ、照子は走る。足がもつれて転ぶと、背後から崎田が悲鳴のような声で龍一郎の名を呼んだ。

床に手をつきながら、照子は寝室を振り返る。前方では警笛のようにドアが叩かれ――。

おあんさん、と声がした。

錆《さび》を含んだその声はとても頼もしい。

「おあんさん、どうなさいました」

夢見心地から覚め、照子は現実に戻る。間宮が心配そうに見ていた。

「少し……お酒がまわってきたみたい」

鶴子がそっと差し出したグラスの水を飲むと、庵の扉のほうから音がした。

「誰か……扉を叩いてないかしら？」

笑っていた千恵が腰を浮かせて、佐々木の腕をつかんだ。

「ほんとだ。誰か扉を叩いてるみたい。佐々木さん、ちょっと見てきてよ」

ええっ、と佐々木が声を上げた。

「俺、なんか怖いよう。雪女だったらどうしよう」

柱にもたれて半ば目を閉じていた耀子が、突然立ち上がった。

「リュウカ君？　リュウカ君だ」

耀子が飛ぶように駆けていき、あとを追った千恵がうわあ、と素っ頓狂な声を上げた。

「笠《かさ》地蔵が立ってるかと思っちゃった」

扉に向かうと、暗がりのなかで雪まみれになった青井が立っていた。

※

立海は東京に向かったが、自分は一人で熱海から戻ってきたのだとコートの雪を払いながら青井が言った。そのまま浜松からタクシーに乗って来たのだが、常夏荘の前の坂を車がのぼりきれず、歩いてきたのだという。

明日は雪をかいておかねばと間宮が言い、佐々木がうなずいた。普段はそれほど雪が降らない土地柄なので、ひとたび積もるといろいろなことが滞る。

「道はそれほどひどくはなかったんです。雪もやんでますし、でも」

くもった眼鏡を拭きながら、青井が笑った。

「そこの木の枝から雪がバサッと落ちてきて……。庵の軒下で雪を払おうと思いましたら、なかから皆さんの声がしたものですから」

鶴子が手早く青井の席をしつらえ、鍋のものを椀《わん》によそった。

「先生、ご挨拶が終わったら、まずはひとくちあったまってくださいな」

「そうですよ、先生」

ビールの栓を開けながら千恵が言った。

「お肉を食べて食べて。イノシシはね、体がぽっぽとあったまるし、煮込めば煮込むほどおいしいから。後から来た者に福あり、ですよ。ほらほら」

「その前にストーブで足を温めたほうがよいのでは？　足が冷えたら体に毒やわ」

ブーツを履いていたおかげで、それほど足は冷えていないようだと青井が言い、照子に軽く頭を下げて耀子の隣に座った。

「リュウカ……立海君は？」

「とても帰りたがっていたけれど、いろいろあってね。私だけ戻ってきたの。でも」

両手で椀を包み込むと、青井が微笑んだ。

「私一人でも峰生に戻ると決まったら機嫌を……なおしてはいないけれど、とりあえずお手洗いからは出てきたわ」

トイレ？　と耀子が顔をくもらせた。

「吐いたの？　また気持ちわるくなったの？」

いいえ、と青井が首を振ると、千恵も顔をくもらせた。

「じゃあお腹でもくだしましたか？　そんなにお腹がゆるくなるもの、バスケットに入れなかったけど」

おいしそうに食べていたと青井が答えた。浜松駅で追いついたときは元気がなかったが、新幹線に乗り込んで千恵の心づくしを食べ始めたら、いつもの立海に戻ったらしい。

「ほうら、やっぱり。立坊ちゃん、おなかがすいてたんですよ」

そうかもしれません、と青井がうなずき、一口、汁を飲んだ。

「でもこれまではそうでもなかった。ひとたびあんなふうに心の糸が切れると、普段は何も口にしないんです。でも千恵さんのバスケットからホットドッグを出して渡したら、とても素直に受け取っていました」

「そうでしょうとも、そうでしょうとも」

千恵の言葉にあわせて、耀子も力強くうなずいた。

「それでも最初は黙々と食べていたのですが……ソーセージをかんだ拍子にプチンって音がして……。とてもいい音でしてね。その瞬間、クスッと笑いました。それからいつもの調子に戻って、ゆうゆうとココアをおかわりして、お父様の分まで果物をたいらげ、きれいに口のまわりを拭いたら、ヤラマイカ、ヤラマイカってぶつぶつ言いながら、手を洗いに行って……それから帰ってきません」

一同が青井の顔を見た。

「心配して見に行きましたら、大宮さんがグリーン車のトイレの前で困っていました。立海さんが立てこもって出てこない。峰生に返してくれなきゃ、ここから出ないって叫んでいて……。そのうちお手洗いを使いたいお客様が次々と現れて列をなして」

まあ、とつぶやき、照子はため息をつく。

「なんて人騒がせな……」

幸か不幸か、と青井がつぶやいた。

「そこにお父様の知りあいの政治家が乗り合わせていて、何の騒ぎかとおっしゃる。さすがに困ってお父様がお手洗いに行きますと、ぼくはもうおトイレで野垂れ死ぬことに決めましたから、おとうさま、さようなら、なんて言い出して」

それから押し問答が続いたと青井がため息をついた。

「その間にもどんどん人が集まってきて……結局お父様が少し譲歩して、なかから出てきたんですけど」

「やるなあ、立坊ちゃん」

「でも出るなりお父様がお仕置きしようと、立海さんの両脇を抱えてグッと持ち上げたんです。そうしたら、すかさずお父様のおでこに頭をゴンと」

「頭突き？　親父様に頭突きをくらわしたんすか？」

ええ、と佐々木にうなずき、青井が遠い目をした。

「あれが頭突き、というんですね。お父様がよろめいた拍子に立海さんは床に落ちたんですけど……すぐに立ち上がって、ぼくを怒るなら、これからはもう女の服は着ない、はだかんぼで一生暮らすって言って今度はどんどん服を脱ぎだして」

一難去ってまた一難、と言いながら、千恵が青井のグラスにビールをついだ。

「なんとかしてパンツを下ろすのを止めたところ、ぼくにもぼくの都合があるから、勝手に連れてこないで。今度やったらぶっさらう、とお父様に叫んでいました」

「パンツ一丁で？」

ええ、と青井が千恵にうなずいた。

雪のなかを歩いていった立海の背中を思った。大人達に囲まれて、今にも消え入りそうだったのに、どこでそんな蛮勇を奮い起こしたのだろう。

「それで？　義父《ちち》はどうしたのかしら」

「あまりの剣幕だったので受け入れました。やはり、多少は理不尽なことをしたと思っていたようです」

「ほんと、やるなあ、坊ちゃん」

乱暴はいけませんが、と鶴子が言った。

「ほんに可愛いお子だ」

隣で千恵が顔をくもらせた。

「だけど私、心配だな。ぷっさらうとかやらまいかとか、立坊ちゃん、すっかりこっちの言葉になじんじゃって。大丈夫かなあ。東京でいじめられやせんかしら」

ぷっさらう、とはどういう意味かと青井が千恵に聞いた。

「えっ？　私はそんな言葉使わないですよ、男の言葉だよねえ、間宮さん」

まあ、と間宮が口ごもった。

「ぶん殴るという意味ですな」

「おいらはぶっさらう、って言うけどね。そっちのほうがボッコボコに殴る感じがあるから」

「ではヤラマイカというのは？」

やあだ先生、と千恵が手をひらひらと横に振った。

「それじゃイカですって。スルメイカ、みたいに言っちゃダメぇ。そうじゃなくって……なんだろ、間宮さん」

やらまいか、とは、と間宮が落ち着いた声で言った。

「やろう、まい、か。つまり『やってみようじゃないか』。それから『一緒にやらんか』と、人を誘うときにも使いますな」

やらまいか、と言って、佐々木がうなずいた。

「こっちのほうの人間は、どっかしら心の隅にこの言葉を持ってんですよ。へこたれそうになったら、腹の底にぐうっと力を入れて、ようし、やったれ、やらまいか。一発かましたれ！　そんなふうに気合いを入れるんです」

それは極端だよ、と千恵が笑った。

「女の場合は『さあ、始めようか』とか『いっちょ、やったろ！』ぐらいです」

「それって『一発、かましたれ』じゃねえ？　千恵ちゃん」

あ、そっか、と千恵がうなずき、間宮が微笑んだ。

面白い言葉、と青井がつぶやくと、佐々木が元気よく立ち上がった。

「ようし、体もあったまってきたし、坊ちゃんも丸くおさまったみたいだし。ここはひとつ、にぎやかしに芸のひとつでも、やらまいか。本当は立坊ちゃんとコマネチをする予定だったんだけど、なんか一人でやるのは恥ずかしいな。ようし、耀子ちゃん、アイドルは誰が好き？」

口ごもりながら、聖子ちゃん、と耀子が言った。

「よっしゃ、じゃあ、聖子ちゃんだ。瞬間芸だからちゃんと見ててね。せいこでーす！」

佐々木が女の声色を使って、しなを作った。耀子がぽかんとして、佐々木を見上げた。つられて照子も佐々木を見る。

全然、似てない、と千恵が手を振り、青井が眼鏡をはずした。

「悲しいほど似ていないですね」

「信吾、オッカサは悲しいやぁ」

鶴子が酒をあおった。

「なんだよ、この女性陣の白《しら》けぶり。よっしゃ、じゃあやったる。峰生の男の最終兵器、ハラ踊りだ。やらまいか、ねえ、間宮さん」

「信吾、アホの上塗りをするな。ああ、オッカサは悲しいやぁ」

泣き上戸なのか、鶴子が鼻をすすり、また酒を飲んだ。

まあまあ、と間宮がとりなすと、小さな声がした。

お話……と耀子が間宮を見上げた。

「ハラ踊りより、お話……。おじいちゃんは、昔話がうまいって、リュウカ君が」

間宮が耀子を見つめ返した。その視線を受けて、耀子が口をつぐむ。

どんなお話ですか、と青井が聞いた。

「私も聞いてみたいです」

間宮が咳払いをした。聞かせてほしいわ、と照子が言い添えると、決まり悪そうに軽く頭を下げた。

「おあんさんからどうぞ。峰生の話ではありますが、この家につながるお話でもある」

あの話ね——。

ワイングラスに目を落とし、赤い血のようなきらめきを照子は見る。

「忘れてしまったの。遠い昔に聞いたきり」

忘れるはずがない。だけど語れない。

グラスを見つめていると、間宮が座り直して、小さく咳払いをした。

「うまくはやれませんが……では、この席の彩りにひとつ」

なんという話かと青井が聞いた。

土地の者は『星の娘っこ』とか『星の天女』だとか呼んでいると間宮が言った。

※

七夕の日に小さな天女が雲の切れ間から落ちてきた、と間宮が話し出した。

織姫が彦星《ひこぼし》に会うために渡る『かささぎの橋』を守っていた天女の一人だが、見習い中の童女で、うっかり居眠りをして下界に落ちてしまったらしい。森のなかで困っているのを、峰生の少年が助けて家に連れ帰ったという。

少年の助けで幼い天女は美しい紐を編み、それで羽衣を直し、翌年の七夕の夜、織姫が峰生の上空を飛んだとき、天に戻っていったのだという。

羽衣伝説みたいですね、と青井が言い、間宮がうなずいた。

「似たような話は各地にあると、せがれも言っておりました。だけど峰生の話には続きがあるのです」

間宮が窓の方を見た。

「天に戻った見習い天女は優しい峰生の小僧っ子が忘れられない。小僧もそうです。天女に一目、会いたくて、峰生の木を懸命に育てました。高く、高く、天にも届くほど高く。天女の目に入るよう、どこの山より美しく」

天女も糸を取り、紐を編み続けたと間宮が言った。

「長い、長い紐です。雲の切れ間から落ちるのではなく、いつか峰生の里に降りるため。数年後の七夕の夜、二人の木と紐が出会いました。峰生の一番高くて美しい木に小僧が登ったとき、天から美しい紐が降りてきたのです」

柱にもたれている耀子が夢見るような表情を浮かべた。

「小僧が紐をつかんで見上げると、天女が手をさしのべた。長い年月の間に、見習い天女は立派な星の天女となり、小僧はたくましい男になっとりました。一目会えればよかったはずが、一度会ったらもう離れられん。星の天女は地上に降り、男と暮らすことを選んだそうで。そして糸をとり、機を織ることを女達に教え、峰生は栄え続けた。だからここは美しい糸と森の里」

やがて男の寿命が尽きたとき、とつぶやき、間宮が少し目を伏せた。

「天に戻れば永遠《とこしえ》の命があるのに、天女はこの地にとどまり、小さな花となりました。春繭の出来を見届けた後、姿をぷっつり消したそうで。その直後、男の墓を取り囲むように花が咲きました。星の形をした花、撫子です。天女は小さな花となり、この地を守ることを決めたのです。星にも似た花は天女の加護の証《あかし》。だから峰生の山の者は撫子の印を背につける。この遠藤家のご紋は、山の者の魔除けの印でもあるのです」

庵の柱にもたれて、照子は間宮の語りに聞き入る。

遠い昔、パリのホテルで聞いた話を、二十三年後の今、常夏荘で聞いている。

星の天女とはおそらく、都の戦乱を逃れてきた姫君ではないか、と龍一郎は言っていた。遠州は東でも西でもない。独立独歩の都だと。

なかでも――。

龍一郎の声を思い出して、照子はワインを飲む。

なかでも峰生は――とあの夜、龍一郎は言った。

「峰生は……」

そう言いかけて、龍一郎が軽く呼吸を整えた。

「人里離れた、誰も好んで来ようとはしない独立国さ。だからあの土地を愛して住み着いた都の麗人を、人は星の天女と呼んだのだよ」

パリのホテルの高い天井の底、豪奢なベッドのなかで夫が昔話を語る。

シルクの夜着をまとって横たわり、照子は夫の声を聞く。

ひょっとしたらこの人は今、話をするのも大儀なのかもしれない。先ほど体温をはかったら、まだ熱は下がっていなかった。いつも微熱が出ているから、これぐらいなら大丈夫と言っていたが、体の動きは緩慢で、少し辛そうだ。

この前、閉め出したせいだろうか？

洗面所を使いたいと言ったとき、実はひどく具合が悪かったのかもしれない。

三日前、新妻に部屋を追い出された龍一郎が秘書と向かったのはホテルのバーだった。そこで軽く酒を飲んだのはいいが、息が苦しいと言って倒れたのだという。

運び込まれた病院では過労が原因との診察だった。新婚旅行だから、いろいろ頑張りすぎたのだろうと冗談交じりに医師は言っていた。

しかしそんな軽口を言ったわりに、その場で帰ることはできず、少しの間、病院で様子を見ることになった。そして今日の午前中に龍一郎はホテルに戻ってきた。

閉め出したことをあやまりたいと思うのだが、うまく切り出せず、味気なく一日は過ぎた。仕方なく、湯を浴びた後であのシルクのスリップとガウンをまとった。

ガウンを脱いでベッドに入ったが、龍一郎はおやすみ、と言ったきり何も言わない。

それからしばらく長い時間が経った。

寝返りを打って龍一郎に背を向けると、眠れないのかと声がした。

「すまないね。ハネムーンだというのに」

龍一郎が笑った。乾いた響きの笑いだった。

「眠れないなら、伽《とぎ》のかわりに話でもしようか。まさにお伽話だ」

結構です、と断ると、そうだね、と低い声がした。

「僕も楽しい話は持ち合わせていない」

ああ、と大きく息を吐く声がした。

「ひとつだけあった。僕の故郷の話……遠い遠い昔の話だ」

気まずさを埋めるように、龍一郎が星の天女の話をした。

彼の祖母、おあんさんと呼ばれた女性が、繰り返し繰り返し子供らに語った話だという。

語り終えて一息つくと、天女は僕の憧《あこが》れ、と龍一郎がつぶやいた。

「僕のスタアだった。峰生の男が空を見上げて手をのばすと、夢のようにきれいな星の天女がその手をとって、降りてくる。うっとりしたよ」

うっとりという言葉が可愛らしいと言って笑うと、そうさ、と龍一郎が言った。

「本当にうっとりしたんだ。僕は子どもの頃からしじゅう寝てばかりいたから、人の顔を見上げっぱなしでね。いかめしい顔をした医者や看護婦ばっかり見てた。見上げると星の天女が微笑んでいるって、なんて素敵なんだ」

で、起きてたまに学校に行くだろ、と龍一郎が続けた。

「ちょっと運動をしてみる。するとすぐに苦しくなって、しゃがみこむ。顔を上げると、クラスメイトが僕を見下ろしている。思うんだ。ああ、これが天女だったらなあ……」

「木に登らないと会えないのではないでしょうか」

そうなんだよ、と生真面目な返事が戻ってきた。

「しかも、そこから降りてこなければいけないんだ、天女と一緒に。体育を見学ばかりしている人間には荷が重い話だよ。しかも木は登るより降りるほうが難しい」

木に登ったことがあるのかと言うと、ためらいがちに、ある、と返事が来た。

「つまり、僕の家はそういう家なんだよ。君のお母様が言うとおり、そまびとの家だ。実際に僕が峰生で働くわけではないが、山の仕事は一通り知っている。もっとも父は林業以外の仕事にご執心で、山にはそれほど興味はないがね」

龍一郎がため息をついた。そのため息が意味するものに照子は身を固くする。

そまびと、木こりの家に嫁ぐのだと言って、母は嘆いた。しかし多額の結納金を贈られた途端、黙り込んでしまった。そして体調を崩したと言って、婚礼には出席しなかった。他の身内の多くも前日や当日に申し合わせたように、やむを得ぬ理由を丁重に述べて出席を断ってきた。

わかっているんだ、と淡々とした声がした。

「僕が通っていた学校は名門の一族や有名人の子弟が多くてね。体操をしているクラスメイトを見ながら、僕はよく、三つの組に振り分けた」

「組？」

「そう。花にたとえて、薔薇《ばら》組、菊組、百合《ゆり》組。薔薇は財力、菊は血筋、百合は美貌と才能の家。

僕はその組のどこにも入れない」

「薔薇ではありませんか」

「それは父と祖父だ。僕には何もない。家を継げるかどうかも怪しい。体育の授業にすら参加できないんだ。すでにその時点で誰とも同じ土俵に立っていない。もし僕が花ならば、花屋に並ぶことすらできていないんだ。それに……」

健やかな身体こそ最高の資産、大輪の薔薇だ、とつぶやく声がした。

「そう考えると町行く誰もが薔薇組さ。だけど思った。星の天女を思うたびに考えた。花なら撫子。僕は撫子がいっとう好きだ。花屋にも売っていないちっぽけな花さ。風に吹かれたら、すぐ揺れる。だけど決して折れない。小さくたって精一杯、いつでも天をあおいで咲いている。思うようにいかなくても、精一杯生きてみせる。薔薇でも菊でも百合でもない。僕は撫子組だ。たった一人しかいないけれど」

疲れたのか、龍一郎が少し息を整えた。

「僕がこの世で一番好きな場所は常夏荘という」

「常夏……撫子の別名でございますね」

「そうさ、常夏。峰生の奥にいつも咲いていた。夏じゅう小さな僕らのそばにいて、首飾りになったり、花の王冠になったり。みんなと走るだろ？　すぐに息切れして倒れ込む。ふっと横を見ると花が揺れてる、撫子の花さ。香りがあるんだ。花に顔を寄せると、かすかに甘い香りがする。それを胸いっぱいにかいだら、また起き上がれるんだ」

龍一郎がゆっくりと身を起こす気配がした。

「いろいろな事業をしているけれど、僕は山の仕事がこの家の大本だと思う。机の上で資材を右から左に流すのが仕事ではない。次の世代のために森を育てて、山を守る。それこそが僕らの仕事。それはすなわち天竜川の水源を守るということだ。美しい川は美しい山が作る。その川は豊かな海を育《はぐく》む。林業こそ国土の要《かなめ》。僕らはそう思っている。だからそまびとの家に嫁いだと、そう嘆かないでくれ」

嘆いてはいないと言いかけ、照子は黙る。空席だらけの新婦の親族席は、面白おかしく人々の口の端にのぼったことだろう。そしてそれは龍一郎の心も深く傷つけたに違いない。

龍一郎がベッドサイドのあかりをつけた。

淡い光を背後にまとい、龍一郎が見下ろしている。怖さを感じるほどの眼力は、思うようにならない身を持つ男の闘志の表れ。

そう思って臆《おく》せずに見返せば、その目のなかにはとても温かな光があった。

照子、と夫の唇が動いた。

「君の人生に僕はそれほど長くいられない。セミの亭主は夏の間しか生きられないんだ。だからこそ、共にいる間は仲睦《むつ》まじくいたいのだよ」

「そんなこと……」

「悲しいことに自分の身体のことは自分が一番よくわかる。僕は気休めを言わない。時間の無駄だからね」

買ってきた靴を履いてみるようにと龍一郎が命じた。

「ミュールではなく、メリー・ジェーンのほうを」

「メリー・ジェーン？」

ベルトが付いたあの靴の形は、そういう名前が付いていると龍一郎が言った。

「履いてご覧。ちゃんと履いてみるんだ」

黙ってベッドから出て、ガウンを羽織った。クローゼットに入れてあった箱を開けて靴を取り出す。

かかとが高いのに足はするりと靴におさまり、柔らかな手で爪先を包み込まれたような心地がした。歩けば足裏に靴が吸い付き、あたかも素足でいるようだ。

カーテンを開けて、と龍一郎が言った。言われた通りに窓に近づき、カーテンを開ける。

その瞬間、息を呑んだ。

夜空を背景に、月の光のようなガウンをまとった女が窓に映っていた。肩にこぼれる黒髪は絹地に負けない艶を放ち、闇に輝きを添えている。

オットマンに足をかけてご覧、と龍一郎が言った。

「シンデレラが靴を履いてみせたときのようにさ。なに、行儀が悪いと遠慮することはない。僕と窓ガラスしか見ていないよ」

言われたとおりに、オットマンに足をかけて窓を見た。ガウンが割れ、スリップの深い切れこみの間から足がのぞいた。

はしたない。

しかし高いヒールが作り出す足のラインに目を奪われた。傾斜した足の甲はなだらかに足首へとつながり、すねが長く伸びやかに見える。

きれいだ、と龍一郎が言った。

「こんな美しい足を僕は見たことがない。人形みたいな細い足とは違う。しなやかで強い。これこそ生きた、強い意思を持った女の足だ。今の君を見たら、世界中の男がひれふすよ」

「ひれふす？　なぜですか？」

「強くて美しい。セクシーだ。だけど君ときたらそれに気付かず、でっかいコッペパンを履いて、猫背で僕の後ろをひょこひょこ歩いてるのさ」

「お言葉が過ぎましてよ」

「でも事実だろ？」

くだらないね、と龍一郎が笑った。

「こっちにおいで」

素直に龍一郎のそばに行き、ベッドに腰掛けて窓を見た。

そっと髪に手をかけ、ゆっくりと右肩に髪をまとめてみる。左の首筋があらわになり、窓の中の女がこのうえなく挑発的な表情で見返してきた。

自分のなかにこんな姿が潜んでいたことに、怖れを抱いた。

淫《みだ》らだ。

そう思おうとするが、窓のなかの女はまっすぐにこちらを見て、これこそが本来の自分だと主張しているようだ。

淫らではない。もっと違う、別のもの。

それが何かはわからないけれど――。

気に入ったようだね、と龍一郎が言った。

「靴と夜着は美しいものを身につけたまえ」

「美しいもの？」

「そうさ。出来る範囲のなかで上質で美しいものだ。上着はなんだっていい。だけど夜着と靴だけはそうしてほしい」

「どうしてですか？」

「美しい靴は美しい場所に君を運ぶ。スポーティな靴は君をスポーツの場に連れ出すだろう。靴はそれに応じた場所へ君を運び、その場所は君の人生を形作る。ぺったんこな靴なんて放り投げろ。あんなの年をとってから履きたまえ」

「夜着は？」

「夜の君は昼の数倍美しい。だけど夫の僕しか知らない。そんな秘密が欲しいんだ。でも君が木綿のパジャマや、でっかいズロースが好きなら無理にとは言わないよ」

もう木綿には戻れない。素肌にシルクをすべらせる喜びを感じてしまったから。

ヘッドボードにもたれて腕を組み、龍一郎が愉快そうに笑った。

「そうは言っても上着も大事かな。じゃあ次は外套《がいとう》だ。僕の知り合いの店にね、素敵な毛皮のコートがある。並の女が着たら豆狸《だぬき》になるけど、君なら着こなせるだろう」

「毛皮なんて……」

「成金趣味かな。じゃあ、ショールにするか。なに、遠慮はいらない。君が着ないなら、僕が膝掛けにするさ。黒がいい」

「黒いショールですか？」

「黒がいい。黒と銀色は君によく似合う」

ヘッドボードから背を離して、ゆっくりと龍一郎が近づいてきた。そして背後から首筋に唇を寄せた。

踏みつぶせ、と耳元で声がした。

「くだらぬ中傷は踏みつけろ。大木なんて言う輩《やから》は爪先で蹴り飛ばせ。心底惚《ほ》れて、来てほしいと僕は願った。君は堂々としていればいい。天女に猫背は似合わない」

「天女？」

「堂々と。君は背筋を伸ばして堂々と、優雅な足取りで世を渡れ」

首筋にかかる息がくすぐったい。

そのくすぐったさは全身に広がり、龍一郎の指が肩に触れたとき甘い心地に変わった。

うつむくな、と龍一郎がささやいた。

「君は自分に自信を持て」


あれから二十三年後。

畳に置いた黒い毛皮のショールに照子は触れる。

あのとき贈られたロシアンセーブルは今もずっとそばにある。だけど彼はもういない。

堂々と、優雅な足取りで世を渡れとあのとき彼は言った。しかしそれはどう生きるということなのだろう。

今の自分は堂々としているのだろうか？

絹地のすりきれたソファ。修繕ができずに朽ちていく建物。幼い子どもの心ひとつ守れず、時間を止めた部屋に逃げ帰り、どこにいても回想ばかりしている今の自分は。

でも、どう生きたらいい？

どう生きれば——。

気がつけば耀子は柱にもたれて眠っていた。間宮が座布団の上に横たえてやっている。

立ち上がってショールをかけてやろうとすると、めっそうもない、と間宮が首を振った。

「おあんさん、そろそろお開きにいたしましょう」

「そうね。だけど少しの間でも何かをかけていたほうがいい」

ためらう間宮を尻目に、照子は耀子にショールをかける。

立海の話によると、この子はこれまで誕生日会を開いてもらったことがあまり無いらしい。上屋敷の沙也香のことを思って、誕生日とクリスマス会を一緒にされているのだと立海は思っていた節がある。でもおそらく違うだろう。

耀子の隣に座り、寝顔を見つめた。

毎年、誕生日が来るたびにあふれるほどの祝福を受ける子どもがいれば、誰にもそれほど祝われぬ子どももいる。

毛皮の感触が心地いいのか、耀子がショールにほおをすり寄せた。

それを見て、鶴子と千恵が卓を片付けだし、佐々木は外の様子を見に行った。

親父様を悪く思わないでくれ、と小声で間宮が言った。

今回ばかりはそうは思えないと言うと、青井がうなずいた。

「峰生の男は木が相手ですから……言葉が下手や」

そうでしょうか、と青井が言った。

「さきほどのお話はとても素敵でした」

「あれは先のおあんさんからの聞きかじり。なんの娯楽もない時代に繰り返し聞いたのを覚えとるだけです。……親父様は誤解されがちですが、言葉が足りんだけ。すべてをようわかっておいでです。今日だって」

この子が男であれば対応は違っていただろうと間宮が耀子を見た。

「坊ちゃんの遊び相手として、後から来いと言ったかもしれません」

「女の子だから駄目だとおっしゃるんですか？」

突っかかるように青井が言うと、そうです、と間宮がうなずいた。

「女では何の役にも立たん。大人になっても坊ちゃんの片腕にはなれん。ましてや愚鈍な子だ」

愚鈍ではないと、青井が言い返した。

「言葉が足りんのかもしれませんな。でも賢くはないでしょう。母親がそうだった」

きれいな方だったのやろうね、と照子は耀子を見る。話の方向を変えないと、青井が間宮に議論をふっかけそうだ。

栄養状態が良くなったら、ますます母親に似てきた、と間宮が苦々しげに言った。

「顔だけが取り柄の女で。アングラの芸術集団とかいうものにいたとか。なんのことやらわかりませんや。でも器量だけは良い女でした」

どうしたらいいかわからん、と間宮がつぶやいた。

「あれのせいで、せがれは死んだようなもんです。まっとうに働いていればいいものを、わけのわからんものにかぶれて。だからこの子の顔を見てると辛い。あの女がいるみたいだ。だけど思わぬ仕草がせがれに似とる。中身はわしらだ。この子が笑うと、どうしたらいいのか、わからん」

クラブハウスで風呂に入れたのだと、間宮が言った。

「ちょうど柚子湯の時季でして。その昔、せがれが柚子湯に喜んでいたのを思い出して、入れてやりました。そうしたらこの子が歌を歌っていた。きれいな歌です。あまりにきれいで、風呂の扉を開けるのをためらった。小僧っ子は風呂場で柚子を投げて遊ぶのに、娘っ子は柚子のなかで歌うんですな。背中を流してやろうと思いましたが」

間宮がため息をついた。

「とても洗えん。赤ん坊の頃から見知っているならまだしも。小さくても小僧とはつくりが違う。まともに見られん。下を向いたら、足の指が……」

間宮が言葉を詰まらせ、耀子を見た。

「足の指が、せがれそっくりでした。何度も何度も風呂で洗ってやったから覚えとる。ああ、こんなところにお前はいたのか。やっぱり、お前の子なのか。風呂からあがって、子ども用の祭り半纏を着せたら、せがれとおんなじような仕草で喜んどりました。でも、笑うとあの女そっくりで辛い。でもしおたれているのを見ると、もっと辛い」

しおたれるとは何かと青井が聞いた。

「しょんぼりするとか、しょげているとか、そういう意味やろうか？」

それに答えず、しおたれても、と間宮が繰り返した。

「この子は泣かん。大声で泣かんのです。じーっと押し黙って、部屋の隅っこで、ひりだすように涙をこぼしとる」

「うるさいとなじられ続けると、子どもはそんなふうに泣くのです」

眼鏡のふちを上げて、淡々と青井が言った。

「泣いても誰にも届かない。何も変わらない。うるさいと大人に叱られ続ける。そういう環境にいる子はそうやって泣くのです」

「そんなことを言った覚えはないが」

「常夏荘に来る前がそうだったのでしょう。実は立海さんもそうなのです。二人とも似ています」

「あの利発な立坊ちゃんとどこが似とるんだか」

「この前、蔵で派手に泣いていたけれど」

似ています、と青井が強く言った。

「心底、悲しいと立海さんは泣かない。心の糸をぷつりと切る。人形みたいになって、すべてを遮断してしまう。耀子ちゃんもそう。うずくまってすべてを遮断する。そうしないと心が壊れてしまうからです」

間宮が座り直した。それを見て、青井の口調が少し柔らかくなった。

「立海さんはお友だちがいないから、本ばかり読んでいた。だから語彙《ごい》が豊かで、子どもにはわからないと思っている大人の言葉をなんとなく理解してしまう。耀子ちゃんは語彙は少ないです。だけど相手の言っていることをよく覚えていて、すぐにわからなくても時間をかけて理解していきます。二人とも大人の顔色を過敏に読み取るんです。そして心を閉ざしてしまう」

耀子は愚鈍ではない、と青井が言った。

「のろまでもない。じっくりと考えるタイプです。たくさん考えた分、心のなかは豊かで深いはず。だけど結果や速さだけを良しとする世界では落ちこぼれてしまうでしょう」

この子に必要なのは何かと、間宮が青井に聞いた。

「自覚と教育です」

「なんですかな、それは。どうすればいいんだか」

「うあああん、先生、難しいやあ」

酔った鶴子が小鉢を片付けながら言った。

「むつかし、むつかし。年寄りにそんな難しいこと、言われてもわからん。ねえ千恵ちゃん」

「私も年寄り組？　でも先生、耀子ちゃんは働き者ですよ。勉強するより、手に職をつけたら？ねえ」

青井が微笑んだ。

「手に職をつけるのにも勉強が大事です。調理師には国家試験があるでしょう？」

「ま、そうですけど。私が受かったぐらいだから大丈夫」

鶴子が青井に手を振った。

「じゃあ女中、女中がいいですよ。働き者ってのは、女中に一番必要なことですよ」

「最近はお手伝いさんって言うのよ、鶴子」

私は大っ嫌いですよ、その言葉、と鶴子が首を振った。

「私はね、常夏荘の女中頭です。今は私ひとりでも、それが何十人に増えようが、いつだって取り仕切れます。漆器、什器《じゅうき》、お膳の扱い、季節のしつらい、おあんさんのご挨拶の代理、手紙の代筆、お客様への気配りから何から何まで、内働きも外働きもすべて。東京本家の人たちがいつ常夏荘に何かを振ってきたとしても、粗相なく務められるよう怠りなく励んでますよ。お手伝いさんとやらに、それができますか。ねえ、間宮さん」

「鶴さん、飲み過ぎたね」

飲みましたとも、と鶴子が言った。

「だから言わしてもらいます。あと何年もしないうちに龍治様のご婚礼があるでしょう。立坊ちゃんは東京本家が仕切るでしょうが、龍治様のご婚礼はおあんさんの差配。さすれば裏方は鶴子がしっかりと相務めます。お手伝いさんとやらに、それができますか、ねえ、青井先生」

酔っ払いに逆らわぬほうが良いと思ったか、青井がうなずいた。

「忘れ去られたこの屋敷に、おあんさんが戻ってこられた。それで先のおあんさんと変わりなく、庵とお宮をちゃあんと守ってくださってる。こんな嬉《うれ》しいことがあるもんか。この障子の向こうにはねえ、ここで働いてきた身よりのない衆もまつってくださってます。私の朋輩《ほうばい》も戦死した男衆も、あれこれ仕込んでくれた人たちも、みんな、この庵におさまってる」

「究極の終身雇用制度ですね」

「なんのことか、わかりませんけど先生、とにかく。この庵を守ってくれる人が、常夏荘の主。それにお仕えすることに私は誇りをもってますから。大丈夫、何もかも耀子ちゃんに仕込んで、立派な女中にしますでね」

「何も女中にしなくてもいいのよ、鶴子」

「職業選択の自由というものがあります」

「料理人も食いはぐれがなくっていいよ、間宮さん」

皆さん、と間宮が重々しく言った。

「ひどく酔ってますな……」

佐々木が戻ってきて、母屋と対の屋への道を整えてきたと告げた。

「ざっと雪をよけて、道筋つけたぐらいなんで、歩きやすいわけではないけど……。おあんさんと青井先生はそろそろ移動して。あれオッカサ、何泣いとるの？」

「知らん、知らん……」

障子の向こうを見て、鶴子が泣いた。

「お前に言うてもわからんことや……」

鶴子のまなざしを追って、照子も障子の向こうを見る。

山のことは神様の次に知っているというのが間宮なら、常夏荘の長屋で生まれ育ったという鶴子は神様の次に常夏荘を知っている人物かもしれない。

その栄光と凋落《ちょうらく》を。

鶴子が泣き笑った。黙ってその背をさすると、声を上げて泣いた。

間宮が耀子にかけたショールを取ろうとした。それを押しとどめて照子は立ち上がる。

垂れ下がった色紙の鎖が髪にふれ、はずみでちぎれ落ちた。

それを拾って眺めた。

この色紙の鎖は峰生の七夕の飾りにたっぷりと使われる。

その昔、峰生の笹飾りには女達が編んだ紐が使われていたという。やがて紐を編む人がいなくなり、色紙で代用するようになったのだと龍一郎は言っていた。

笹は男が育てた木。

色紙の鎖は天女の紐。

星にも似た花のご紋は天女のご加護を表す。

歌うように心のなかでつぶやき、そっと色紙の鎖を耀子の枕元に置いた。

美しい靴は美しい場所へ人を運ぶと、あの日龍一郎は言った。

偶然とはいえ、常夏荘に運びこまれた少女の靴を見たとき、この子に贈りたくなった。

あの靴は役目を果たしたのだろうか。

そしてこれからどんな場所へこの子を運ぶのだろう。

いつか聞いてみたい気がした。

※

峰生の星空はなんて綺麗なのだろうと、隣を歩く青井が言った。そして丁寧に頭を下げた。耀子の誕生日会を開いたことに礼を言っている。

誕生日の祝いとともに、大人達の慰労会もしていたのだと話すと、それでも、と言って再び頭を下げた。

庵では曖昧に語っていたが、立海は友達の誕生日会をやりたいと言って、トイレに立てこもったらしい。今日の夕方やる予定で、一生懸命に考えたのだと龍巳に訴えたという。

せきにんがあるの、と立海は主張し、日頃から己の行動に責任を持てと立海に言っている龍巳は返答に困ったらしい。

「責任ね……。いかにもあの御方が好きそうなお言葉」

「結局、私がひとまず峰生に戻って皆さんに事情を説明するということで、しぶしぶ立海さんは納得したのですが……」

「それなら、勝手なことをしたんやろうか」

いいえ、と青井が静かに首を振った。

「後日、誕生日会をしようとしても、それはたぶん果たせないでしょう」

「では東京からそのまま海外に？」

今、峰生に帰したら、立海は二度と東京に馴染めなくなると龍巳は思っているようだと青井が言った。

そう、と照子はうなずく。

龍巳は怖いのだろう。早世した長男に次男が似ていくことが。

青井と別れて一人、対の屋に戻り、照子は屋根の上の観月楼に向かう。星がきれいな夜だから、少しでも空に近づいてみたくなった。

木造りの階段を登って楼にのぼると、雪に覆われた常夏荘は、雲の上にいるようだ。

龍一郎の体力が落ちて出歩くのが難しくなったとき、この屋根の上に楼を造った。ここからならば、峰生の里に桜が咲くのも、雪が降るのもいながらにして見ることができる。

観月楼の柱に手を添え、照子は星空を見上げる。

新婚旅行の間、寝物語に星の天女の話を何度もせがんだ。まどろみながら聞くあの話は、砂糖菓子のように甘くて幸せな味がした。

何も我慢するなと龍一郎は言った。笑いたければ笑えばいいし、やりたくないことは嫌だと言えばいい。夜を重ねるたび、会話を交わすたびに、心と体がほどけていく。そして見たこともない自分が現れる。

旅の終わりにもう一度聞いた。

資産がなかったら、この家に嫁《か》してこなかった。そんなふうに思っているかと。

思っていない、と龍一郎は答えた。

「ただ、勇気のある人だとは思った。僕はこの結婚で一生分のツキを使い果たしてしまったかもしれないね」

「よろしいのよ、使い果たしても」

龍一郎が少し戸惑った顔をした。

「わたくしが持って参りましたから」

セミの夫。その言葉をかみしめる。

夏しか生きられぬ虫。

君の人生に長くはいられないと、悲しいことを言った人。

よろしいのよ、と再び言った。

「夏しか生きられぬセミならば、私がとこしえの夏を差し上げます。花は撫子、常夏の花。いつまでも仲睦まじく、千歳《ちとせ》、百歳《ももとせ》、あなたの隣で咲き続ける」

「君は菊だよ」

「いいえ、撫子。私は常夏」

龍一郎の手をそっと握って、小さく揺らした。

「撫子組は、二人に増えましたのよ」

千歳、百歳の夏、と龍一郎がつぶやいて笑った。

「僕らはそんなに長く生きるのかい？」

そうよ。

あの日の笑顔に応えて、照子は天を見つめる。

千歳、百歳、変わらぬ思いを差し上げる。

たとえ、あなたがそばにいなくとも。

この世界で力一杯、高く、高く、自分という名の木を育て上げたら、いつか天に手が届くだろうか。

手をさしのべたら、つかんでくれるだろうか。

ほおが温かい。涙がこぼれていた。

今度、あの手に触れたなら、もう二度と離れはしない。

星空のなかで、とこしえの夏を二人で生きるのだ。

第十章

昨夜の誕生日会のお礼を言いに、耀子が祖父と一緒に対の屋に行くと、照子と青井が応接間で紅茶を飲んでいた。祖父に教わったとおりにお礼を言って、ショールを照子に返したら、昨日はよく眠れましたかと聞かれた。

答えに困って見上げたら、照子が微笑んでいた。その顔を見たら、さらに何も言えなくなってうつむいてしまった。

せめて、はい、とだけでも返事をすればよかったのに。

鶴子と千恵は対の屋におらず、祖父と母屋に行くと、二人は立海の荷物をまとめていた。手伝えることはないかと祖父が声を掛け、何かあったら内線で連絡すると鶴子が答えた。

だけど今日は日曜だし、耀子ちゃんは遊んでいていいよ、と二人は笑っていた。

それから祖父は佐々木と連れだって、常夏荘の雪の始末に行った。

長屋に戻ってきて、耀子は畳に横たわる。

身体が重い。

天井を眺めたら、鼻の奥がツンとしてきて、涙のようなものが目尻ににじんだ。鼻を強くすすって、左手を目の前に持ってくる。

手首には黒い文字盤の腕時計がはまっている。

今朝、起きたら父の形見だと言って、祖父がこの腕時計をくれた。形見って何かと聞いたら、お守りみたいなものだという。そして手首に時計を巻いてくれ、長さの見当をつけると、キリでベルトに穴を開けてくれた。

それは立海がしていたものとは違って、大きくて分厚い。だけど時間だけではなく、日付も見られるようになっている。

じっとその日付を見た。

二日前はピンクのスカートをはいて、つやつやと光る靴を履いていた。立海と手をつないで門まで走ったら、空も飛べるような気分になった。

どこにだって行ける。何も怖くない。リュウカ君と一緒なら——。

だけど気がついたら、また一人になっていた。

手首を畳に下ろして、目を閉じる。

みんな消えてしまう。楽しいことがあると、その後に。

もう……ヤダ。もう、つかれた。

けど……。

横を向いて身体を丸めながら、耀子は考える。

だけど……昨日はいつもと違った。

立海が帰ったと聞いたあと、どう歩いたのか覚えていない。気が付いたら門でうずくまっていた。思いきり固く目を閉じたけれど、やはり温かいあの手の感触はよみがえらない。

何もかも、消えていく。

どうしていつも、自分だけ残されてしまうのだろう。

消えるなら一緒に消えたい。

透明になりたい。

あの夜もそう願って目をつぶったら、小さな神様がぽかんと心に現れた。

金色の紐をなびかせ、紫の着物姿のあの子が走っていく。ついて来いと言うように振り返ったから、思わず手を伸ばして目を開けたら驚いた。

目の前に照子が立っていた。いつからそこにいたのかわからない。

照子が腰をかがめて、顔をのぞきこんできた。

すうっと横に切れた目と、ほのかに赤い唇。昔だったらおひなさまなんだと、立海は言っていたが、雪のような肌とすらりとした姿は、おとぎ話に出てくる女王様のようだ。

目が合ったら微笑まれた。するとさっきまで頭のなかで渦巻いていた思いがすうっと消えていった。

まいりましょう、と声がして、手をとられた。どこに行くのかと聞いたら、庵だと言う。

暖かくて明るいあの庵は、ふすまの向こうに大きな仏壇があるのを思い出した。

ひょっとして死んだのかな、とかすかに思った。

あそこに……入るんだろうか?

見上げると満月が近くに感じられ、雪が積もった地面は雲の上のようにも思える。

天国のお使いは、おあんさんに似てるんだろか。

庵の前に来ると照子が手を離し、両手で二枚の扉を開けた。

その瞬間、まぶしいほどの光に包まれた。指笛の音がして……みんながお誕生日おめでとうと言ってくれて——。

それから……暖かくて。

おいしい食べ物があって。ちょっぴり笑って。

笑って……。

それから、と耀子は記憶をたどる。

大人たちが話しているなか、鶴子の前にあったコップの水を飲んだら、変な匂いがした。だけどその水は口のなかでふるふると震えて、気持ちよくのどを通っていく。匂いに慣れたら、冷たくておいしい水だった。飲んでいるうちに楽しくなってきてすべてを飲み干し、祖父に星の天女の話をせがんだ。

話が終わった頃に黒い毛皮のショールに乗った立海がやってきて、やあと手を上げ、二人で毛皮に乗って夜空を飛んだ。空から見た峰生は真っ白で、遠く、遠く、どこまでも天竜川が続いている。川の果てまで行っちゃおうと言う立海にうなずいて笑ったら、目が覚めた。

顔に笑いが残っていたけれど、立海はいない。だけど起き上がったら、黒い毛皮のショールが枕元にあった。

どこからが夢で、どこからが現実なのかわからない。今も夢を見ているみたいだ。

内線が鳴った。

ふらつきながら起き上がって、耀子は受話器を取る。

何か、お手伝い？

しかし内線をかけてきたのは青井だった。勉強室に来てほしいと言っている。

青井の声がひどく遠くに聞こえて、耀子は目をこする。

これ、夢？

やっぱり夢かなあ……。

そう思うとすべてが幻のようだ。母屋に出かけたら、いつものように青井と立海が勉強室で待っている気がした。

※

勉強室に行くと、机の上にはたくさんの本が積んであった。

青井が手書きのリストを渡してくれて、これから毎月、ここにある本を二冊ずつ読んで、感想文を送ってくるようにと言った。送り先は祖父に伝えておくという。

立海は三学期から東京の学校に戻ることになり、峰生で勉強することはもう無いらしい。そう聞いた途端、今が夢ではないことがはっきりとわかった。

「リュウカ君……もう、戻ってこないの？」

たぶん、と青井がうなずいた。

「一度も？」

「とてもここに帰りたがっているけれど、難しいかもしれないわね」

「そう……ですか」

だけど手紙のやりとりもできるし、電話で話すこともできると青井が言った。そしてテーブルの電話を引き寄せた。

「よかったら今もお話しできるわよ。それもあって、ここに来てもらったの。昨日からずっと立海さんが耀子ちゃんとお話をしたがっていてね」

ほんと？ と聞いたら、青井がうなずいた。

「私も……私もリュウカ君と話したい、お話をしたいです」

青井が微笑み、東京へ電話をかけた。ところが話し始めてすぐに顔をくもらせた。

「ちょっとごめんなさいね」

青井が電話を内線に切り替え、隣の部屋に行った。ドアを閉めていたが、途切れ途切れに声が漏れてくる。何か怒っているみたいだ。

そっと席を立ち、耀子はドアに近づいてみる。

どう説明するのか、と青井が言っている。

——どう伝えろというのですか。

これまで聞いたこともない、激しい口調だった。

——あの子が何をしたというんです。理不尽な話です。

リュウカ君……。

青井の剣幕におびえ、耀子はあわてて席に戻る。

なんか、たいへんそう……。

膝に手を置いて座り直すと、左手首の重さが気になった。セーターの袖をめくって時計を見る。

そっと耳に当ててみた。静かに秒をきざむ音がする。

今朝、時計のねじの巻き方を教えてくれたあと、祖父が父の写真を見せてくれた。常夏荘の大きな銀杏の前で、ポロシャツ姿で立っているものだった。テニスのラケットを手にしたその人は笑っていて、お父さんというよりお兄さんという感じだ。その銀杏の木は今もあり、父が立っていたのはいつも立海を待っていた場所だった。

おとうさん……。

写真を思い浮かべながら、耀子は秒針の音に聞き入る。

おとうさんも、あの木が好きだったんだね。

おとうさんの、時計。

留め金をはずして、形が崩れている穴に通したら、手首から時計が抜けそうになった。大きな手首だなあ、と眺めてから元に戻し、再び時計を耳に当てる。

立海がいなくなったと聞いた途端、身体の輪郭が溶けていった気がした。自分がここにいるのかいないのか、わからなくなってくる。だけど時計の音を聞いていると、耳のあたりの輪郭だけがおぼろげに戻ってくる気がした。

青井が勉強室に戻ってきた。

あわてて耳から時計を離す。青井が手首を見て、素敵な時計ね、と言った。

「おとうさんの時計……って、おじいちゃんが」

青井が時計を見つめた。それから横を向いて窓の外を見た。

「お父様の時計ね……」

軽く目を押さえた後、青井が静かに耀子の隣に腰掛けた。

「リュウカ……立海君、また……具合悪いの？　ですか？」

青井が一瞬、言葉を詰まらせて、今日は電話に出られないと言った。そしてしばらく常夏荘にいるつもりだったけれど、急に東京に帰らなければいけなくなったと続けた。

「急？　急って、今すぐってこと？」

青井がうなずいた。

「なんか……何か……リュウカ君に……？」

立海の身に何かあったのかと聞きたいが、怖くてうまく言えない。

青井が腕組みをした。グズな話し方をしたから、怒らせてしまったような気がした。

先生、と言ったら語尾が震えた。

「何か……怒ってる？　怒って、ますか？　私……私が」

怒っている、と青井が答えた。

「でも耀子ちゃんのことではないの。別のこと。理不尽なことばかりで」

「りふじん？　りふじん、って？　なに、ですか」

いつもならすぐに答えてくれるのに、青井は黙っていた。

屋根の雪が溶けたのか、窓の外から水音がする。

明るい日差しが部屋に差し込み、木々の影がちらちらと床に映っていた。

黙ってその影を見つめていると、青井の声がした。

「昨日……佐々木さんが言っていた『やらまいか』ってね……」

耀子が顔を上げると、青井が腕組みをほどいて窓のほうを見た。

「あれは不思議な言葉ね」

「不思議？」

ええ、と青井がうなずき、耀子を見た。

「人を誘う言葉なのに、励ます言葉でもあるみたい。頑張れって意味合いもあるようだし、自分に発奮をうながす言葉でもあるようで」

「ハップン、ってなんですか？」

「力を出せ、力を尽くせと自分に言うこと」

似たような言葉を知っている、と青井がつぶやいた。

「けっぱれ、がまだせ……。そして、やらまいか。きっと日本中に似たような方言があるのね。雪が深かったり、都に遠かったり、向かい風が強かったり。そうした場所で生きる人たちは、そうやって自分たちに声をかけて、励まし合いながら一歩一歩、進んで来たのかもね」

「けっぱれ？　がま……？」

がまだせ、と青井が微笑んだ。

「どこの言葉、ですか」

「がまだせは九州、けっぱれは東北。子どもの頃に住んでいたことがある」

「先生は……東京の人じゃないの？」

「生まれは東京だけど、父の仕事の関係で日本中のいろいろな場所をてんてんとしていた。私は耀子ちゃんと少し似ているところがあるの」

「私と？」

「親を亡くしてからは、親戚の家で暮らしていた……遠い親戚でね」

いじめられたこともある、と青井が言った。

「アオイウメコって名前でしょう。青いウメには毒があるってからかわれたり、牛乳瓶の底みたいな眼鏡をかけていたから、ビンゾコって呼ばれたり。そのほかにもいろいろ……。学校は奨学金で通っていたのだけど、お金がなくて制服のコートが買えなかったり、眼鏡が壊れても直せなかったり。そんな境遇だから学校でクラスメイトの物が盗まれたとき、疑われたこともある。そんなみっともないことは死んでもやらないって、泣いて怒ったこともね」

「先生が？」

ええ、と青井がうなずいた。

不思議な気持ちで耀子は青井を見る。さっき対の屋でお茶を飲んでいた青井は、照子と同じぐらいに優雅で、そんな生活をしていたようには見えない。

「その頃は毎日思ってた。どうしてこんなことになったの？　どうしてここにいなければならないの？　親さえ生きていれば、もっと別の暮らしができたはずなのに、どうして私だけこうなったの？　他の子がねたましい。幸せそうで、何一つ心配のない無邪気な子がうらやましい。どうして、どうしてって。耀子ちゃんはそう思ったことがない？」

自分の頭のなかを見透かされたようで、耀子は黙り込む。

「どうかしら？　うずくまっているとき、そんなことを考えたりしない？」

「あのときは何も……。ただ……」

「ただ？」

「寝てると……ぐるぐる、思う……。どうして……」

どうして、と言ったきり、恥ずかしくなって黙った。

青井の優しい声がした。

「なあに？　続けて」

「どうして……私、グズなの？　どうして、嫌われるの？　どうして、お母さんは……」

私を置いていったの——。

そう言おうとしたけれど、言葉が出ない。

「ぐるぐるする……ぐるぐるします。ぐるぐる……どうして、どうしてって」

そうね、と青井が言った。

「耀子ちゃんだけじゃない。私もたまにそうなる。今だって」

先生も？　と聞くと青井がうなずいた。

「でも、ぐるぐる考えても答えは出ないの。どうして、どうしてって思いながら、ずぶずぶと沈んでいくばかり。今の状態を『どうして』って責めても、何も始まらないのよ。だって、もう終わってしまったことだから。わかっているけれど抜けられない。そんなときには、そこから抜け出す魔法があるの」

魔法？　と青井を見上げたら、真剣な顔をしていた。

「そう、今を変える魔法の言葉。これが今年最後の私の授業」

「何？　なんですか？　何？」

「どうして、って思いそうになったら、どうしたらって言い換えるの」

「そんだけ？」

そう、と青井が答えた。

「『どうして』グズなの？　この質問に答えは出ない。だけど『どうしたら』グズではなくなるの？　この質問には考えれば答えが出る。たとえば……何かをする前に、あらかじめ準備をしておくとか。手順を書いて練習してみるとか。答えが浮かばなかったら誰かに相談してもいい」

「相談……」

人に聞くのは恥ずかしい？　と青井がたずねた。うなずくと、そうね、と優しい声がした。

「恥ずかしいかもしれない。でもね、どうして私はグズなんでしょうと人に聞いても、おそらく誰も答えられない。だけど、どうしたら私はグズでなくなるのでしょう、と聞いたら、親身になって一緒に考えてくれる人がいるかもしれない」

どうして嫌われるの、と青井がつぶやいて立ち上がり、窓にもたれた。

「そうじゃない。そう思いそうになったら……」

「『どうしたら』きらわれなくなるの？」

そう、と青井がうなずいた。

「それに慣れたら今度は暗い言葉を前向きな言葉に言い換えるの。攻めるのよ。一歩前に踏み込むの。どうしたら嫌われなくなる、ではなく、どうしたら好きになってもらえるの？　というふうに。それで言えば、どうしたらグズでなくなるの？　は」

「どうしたらチャカチャカやれるの？」

「チャカチャカって可愛いわね。でも、手早くやれるの？　のほうが解りやすいかもしれないわ」

簡単そうでしょう、と青井が言った。

「でも意外に難しいの。どうしたら、って考えるのには体力や気力がいるから。とてもそんな気分になれないことだって、いっぱいあるものね。『どうして』お母さんは私を置いていったの？　それを『どうしたら』お母さんは私を置いていかなかったの？　そう考えるのはあまりに辛すぎる」

だけど……、と、青井が顔を伏せた。

「『どうして』と自分を責めない。『どうしたら』と前に進もうとする。やっぱりそれが今を変える魔法の言葉。そうやって私はなんとかやってきた。奨学金で進学して、また奨学金で留学して。勉強、勉強、勉強。それが良かったのかどうか、わからない。だけど、どうして、どうしてって嘆き続ける人生より、どうしたら、どうしたらって、必死でもがいて戦う人生が私はいい。どうする？　耀子ちゃん。あなたはどっちを選ぶの？」

えっ、と言ったきり、耀子は黙る。

即答できる話じゃないわね、と青井が言った。

「少し、熱くなってしまったわ……」

「窓、開ける？　開けますか？」

青井が微笑み、首を横に振った。それから勉強は好きかとたずねた。

「わかんない。けど……ここで勉強するのは好き……です」

それは良かった、と青井が微笑んだ。

「親の後ろ盾や資産、そういうものを持っていない子が自由に生きていくには武器がいるの」

「武器？」

「誰にも負けないもの、ずうっとやっていても苦にならないもの。料理が好きとか、お裁縫が好きとか、計算が得意とか。そういうものでいい。それを見つけたら、大事に磨いて武器にすれば生きていきやすい」

「私、なんもない」

「じゃあ、それが見つかるまで、こつこつ勉強をするのは大事なこと。勉強というのは、自分の武器を見つけるための手段なの」

「でも私、バカだし」

耀子ちゃんはバカじゃない、と力強い声がした。

「グズでもない」

青井が手を伸ばして、耀子の両手をとった。

「そんな言葉は何も生み出さない。人の心を砕くだけ」

青井に握られた両手が、軽く振られた。

「ほら、この前、手に作った擦り傷が、もう治りかけている。あなたが自分のことをどれだけグズだのバカだの言っても、身体は何も言わずにあなたのことを支えている。毎朝、新しくなっているのよ。身体はあなたのことが大好きだ。なのにどうして自分のことをいじめるの？　反省は大事。謙虚であるのも良いこと。だけどその前に自分を信じてやらねば。グズとかのろまとか、そんな言葉は心を壊すだけ。たとえ世界中のみんながあなたにそう言っても、自分だけは自分にそう言ってはいけないのよ」

「なんで……ですか？」

父の腕時計に青井が手を重ねた。

「あなたを思っている人がいる。あなたへ命をつないだ人がいる。お誕生日にプレゼントが届かなくても、毎年大きくなっていくこの身体は、お父さんとお母さんからのプレゼント。贈り物に文句を言ってはだめよ」

青井の手が温かい。

時計ごとやさしく包まれているようで、なぜかこの人は父を知っているような気がした。

この世の中は理不尽なことだらけ、と小さな声がした。

「子どもは特に大人の事情に振り回されてしまう。何もしていないのに疎まれたり遠ざけられたり……」

時計から手を離すと、青井が両手で耀子の手を取った。

「やらまいか、耀子ちゃん」

自分の力を信じて、と強い声がした。

「理不尽を、乗り越えるのよ」

※

青井を乗せたタクシーが常夏荘の坂をゆっくりと下っていく。

通用門の前で一人、耀子はその車を見送る。

青井が東京に呼び戻されたのは大人たちにとっても突然だったらしく、照子は鶴子と一緒に佐々木の車で出かけており、千恵は家に帰っていた。青井に頼まれて耀子は祖父を探したが、常夏荘のどこにも姿が見当たらない。

誰にも別れの挨拶ができないことを知り、青井は大人たち全員に手紙を書いた。その手紙をそれぞれの置き場所に耀子が配って母屋に戻ると、青井が電話で話していた。

通用門の前にタクシーが来ているらしい。新幹線に間に合うよう、早く乗るように言われているみたいだ。

母屋を出て、門まで青井と二人で歩いた。

伝えたい気持ちがいっぱいあるのに、どれも言葉にできない。何も言わずに二人で歩き続けて、通用門についたら、青井がそっと手を差し出した。

手のひらを服でこすって、耀子はその手を握る。

じわりと涙がにじんできたが、泣いたらいけない気がして我慢した。

青井を乗せた車はどんどん坂を下っていく。坂の下に差し掛かったとき、青井が振り返って何かを言った。聞き取りたくて、思わず走り出した。しかし坂の下を曲がった車はすぐに姿が見えなくなった。

坂の中腹で足を止め、耀子はしゃがみこむ。

また、消えてしまった。

我慢していた涙がほおをつたって、あごから落ちた。顔を腕でこすりながら立ち、坂を上がると、門から祖父が飛び出してきた。青井の手紙を握っている。

行ったか、と肩で息をしながら、祖父が言った。

「行きなさったんか……」

祖父が目の前に来て、片膝をついてかがんだ。

陽に焼けた顔をぼんやりと見る。涙が止まらず、うつむいた。

その瞬間、祖父に腕をつかまれた。

泣けばええ、と怒ったような声がした。

「泣きたかったら泣けばええ。誰もうるさがりはせん。思いっきりわあわあ泣いたらいい。お前を疎んじる者からは、この身を張って守ってやるから」

祖父の腕が背中にまわり、身体ごと包み込まれた。

「泣いていいんや。思いっきり泣いていいんや」

大きな手が背中をさすって、ぽんぽんと叩いてくれた。

その手の感触に声が出た。

「おと……おと……」

「お父さんがどうした」

「手……」

手？　と祖父が背中をさするのを止めた。

その瞬間、嗚咽《おえつ》がこみあげた。

「手、いっしょ、手……おじ……」

「手が一緒やと言うんか。それはそうやろ、親子やから」

祖父が抱き上げてくれた。その首に手を回して、耀子はすがりつく。

泣いていたらいつも誰かに抱き上げられ、背中を撫でてもらった。肩に顔を埋《うず》めると、あたたかくて気持ちよくなった。目を閉じるたびによみがえるあの記憶は、どんなときも一緒にいてくれた。

いじめられている最中も、夜に一人でいるときも、いつだってずっと。

あれはおとうさんだと思っていたけど、本当は誰だったのかわからない。

だけど今、はっきりとわかる。

あれは……。

おとうさんだったんだ。

のどの奥から声が出た。

ああ、泣け泣け、と言って祖父が背中を優しく叩いてくれた。

「それでええ。わあわあ泣いて泣いて、泣きつくせ。天国のオットサに聞こえるほど泣いてやれ。そんで泣き疲れたら、食って寝て……」

祖父が歩き出した。肩に顔を埋めると煙草の匂いがする。だけどその肩も手も、何もかもあたたかい。そう感じたときに気がついた。

「おじいちゃんは……」

おとうさんの、おとうさんなんだ――。

「おじいちゃん……」

返事のように、腕に力がこもった。そしてお前の足はお父さんに似ていると祖父が言った。

「人差し指が親指より長うて……幅が広い。でかい図体にしてはちっこい足で……力仕事には向いとらん。そこは……あれに似たんだ、絹江《きぬえ》のほうに」

「キヌ、エ？」

お前のおばあちゃんだ、と祖父が言い、抱き直した。

「お前の足は、おばあちゃんにも似とる」

絹江、裕一、と祖父がつぶやいた。

「耀子……お前はなんて軽いんだ」

軽いというわりに祖父がふらつき、足を止めた。

「なんて、ちっこい子だ……」

祖父の身体が揺れた。下りる、と言いかけて耀子は黙る。

身を震わせて、祖父は泣いていた。

エピローグ

三学期から学校に行くと言ったら、祖父はうなずいたきり、何も言わなかった。しかし翌朝、起きると枕元に新しい文房具と上履きが置いてあった。

始業式の朝、ランドセルの奥に白いハンカチでくるんだ父の時計をしまって、耀子は常夏荘の門を出る。

ゆるやかな坂をくだって、峰生の町に下りていくと、集団登校をしている子どもたちに出くわした。

思わずうつむきそうになったが、すぐに顔を上げる。

遠く離れた東京で同じように、今、きっと立海も学校に向かっている。

昨日の午後、青井が常夏荘に電話をくれて、その折に立海と話をした。

立海に電話をしてみたいけれど、長屋の電話からは外線がかけられず、立海の家の電話番号も知らない。立海のほうも事情は同じで、勝手に電話は使えないうえ、常夏荘に連絡することを禁じられているのだという。

それでも青井のおかげで、時々話をしたり、手紙のやりとりができる。

青井から奪うようにして受話器を取る気配がして、電話に出るなり、ハンカチは届いたか、と立海が聞いた。

二日前に青井から小包が届いた。なかには本の感想文に関する返信と、小さな紙包みがあった。包みを開けると白いハンカチが入っていた。隅に撫子の花が二つ刺しゅうされている。二つの花は金色の曲線でつながれていて、蔵で見た撫子の模様だった。

添えられたカードを読んだら、本当は誕生日のプレゼントにしようと立海と青井が二人で作っていたらしいのだが、なかなか出来上がらずにいたらしい。

うれしくて、さっそくお礼の手紙を書いた。立海には直接送れないから、次に青井に送る本の感想文に添えるつもりでいた。

その話をして礼を言うと、得意げに立海が笑った。

「きれいでしょ、きれいだよね。ピンクと金色。ぼくもぬったの……ゆがんでるトコ、それ、ぼく」

「やっぱり……」

「そんなふうに、言わないでよ」

電話越しにもしょんぼりした気配が伝わってきた。

「リュウカ君が縫ってくれたのが、すぐわかってうれしいよ」

ほんと？　と聞いて立海が笑うと、ぼくらのマークだ、と言った。

「リウのマーク。おどるなでしこは、ぼくらのマーク。右がヨウヨ、左がぼく」

「なんで？」

「右のほうがきれいなの、左はぼくもチクチクしたから、形がゆがんだ……だから……」

立海が鼻をすすった。

「だから、ヨウヨ、ぼくのこと、忘れないでね」

「忘れないよ」

春休みになったら、常夏荘に帰ると立海が言った。

「だめって言われたら夏休み。それがだめなら、そん次の休み。ぼく、がんばる。体、きたえる。オジャコを食べる。そんで、峰生に行かせてってずっと言う」

寂しくなったら思い出すの、と立海が言った。

「小さなおうちの黄色いあかり。そこに行くといつも女の子がいて、寝てんの」

「寝てるの？」

「うん。だけどぼくにすぐ気付いてくれて、甘いお水をくれる。おいしいんだよ、一緒に飲むの。それを思うと元気になる。ヨウヨはぼくのこと、ときどき思いだしてくれる？」

小さな神様の話をした。

目を閉じると、金色の糸をなびかせ、紫の着物姿の神様がトコトコ走っていく話だ。

「それ、ぼく？」

「とってもきれい。すんごくきれいなの」

「なんで、ぼく、走ってんの？　逃げてんの？　甘いお水をあげて！」

「ええっ？　うーん……」

あれは立海のはずだけれど、立海ではないような――。

心のなかに浮かぶあの子は何か素敵なものを教えてくれるため、いつも走っているような気がする。

　ちゃんとつかまえてよ、と立海が言っている。

「わかった……こんど浮かんだら、捕まえとく」

「ちゃんとだよ。もう。かっちょわる」

　でも、と立海が小さな声で言った。

「ぼくもあのカッコ、キライじゃないのよ」

「キライじゃないってのは……言いかえると好きってこと？　私、好きだよ、あのカッコ」

「うん。すき。ぼくもすきだよ、ヨウヨ」

　青井の声がして、そろそろ電話を切らなければと言っている。なぜか少しあわてているようだ。ちょっと待って、と立海が言った。

「ヨウヨ、どっこも行かないで。どこにも消えないで。ぼく、がんばるから、峰生にいてね」

　ここにいるよ、と答えた。

　歩きながら、青空を見上げて再び思った。

　私はここにいるよ。

　どうしたら、この気持ちが届くかな――。

　校門の前で会った同級生が驚いた顔をした。教室に入ると、皆が一斉に見て、静かになった。ハム兄弟はハシカにかかってしばらく欠席するらしい。

　椅子に座る。ひそひそとささやく声がする。身体が硬くなったら、靴下が片方だけ落ちてきた。

　でも、うつむかない。もう、うずくまらない。

　けっぱれ、がまだせ、と言う青井の声が耳にある。

離ればなれになった友だちのことを思い出しながら、先生もこうして一人で座っていたのかもしれない。

からかいの言葉を男子がはやしたててきた。

聞き流して、右手と左手をしっかりと握る。

たくさんの人とこの手をつないだ。たくさんのものとつながっていることを知った。

リュウカ君、先生、おあんさん、おとうさんの時計、おばあちゃんの足、そして、おじいちゃんの手。

つながっている。

手を伸ばせば、きっとつながれる。

たとえその手が遠くても、いつかどこかでつながっていける。右手と左手をつなぐと感じる。

ここに自分がいることを、つないでくれる手があることを。

つないだ手を離して、耀子は新しいノートの一ページを開ける。どの教科のノートにも表紙の裏には小さくこの言葉を書いた。

自立、かおをあげていきること。

自律、うつくしくいきること。

始業のベルがなり、クラスメイトが席につく。先生が教室に入ってきて、学級委員が起立の号令をかけた。

ゆっくりと立ち上がって、耀子は両足に力をこめる。

黒板を見上げて、自分に言った。

やらまいか。

あたらしいじぶんを、つくるんだ。

謝辞

本作執筆にあたって多くの方からご助力をたまわり、心から感謝しています。貴重な資料やお話をありがとうございました。

参考文献

増補新版　現代世相風俗史年表　昭和20年（1945）〜平成20年（2008）　世相風俗観察会 編　河出書房新社
増補版　昭和・平成家庭史年表　下川耿史、家庭総合研究会 編　河出書房新社
昭和・平成現代史年表　神田文人、小林英夫 編　小学館
近代子ども史年表　1926—2000昭和・平成編　下川耿史 編　河出書房新社
日本の家紋大全　本田總一郎 監修　梧桐書院
日本・中国の文様事典　視覚デザイン研究所 編　視覚デザイン研究所
株式会社かまわぬ　オリジナル文様　おどり撫子
明治・大正・昭和に見るきもの文様図鑑　長崎巌 監修　弓岡勝美 編　平凡社
知っているとうれしいにほんの縁起もの　広田千悦子　徳間書店
元勲・財閥の邸宅　鈴木博之 監修　和田久士 写真　JTBパブリッシング
西洋館を楽しむ　増田彰久　ちくまプリマー新書

この作品は書き下ろしです。

伊吹有喜(いぶき　ゆき)

1969年三重県生まれ。中央大学法学部卒。2008年『風待ちのひと』(「夏の終わりのトラヴィアータ」改題)で第三回ポプラ社小説大賞特別賞を受賞し、デビュー。第二作『四十九日のレシピ』が大きな話題となり、NHKでドラマ化。映画化も決定している。

なでし子物語

2012年11月10日　第1刷発行

著者　伊吹有喜

発行者　坂井宏先

編集　吉田元子　藤田沙織

発行所　株式会社ポプラ社

〒160-8565　東京都新宿区大京町22-1

電話　03-3357-2212(営業)　03-3357-2305(編集)

0120-666-553(お客様相談室)

ファックス　03-3359-2359(ご注文)

振替　00140-3-149271

ホームページ　http://www.poplarbeech.com/

組版　株式会社鷗来堂

印刷　瞬報社写真印刷株式会社

製本　株式会社若林製本工場

N.D.C.913 390p 20cm ISBN978-4-591-13142-8

四十九日のレシピ

伊吹有喜

母を亡くし消沈する熱田家にやってきたのは、金髪の女の子。彼女は、母が残したあるものの存在を伝えにきたという。家族を包むあたたかな奇跡に涙が溢れる感動の物語。

ポプラ社

ポプラ文庫／304頁